我在
廊桥上等你

散文海外版

2013—2014精品集

散文海外版编辑部　编

天津出版传媒集团

百花文艺出版社

图书在版编目（ＣＩＰ）数据

我在廊桥上等你 / 散文海外版编辑部编. --
天津：百花文艺出版社，2015.1
（2013~2014《散文海外版》精品集）
ISBN 978-7-5306-6582-4

Ⅰ.①我… Ⅱ.①散… Ⅲ.①散文集–中国–当代
Ⅳ.①I267

中国版本图书馆 CIP 数据核字(2014)第 303041 号

责任编辑:刘　洁　　　装帧设计:蔡露滋

出版人:李勃洋
出版发行:百花文艺出版社
地址：天津市和平区西康路 35 号　　邮编：300051
电话传真：+86-22-23332651（发行部）
　　　　　　+86-22-23332656（总编室）
　　　　　　+86-22-23332478（邮购部）
主页:http://www.bhpubl.com.cn
印刷:永清县金鑫印刷有限公司
开本：720×970 毫米　　1/16
字数：190 千字　　图数:3 幅　　插页:2 页
印张：18.25
版次：2015 年 1 月第 1 版
印次：2015 年 1 月第 1 次印刷
定价：38.00 元

目 录
Contents

辑三

辑一

散文 海外版
Essay
Overseas
Edition

2013—2014 精品集

天籁之声 隐于大山

铁凝

　　贾大山是河北省新时期第一位获全国优秀短篇小说奖的作家。1980年,他在短篇小说《取经》获奖之后到北京中国作协文学讲习所学习期间,正在文坛惹人注目。那时还听说日本有个"二贾研究会",专门研究贾平凹和贾大山的创作。消息是否准确我不曾核实,但已足见贾大山当时的热闹景象。

　　当时我正在保定地区的一个文学杂志任小说编辑,很自然地想到找贾大山约稿。好像是1981年的早春,我乘长途汽车来到正定县,在他工作的县文化馆见到了他。已近中午,贾大山跟我没说几句话就领我回家吃饭。我没有推辞,尽管我与他并不熟。

　　我被他领着来到他家,那是一座安静的狭长小院,屋内的家具不多,就像我见过的许多县城里的居民家庭一样,但处处整洁。特别令我感兴趣的是窗前一张做工精巧的半圆形硬木小桌,与四周的粗木桌椅比较很是醒目。论气质,显然它是这群家具中的"精英"。贾大山说他的小说都是在这张桌子上写的,我一面注意这张硬木小桌,半开玩笑地问他是什么出身。贾大山却一本正经地告诉我,他家好几代都是贫下中农。然后他就亲自为我操持午饭,烧鸡和油炸馃子都是现成的,他只上灶做了一个菠菜鸡蛋汤。这道汤所以给我留下了很深的印象,是因为大山做汤时程序的严格和那成色的精美。做时,他先将打好的鸡蛋泼入滚开的锅内,再把菠菜撒进锅,待汤稍沸锅即离火。这样菠菜翠绿,蛋花散得地道。至今我还记得他站在炉前打蛋、撒菜时那潇洒、细致的手势。后来他的温和娴静的妻子下班回来了,儿子们也放学回来了。贾大山陪我在里屋用餐,妻儿吃饭却在外屋。这使我忽然想起曾经有人告诉我,贾大山是家中的绝对权威,还告诉我,他的妻儿与这"权威"配合得是如何默契。甚至有人把这默契加些演绎,说贾大山召唤妻儿时就在里屋敲墙,上茶、送烟、添饭都有特定的敲法。我和贾大山在里屋吃饭没有看见他敲墙,似乎还觉出几分缺欠。有一点是毫无疑问的,贾大山有一个稳定、安宁的家庭,妻子与他同心同德。

那一次我没有组到贾大山的稿子,但这并不妨碍贾大山给我留下的初步印象,这是一个宽厚、善良,又藏有智慧的狡黠和谋略、与乡村有着难以分割的气质的知识分子,他嘴阔眉黑,面若重枣,神情的持重多于活跃。

他的外貌也许无法使你相信他有过特别得宠的少年时代。在那个时代里他不仅是历选不败的少先队中队长,他的作文永远是课堂上的范文,而且办墙报、演戏他也是不可少的人物。原来他自幼与戏园子为邻,早就在迷恋京剧中的须生了。有一回贾大山说起京剧忍不住站起来很帅地踢了一下腿,脚尖正好踢到鼻梁上,那便是风华少年时的童子功了。他的文学生涯也要追溯到中学时代在地区报纸上发表小说时。如果不是1958年在黑板报上发表了一首寓言诗,很难预料这个多才多艺的男孩子会有怎样的发展。那本是一首慷慨激昂批判右派的小诗,不料一经出现,全校上至校长下至教师却一致认为那是为右派鸣冤叫屈、企图颠覆无产阶级专政的反动寓言。16岁的贾大山蒙了,校长命他在办公室门口的小榆树下反省错误,下了一夜雪,他站了一夜。接着便是无尽的检查、自我批判、挖反动根源等,最后学校以警告处分了结此案。贾大山告诉我,从那时起他便懂得了"敌人"这个概念,用他的话说:"三五个人凑在一块儿一捏鼓,你就成了阶级敌人。"

他辉煌的少年时代结束了，随之而来的是因病辍学，自卑，孤独，以及为了生计的劳作，在砖瓦厂的石灰窑上当临时工，直到1964年响应号召作为知青去农村。也许他是打算终身做一名地道的正定农民的，但农民却很快发现了他有配合各种运动的"歪才"。于是贾大山在顶着太阳下地的业余时间里演起了"乐观的悲剧"。在大队俱乐部里他的快板能出口成章："南风吹，麦子黄，贫下中农收割忙……"后来沿着这个"快板阶梯"他竟然不用下地了，他成为村里的民办教师，接着又成为入党的培养对象。这次贾大山被吓着了——使他受到惊吓的是当时的极"左"路线：入党意味着被反复地、一丝不苟地调查，说不定他十六岁那点陈年旧账也得被翻腾出来。他的自尊与自卑强烈主宰着他不愿被人去翻腾。那时的贾大山一边做着民办教师，一边用他的编写才华编写着那个时代，还编出了"好处"。他曾经很神秘地对我说："你知道我是怎么由知识青年变成县文化馆的干部么？就因为我们县的粮食'过了江'。"

据当时报载，正定县是中国北方第一个粮食"过江"的县。为了庆祝粮食"过江"，县里让贾大山创作大型剧本，他写的剧本参加了全省的会演，于是他被县文化馆"挖"了上来。"所以"，贾大山停顿片刻告诉我，"你可不能说文艺为政治服务不好，我在这上边是沾了大光的。"说这话时他的眼睛超乎寻常的亮，他那两只狭长的眼睛有时会出现这种超常的光亮，那似是一种有重量的光在眼中的流动，这便是人们形容的犀利吧。犀利的目光，严肃的神情使你觉得你是在听一个明白人认真地讲着糊涂话。这个讲着糊涂话的明白人说："干部们就愿意指挥种树，站在你身边一个劲儿叮嘱：'注意啊注意啊，要根朝下尖朝上，不要尖朝下根朝上啊！'"贾大山的糊涂话讲得庄重透彻而不浮躁，有时你觉得天昏地暗，有时你觉得唯有天昏地暗才是大彻大悟。

1986年秋天我又去了正定，这次不是向大山约稿，是应大山之邀。此时他已是县文化局长——这似乎是我早已料到的，他有被重新发现、重新"挖"的苗头。

正定是河北省著名的古城,千余年来始终是河北重镇之一。曾经,它虽以粮食"过江"而大出过风头,但最为实在的还是它留给当今社会的古代文化。面对城内这"檐牙高啄""钩心斗角"的古建筑群,这禅院寺庙,做一名文化局局长也并非易事。局长不是导游,也不是只把解说词背得滚瓜烂熟就能胜任的讲解员,至少你得是一名熟悉古代文化的专家。贾大山自如地做着这专家,他一面在心中完整着使这些祖宗留下的珍贵遗产重放光彩的计划,一面接应各路来宾。即使面对再大的学者,专家贾大山也不会露"怯",因为他的起点不是只了解那些静穆的砖头瓦块,而是佛家、道家各派的学说和枝蔓。这时我作为贾大山的客人观察着他,感觉他在正定这片古文化的群落里生活得越来越稳当妥帖,举止行动如鱼得水。那些古寺古塔仿佛是他的心爱之物般被他摩挲着,而谈到他和那些僧人、住持的交往,你在夏日习习的晚风中进一趟临济寺便能一目了然了,那时十有八九他正与寺内住持焦师父躺在澄灵塔下谈天说地,或听焦师父演讲禅宗祖师的"棒喝"。

几年后大山又任县政协副主席。他当局长当得内行、自如,当主席当得庄重、称职。然而他仍旧是个作家,可能还是当代中国文坛唯一只写短篇小说的作家,且对自己的小说篇篇皆能背诵。在和大山的交往中,他给我讲了许多农村和农民的故事,那些故事与他的获奖小说《取经》已有绝大不同。如果说《取经》这篇力作由于受着当时文风的羁绊,或许仍有几分图解政策的痕迹,那么这时贾大山的许多故事你再不会漫不经心地去体味了。虽然他的变化是徐缓的,不动声色的,但他已把目光伸向他所熟悉的底层民众灵魂的深处,于是他的故事便构成了一个贾大山造就的世界。在那个世界里有乐观的辛酸,优美的丑陋,诡谲的幽默,愚钝的聪慧,冥顽不化的思路和困苦中的温馨……

贾大山讲给我的故事陆续地变成了小说。比如一位穷了多半辈子终于致富的老汉率领家人进京旅游,当从未坐过火车的他发现慢车票比快车票便宜时居然不可思议地惊叹:"慢车坐的时候长，怎么倒便宜?"比如"社教"运动中，某村在阶级教育展览室抓了一个小偷，原来这小偷是在偷自己的破棉袄，白天他的棉袄被作为展品在那里展览，星夜他还得跳进展览室将这棉袄(他爷爷讨饭时的破袄)偷出御寒。再比如他讲的花生的故事:贾大山当知青时花生是中国的稀有珍品，那些终年不见油星的百姓趁队里播种花生的时机，发了疯似的带着孩子去地里偷花生种子解馋。生产队队长恪守着职责搜查每一个从花生地里出来的社员，当他发现他8岁的女儿嘴里也在嚅动时，便一个耳光打了过去。一粒花生正卡在女儿气管里，女儿死了。死后被抹了一脸锅底黑，又让人在脸上砍了一斧子。抹黑和砍脸是为了吓唬鬼，让这孩子在阴间不被鬼缠身。

很长一段时间里我读贾大山小说的时候，眼前总有一张被抹了黑又被砍了一斧子的女孩子的脸。我想，许多小说家的成功，大约不在于他发现了一个孩子因为偷吃花生种子被卡死了，而在于她死后又被亲人抹的那一脸锅底黑和那一斧子。并不是所有小说家都能注意到那锅底黑和那一斧子的。后来我读大山一篇简短的《我的简历》，写到"1996年秋天，铁凝同志到正定，闲谈的时候，我给她讲了几个农村故事。她听了很感兴趣，鼓励我写下来，这才有了几篇'梦庄记事'。"今天想来，其实当年他给我讲述那些故事时，对"梦庄记事系列"已是胸有成竹了。而让我永远怀念的，是与这样的文坛兄长那些不可再现的清正、有趣、纯粹、自然的文学"闲谈"。在21世纪的当下，这尤其难得。

一些文学同行也曾感慨为什么贾大山的小说没能引起持续的应有的注意? 可贾大山仿佛不太看重文坛对他的注意与否。河北省曾经专门为他召开过作品讨论会，但是他却没参加。问他为什么，他说"多一事不如少一事"。小说发表时他也不在乎大报名刊，写了小说压在褥子底下，谁要就由谁拿去。他告诉我说:"这褥子底下经常压着几篇，高兴了就隔着褥子想想，想好了抽出来再改。"在贾大山看来，似乎隔着褥子比面对稿纸更能引发他的思路。隔着褥子好像他的生活能够沉淀得更久远、更凝练、更明晰。隔着褥子去思想还能使他把小说越改越短。这让我想起了不知是谁的名句："请原谅我把信写得这么冗长，因为我没有时间写得简短。"

写得短的确需要时间需要功夫，需要世故到极点的天真，需要死不悔改地守住你的褥子底下(独守寂寞)，需要坦然面对长久的不被注意。贾大山发表过五十多篇小说，生前没有出版过一本小说集，在20世纪90年代不能说是当红作家，但他却不断被外省文友们打听询问。在"各领风骚数十天"的当今文坛，这种不断地被打听已经证明了贾大山作品留给人的印象之深。他一直住在正定城内，一生只去过北京、保定、石家庄、太原。1993年到北戴河开会才第一次——也是唯一一次看见了海。北戴河之后的两年里，我没有再见贾大山。

1995年秋天，得知大山生了重病，我去正定看他。路上想着，大山不会有太重的病。他家庭幸福，生活规律，深居简出，善以待人，他这样的人何以会生重病？当我在这个秋天见到他时，他已是食道癌(前期)手术后的大山了。他形容憔悴，白发很长，蜷缩在床上，声音喑哑且不停地咳嗽。疾病改变了他的形象，他这时的样子会使任何一个熟识从前他的人难过。只有他的眼睛依然如故，那是一双能洞察世事的眼：狭长的，明亮的。正是这双闪着超常光亮的眼使贾大山不同于一般的重病者，它鼓舞大山自己，也让他的朋友们看到一些希望。那天我的不期而至使大山感到高兴，他尽可能显得轻快地从床上坐起来跟我说话，并掀开夹被让我看他那骤然消瘦的小腿——"跟狗腿一样啊，"他说，他到这时也没忘幽默。我说了些鼓励他安心养病的话，他也流露了许多对健康的渴望。看得出这种渴望非常强烈，致使我觉得自己的劝慰是如此苍白，因为我没有像大山这样痛苦地病过，我其实不知道什么叫健康。

1996年夏天，蒋子龙应邀来石家庄参加一个作品讨论会，当我问及他想看望哪些朋友时,蒋子龙希望我能陪他去看贾大山,他们是中国作协文讲所的同学。是个雨天,我又一次来到正定。蒋子龙的到来使大山显得兴奋,他们聊文讲所的同学,也聊文坛近事。我从旁观察贾大山,感觉他形容依然憔悴,身体更加瘦弱。但我却真心实意地说着假话,说看上去他比上次好得多。病人是要鼓励的,这一日,大山不仅下床踱步,竟然还唱了一段京剧给蒋子龙。他强打着精神谈笑风生,他说到对自己所在单位县政协的种种满意——我用多贵的药人家也不吝惜,什么时候要上医院,一个电话打过去,小车就开到楼门口来等。他很知足,言语中又暗暗透着过意不去。他不忍耽误我们的时间,似又怕我们立刻离去。他说你们一来我就能忘记一会儿肚子疼;你们一走,这肚子就疼起来没完了。如果那时癌细胞已经在他体内扩散,我们该能猜出他要用多大毅力才能忍住那难以言表的疼痛。我们告辞时他坚持下楼送我们。他显然力不从心,却又分明靠了不容置疑的信念使步态得以轻捷。他仿佛以此告诉人们,放心吧,我能熬过去。

贾大山是自尊的,我知道在他生命的最后时刻,当着外人他一直保持着应有的尊严和分寸。小梅嫂子(大山夫人)告诉我,只有背着人,他才会为自己这迟迟不好的病体焦急万分地打自己的耳光,也擂床。

1997年2月3日(农历腊月二十六),是我最后一次见到贾大山。经过石家庄和北京两所医院的确诊,癌细胞已扩散至大山的肝脏、胰脏和腹腔。大山躺在县医院的病床上,像每次一样,见到我们立即挣扎着从床上坐起来。这时的大山已瘦得不成样子,他的病态使我失去了再劝他安心养病的勇气。以大山审时度势的聪慧,对自己的一切他似亦明白。于是我们不再说病,只不着边际地说世态和人情。有两件事给我留下深刻的印象,一件是大山讲起某位他认识的官员晚上出去打麻将,说是两里地的路程也要乘小车去。打一整夜,就让司机在门口等一整夜。大山说:"你就是骑着个驴去打麻将,也得喂驴吃几口草吧,何况司机是个人呢!"说这话时他挥手伸出食指和中指指着一个什么地方,义愤非常。我未曾想到，一个病到如此的人，还能对一件与他无关的事如此认真。可谁又敢说这事真的与他无关呢？作为作家的贾大山，正是这种充满着正义感和人性尊严的情感不断成就着他的创作。他的嫉恶如仇和清正廉洁，在生他养他的正定城有口皆碑。我不禁想起几年前那个健康、幽默、出口成章的贾大山，他曾经告诉我们，有一回，大约在他当县文化局局长的时候，局里的话务员接到电话通知他去开一个会，还问他开那么多会真有用的有多少，有些会就是花国家的钱吃吃喝喝。贾大山回答说这叫"酒肉穿肠过，工农留心中"。他是在告诫自己酒肉穿肠过的时候别忘了心中留住百姓呢，还是讥讽自己酒肉穿肠过的时候百姓怎还会在心中留呢？也许告诫、讥讽兼而有之，不经意间透着沉重，正好比他的有些小说。

1997年2月3日，与大山的最后一次见面，还听他讲起另一件事：几个陌生的中学生曾经在病房门口探望他。他说他们本是来医院看同学的，他们的同学做了阑尾手术，住在贾大山隔壁。那住院的同学问他们，你们知道我隔壁住着谁吗？住着作家贾大山。几个同学都在语文课本上读过贾大山的小说，就问我们能不能去看看他。这同学说他病得重，你们别打扰，就站在门口，从门上的小窗户往里看看吧。于是几个同学轮流凑到贾大山病房门前，隔着玻璃看望了他。这使大山心情很不平静，当他讲述这件事时，他的嗓音忽然不再喑哑，他的语气十分柔和。他不掩饰他的自豪和对此事的在意，他说："几个陌生的中学生能想到来看看我，这说明我的作品对人们还是有意义的，你说是不是？"他的这种自豪和在意使我忽然觉得，自1995年他生病以来，虽有远近不少同好亲友前来看望，但似乎没有谁能抵得上几个陌生的中学生那一次短暂的隔窗相望。寂寞多年的贾大山，仿佛只有从这几个陌生的孩子身上，才真信了他确有读者，他的作品的确没被遗忘。

1997年2月20日(正月十四)大山离开了我们，他同疾病抗争到最后一刻。小梅嫂子说，他正是在最绝望的时候生出了比以往任何时候都大的希望,他甚至决心在春节过后再去北京治病。他的渴望其实不多,我想那该是倚仗健康的身体,用明净的心,写好的东西。如他自己所期望的:"我不想再用文学图解政策,也不想用文学图解弗洛伊德或别的什么。我只想在我所熟悉的土地上,寻找一点天籁之声,自然之趣,以愉悦读者,充实自己。"虽然他已不再有这样的可能,但是观其一生,他其实一贯是这样做的。他这种难能可贵的"一贯",使他留给文坛、留给读者的就不仅是独具气韵的小说,还有他那令人钦佩的品性:善意的,自尊的,谨慎的,正直的。他曾在一篇小说中借着主人公、一个鞋店掌柜的嘴说过:"人也有字号,不能倒了字号。"文章至此,我想说,大山的作品不倒,他人品的字号也不倒。

贾大山作品所传递出的积极的道德秩序和优雅的文化价值,相信能让还不熟知他的读者心生欢悦,让始终惦念他的文学同好们长存敬意。

文学与我们的时代

——作家莫言在香港中文大学的讲演

莫言

　　非常高兴来到了香港中文大学。21年前,我曾经在中大的文化研究所做过一个月的访问与学习,从访问学习的身份来看,我不是来学习的,实际上就是来玩的。那个月,我没有任何学问可以做,我每天就是在中文大学里转来转去。可以说是转遍了中文大学的每一个角落,连那池子里的鱼,我都给它们编上了号。当时我记得里面是有62条鱼,我都给编上了号,当时可能鱼都认识我。这次来重游故地,看看那些鱼,我当年认识的那些鱼,一条都没了,不知到哪里去了,可能是它们的后代儿孙了。鱼都变了好几代了,我还活着,我自己都感觉庆幸。

　　今天的讲题也是随机而出的,《中国作家》的艾克拜尔·米吉提主编问我:"你讲什么?"我说我不知道。他说总要有个题目。我说为什么非要有个题目?他说中文大学要求要有个题目,这是他们的惯例。我就知道他们必须要有个题目,我就说:《文学与我们的时代》。

　　今天主要是围绕这个问题讲45分钟,我为了更准确,突然想到了狄更斯的一段话。但是我记不起来了,我昨天晚上在网上搜了一下,抄了来。狄更斯,英国作家,在一百多年前,在他的小说《双城记》的开篇,用一大堆对立的矛盾的话语,描述了他所生活的时代,他是这样说的:"这是最美好的时代,也是最糟糕的时代;这是睿智的年月,也是蒙昧的年月;这是信心百倍的时期,也是疑虑重重的时期;这是阳光普照的季节,也是黑暗笼罩的季节;这是充满希望的春天,也是让人失望的冬天;我们正在直升天堂,也正在直下地狱;我们面前无所不有,我们面前一无所有。"大概又过了几十年,大概上个世纪60年代的时候,苏联作家阿斯塔菲耶夫写了一本小说《鱼王》,在这本小说结尾的时候,他也罗列了一大堆这种风格的话语,来描述他所生活的时代。我只记得他那里面写"这是建设的年代,也是破坏的年代;这是在土地上播种农作物的年代,也是砍伐农作物的年代;这是撕裂的年代,也是缝纫的年代;这是战争的年代,也是和平的年代"等等。那我就感觉到要我来描述我们现在所处的时代,我实在是想不出更妙的更恰当的话语来形容。我感觉到,一百多年前,狄更斯对英国社会现实他所生活的时代的描述,和阿斯塔菲耶夫对他所生活的时代的描述,跟我们今天的十分相似。如果我们要来描写我们的中国,我觉得我们目前的这个时代,也是处处充满了矛盾与对立,我们可以说,这个时代是非常进步的时代,我们也可以说这个时代是个非常落后的时代;我们可以看到我们很多的城市都在发生着日新月异的变化,我们也可以看到许许多多的地方还保留着几百年前的风貌;我们可以看到许多新的大楼、新的建筑拔地而起,我们也可以看到很多农民生存在他们的几十年前的破败不堪的旧居;我们看到了中国科技的快速发展,我们卫星上天,我们的宇宙飞船在太空里翱翔,你也可以看到在许多地方,在乡间的土路上,依然有黄牛拉着破烂的牛车慢慢地行驶;我们看到很多大款挥金如土,一掷千金,甚至万金,我们也看到很多人温饱还没解决;我们看到很多人因为女人太多了而发愁,不得不想办法用现代化的方式来管理她们,我们也看到很多人因为娶不上老婆而夜夜独卧空房;有的人撑得要死,胖得要命,花重金减肥,有的人吃不饱饭,饿着肚子在马路上乞讨。总之,我们可以在我们的社会里面,在我们社会生活的各个层面,发现许许多多的这样的一种强烈的对立,这样的一种现象。描述这样一种现象是比较容易的,但是我想作为一个作家,处在这样的环境里面,生活在这样的时代里面,如何来写作?如何用文学作品来表现我们所处的时代?这确实是个很大的难题。

我们每个人都眼花缭乱,我们上网打开网络就会发现各种各样的奇闻逸事,闻所未闻的,见所未见的,许许多多的怪事扑面而来,很多事情甚至触目惊心,很多社会负面的新闻,令人发指。在这种情况下,作家是否要如实地记录这些现象?我们是不是要变成社会的记录员?这曾经是我的一种信念,我觉得作家就应该如实地记录社会上所发生的事情。但最近几年,我的想法发生了一些变化,我觉得面对这样纷繁复杂的社会现象,无论什么样的生花妙语都难以描述。尤其是在当今这个时代,传媒如此发达,传媒的手段如此现代,作家的笔比不上网络快,作家的笔不如我们的摄影机、摄像机让人感受得更真切。那么在这样一个时代,作家如何生活?如何能够用我们的方式、用文学的方式把这个时代表现出来,这是我们每个作家都面临的考验。后来我想,尽管奇人逸事很多,很多事情很传奇,也会让人听得津津有味,但是小说或者作家不能把记录奇闻逸事作为自己的任务,作家应该从这些纷纭复杂的社会现象里边看到生活的本质,我们要看到这种社会生活、泡沫之下的本质。

那么这种生活本质是什么?我想每个人都有自己的答案。我想一个作家他确实生活在这个社会的一定的环境里面,他无法跟这个社会脱离联系,社会上发生的一切都会对他的创作产生影响,社会上各个阶层的人们的感情流露也都会对他产生影响。你要写作,你究竟要站在哪一个层面上来写作,你究竟能够代表谁,这又是一个非常严肃的问题。你是代表官方?还是代表民众呢?而民众本身又分为很多个层次,身价数十亿的人也是民众,家里贫无立锥之地的人也是民众;那些在豪华饭店里挥金如土的、纸醉金迷的人也是民众,那些在建筑工地上搬砖运瓦、挥汗如雨、衣食难继的人也是民众。毫无疑问,我们应该站在挥汗如雨的劳动阶层上,我们应该站在弱者这一面,我们应该站在穷人的立场上，这毫无疑问是正确的。你当然可以写一部为下层人代言的作品。这也是我十几年前内心非常强烈的一种要求。最近，我的想法又发生了一些变化，我觉得这种过于强烈的政治情商，过于强烈的阶级阶层情感是会影响文学的价值，真正的文学实际上是应该有一种相当的超越性，真正的文学应该是具有更加广泛的涵盖性。我们过去把文学分为无产阶级文学和资产阶级文学，我觉得这种分法有它的道理，这种分法也代表了我们文学创作的一个现实。但我现在理想中的伟大的文学作品是不应该有这样严格的分界的，我觉得好的文学应该站在人的立场上，全人类的立场上来写作。我们不仅仅是同情穷人、歌颂善良的劳动者、批判那些富贵者，也要批判那些贪官污吏。在批判的时候我们还需要有一个准则，这个准则就是在批判的时候不能妖魔化，或者鬼怪化，要把所有人都当人来写。

我们回顾一下新中国成立之后的中国文学历史，就会发现我们过去的作品之所以缺乏一种普遍性，就是因为过于鲜明的或者强烈的阶级观念影响了或者限制了作家的视野。因此我们的文学出现了公式化、雷同化的现象。大陆的老电影，大家稍微看过的话，过去的样板戏，大家多少了解过的话，大家就会明白我所说的现象的严重。在这些作品里面，好人肯定是彻头彻尾的好，没有任何的瑕疵，有的话也顶多只是性格方面的，而不是道德方面的，比如说他爱好抽烟，性情暴躁，或者比较骄傲。如果描述到坏人，这个坏人肯定是彻头彻尾的坏，他尽管也是人的父母，却没有人的感情。而这种绝对化的写法实际上是违背了生活的真实面貌。我们可以把人分为各个阶级和阶层，而革命的时候也确实需要这样分，但作家写作的时候就必须打破这种阶级界限，把你所要写的所有的人都放在人的主题下，来进行展示，来进行分析。如果我们站在这样的高度就会发现，即便是坏人，他也是人；即便是好人，他也是人。无论是怎么样的顶天立地的英雄也有他怯弱的时候，无论多么猥琐卑下的小人，也有他善良的一面。即使是坏人也会可怜一只掉在地上被踩得半死的小蜜蜂。我想即便是武松这样的打虎英雄，但他打死一只老虎后，又出现两只老虎的时候，他也会感觉此生休矣。古人在他们的文学作品里面已经给我们树立了很好的榜样，那我们这些后来的作家在面对这个繁复时代的时候，在面对我们所要写的人物的时候，就应该学习他们这种成功的经验。那么回到刚才这个话题，我们当然可以歌颂那些在建筑工地上挥汗如雨的、为了中国最近三十年来飞速发展做出巨大贡献的农民工们，我们也可以歌颂那些面朝黄土背朝天的劳动者。正因为他们的付出，才使我们碗中有饭，身上有衣。我们当然也可以歌颂那些为了子女奉献出一切的父亲或者母亲们，我们可以歌颂所有善良的人，正直的人，勤劳的人，勇敢的人，但我们的文学作品当然也不能回避我们认为不良的阶级和阶层；我们当然可以批判那些靠不正当手段积聚巨大财富，然后又漠视天下还有无数穷人，而穷奢极欲地浪费和挥霍的人。但是写这些人的时候，就必须把他们当人来写，不能把他们当漫画式的小丑。

　　我们现在看到很多最下层生活的人，他们牢骚满腹，他们生活得确实很不容易，他们对社会各种贪腐现象恨之入骨，讲出来都咬牙切齿。我今年在我的故乡山东高密生活了四个月，跟我的侄子们、堂兄弟们、村子里那些我过去的小学同学们经常在一起聚会。聚集在一起，当然要议论这个社会，他们个个都义愤填膺，他们好像了解所有的人升官是靠什么的，上面哪个人当了县长书记是走了谁的关系，哪个人发了大财是怎么回事，某个地方开了个巨大的商场，他们会说是谁谁谁的小舅子开的。讲起这些现象大家都是义愤填膺、咬牙切齿的样子，但我又感觉到他们目光中所流露出来的向往和羡慕。而他们和我吃饭的时候，总会提出这样那样的要求："你现在是名人了，是很有名的作家，即使在中国没有名，在我们当地县上是蛮有名的，你肯定可以和我们的县长、书记说上话的，你的话很管用的。那么，好，我一个儿子在乡下的小学教书，求求你，能不能让他调到县城里面去？"所有的人都找过我办这样那样的事情，最后都要加上一句："不要怕花钱啊！要不我先给你三万块钱。"我是不是感觉到一种哭笑不得的境地，我们都在谴责腐败，说句难听的话，我们恨不得把所有的贪官都枪毙，处以极刑！但是当每个人都涉及这个问题的时候，都动用腐败的手段，他们最后一句话就是："我们不缺钱，你不要怕花钱！你花钱了，把我们要办的事情办成就好了，自然我们也会给你报酬。"给我3万，我花了2万把他儿子调到县里去了，剩下的1万就是归我的了，不是暗示，而是非常明确地讲这事情。我就想，即便是我们这个社会中生活在最下层、最值得同情的这批人，当涉及具体的问题的时候，他们也会想到动用这种手段。我也想，我的这些弟兄们，我的那些可怜的乡亲们，假如他们当了县长、省长，他们能比他们说的这些人好吗？他们能做到清正廉洁吗？他们能像香港的公务员那样严于律己吗？我画上很大的问号！所以我想，当我了解各个层面的人的诉求和欲望之后，我发觉人都是差不多的。不管是身处高位的人，还是在社会底层挣扎的人，区别就是他们所处的外部环境不一样。他们作为人的内心深处的欲望都是差不多的，而一旦把他们换位以后，他们的表现没有太大的区别。我想作为一个作家，最应该关注的就是这个层面的问题。

我们的作品，如果不从人性入手，仅仅是去追求奇闻逸事，追求社会上发生的光怪陆离的现象，那我觉得这是舍本求末，我们充其量再写一本《二十年目睹之怪现状》而已。大家都知道，鲁迅先生曾经对这本书作过评价，认为它狗屎一堆，是不上档次的文学作品。也有很多人议论，我们现在生活的社会远比作家描述的要精彩——小说没有想到的，社会上发生了；小说中描写的故事，根本不如现实生活中发生的更加吸引读者。那么小说还有什么用处？没有什么用处了，我一上网，什么都可以看到了。所以我说这是一个挑战，但恰好向我们提醒了：作家应该拨开这样的浮云迷雾，然后用小说最擅长的方式，来描述这个社会，为小说挣回光荣和存在的价值。所以这就要盯着人写，只可牢牢地贴着人写。作家汪曾祺先生曾经在很多的场合讲过他的老师沈从文教他的一句话，沈从文当年在西南联大教书，汪曾祺就是他的学生，沈先生的经典之言就是："小说就是要贴着人写。"在前不久，我又稍微改了一下，改为"盯着人写"。贴着人写就是尽量地要让情节服从人物，要让你所有的描写都服从塑造人物的需要。要把写人和塑造典型人物作为写小说的第一个任务，最重要的任务。贴着人写就是要作家设身处地地推己度人，然后不是用你作家自身的腔调，而是用人物自身的腔调去写作；不是用作家的思维来决定这小说和故事的发展方向，而是用人物的思维、人物的性格来决定你这小说的故事走向。这毫无疑问是非常正确的，这就是我们中国传统小说最宝贵的经验。我们的传统小说最成功的地方也在于这点，就是每个人物都会发出自己独特的声音，王熙凤的声音是林黛玉发不出来的，刘姥姥的声音也是贾母发不出来的。我们当下的小说里面，是不是出现了这样的完全贴着人物来写的小说呢？我们小说里的许多人物是不是都在说着同样的话语，是不是都在传达作家的这种思想呢？作家是不是自认为可以经常让小说里的人物来代替他们的思维？我想这肯定是很多的，包括我自己在过去很多作品里面也犯过这样的错误。我把它改成"盯着人写"可能更狠一点，牢牢地盯着人的本性写，深入到人欲望的最深沉处去。这实际上包括两个含义，一个是盯着外部的人写，盯着你小说里要写的人写；另外作家要盯着自己写，盯着自己的内心写。

改革开放这三十年来，我们出现了大量的文学作品。我们的作品批判社会的黑暗，揭露社会的黑暗，批判社会上种种的不公平的现象，我们的小说里也塑造了很多的恶者、坏人和小人。但是我觉得我们缺少一种自我反省的精神，所有写小说的人似乎都是受害者，都是受苦的人，都是诉苦的人。很少有像陀思妥耶夫斯基那样的人，那样的作家，把自己当作罪人来写，敢于把自己的内心深处袒露给读者，但未必说小说的人物跟作家自我就是等同的。但是我想作家有这种清醒的自我反省的意识,作家有着执行和敢于批判自我的勇气,那么即便他的小说里写的不是作家自身,小说里的人物的深处依然闪耀着作家自我敢于解剖的勇气的光芒。我想,我们面对这样一个时代,如果我们不去透过现象看出本质,如果我们忘掉了写人这个最根本的准则,那么我们确实无所适从,确实写不出有价值的作品。这两年来,在大陆有一个话题被反复提起:既然说我们现在所处的是一个伟大的时代,那为什么我们没有出现伟大的文学作品? 我自己也多次说过,尽管我得了这样那样的奖,但我觉得自己没有写出跟时代相匹配的伟大的小说。我没有写出来,我觉得我的同行也没有写出来,为什么大家写不出来? 昨天我们座谈的时候也谈到这个问题。我们可以给作家找一个台阶来下——我们看一个社会的进步,十年可以作为一个阶梯,三十年可以作一个历史时期;而对一个作家的一生来说,也可以这样分类,可以十年为一时期,或分成青年时期、中年时期和晚期。但对文学来讲,三十年还是一个很短暂的瞬间,而每个历史时期里面,能够出现一两部有代表性的作品就很不错了。我们说了多少年了,中国伟大的小说也不就是那么几部吗?我们不就是有一部《红楼梦》吗?大家所反复提及的。我们不就是有一部《水浒》吗? 不就是有一部《儒林外史》吗? 所有像《红楼梦》这样伟大的作品,几百年才出现一部,读者对当下中国这些作家不满是可以理解的,但是也请他们原谅,给大家一段时间,随着时间的推移,我们这些作家可能是不行了,也许年轻一代的作家就会写出像《红楼梦》那样伟大的小说来。

我再讲讲我个人的实践与感受。我在2000年写《檀香刑》这部小说的时候,很多人问,为什么写这么一部小说,为什么在当下的时代里,我们的社会这么丰富,有这么多故事素材不写,偏要写一个清朝末年的故事? 有这么多民族英雄不去歌颂、不去描写,为什么要去写一个刽子手?我说这是有原因的。我邻居中有一个退休的警察,他曾经在辽宁当过狱警,他退休回来经常说起他认识张志新,他也对我们描述过当年张志新在监狱里的一些情况,他也对张志新这个女人的宁死不屈表示很深的敬意。那么我就想,他这个人明明知道张志新这个人是烈士,为什么他不对自己当年在监狱里当狱警进行反思呢?为什么不进行忏悔呢?而且从他的只言片语中,我也隐隐约约感觉到他也参与过虐待和处罚张志新的活动。我想这样一个人该不该忏悔?但他毫无忏悔之意,他说:"这跟我是没有关系的,我是一个狱警,我在岗位上,我要执行我上级领导的命令,他们要我们打她就打她,他们要我们把她的喉管切断我们就把她的喉管切断,因为她是反革命,因为她是被上面定的反革命,而我们是狱警,我们是代表国家。所以我们个人没有任何的责任,有责任应该让社会、让国家、让历史承担去。"那这个人实际上也是个很好的人,他跟我的父亲也是非常好的朋友,经常在一起喝茶。就是这样的事情引发了我很大、很久的思索,我感觉非常困惑。面对着这样的一些问题,两难的问题,我们究竟该怎么判断?这个人到底是有罪还是没有罪?他到底是该忏悔还是不需要忏悔?他是否可以像现在这样推得一干二净,他是否能够主动地替历史承担责任?他是不是可以认识到在这样一场巨大的罪恶当中,他这个参与者也是有罪的,他的手上也是沾满血的?由此我就想到我应该写一部小说,而恰好我看到了一些历史方面的资料,那我就开始构思《檀香刑》这部作品。《檀香刑》写的是大清朝刑部的第一刽子手,他的杀人技巧是非常高超的,而且我也虚构了很多他们刽子手行当里面的特殊规矩,包括一些特殊的称谓,比如说他们都叫第一刽子手作"老傲",初进刽子手行当则叫作"外生",有一定资历和经验的中年的刽子手,他们则叫"舅舅",这些是我虚构的。而且他们所供奉的神像高尧母也是我想象的,他们在所处斩犯人之前所进行的仪式也是我所想象的。我觉得我的想象是贴近真实的,我从我们邻居老警察身上就发现狱卒的普遍的心态,他们都知道杀人是一种罪孽,他们刚开始也都能感受到用自己的双手来结束一个活生生的生命那种灵魂深处的震颤。他们也感受到作为特殊行当的人，在世人眼里的形象是什么，人们对他们既蔑视，又敬畏。这样的人，每天夜里能够睡着吗？如果他们能够睡着，他们用什么理由和借口来安慰自己？所以我笔下这个刽子手安慰自己的话语和我邻居狱警安慰自己的话语是完全一样的。到了最后，他们甚至产生了一种职业的荣誉感。这就是我们中国所信奉的一个准则：我干什么都要干得最好。行行出状元，我既然干了杀人这个行当，我就要杀得精美绝伦，杀得前无古人，后无来者，让同行敬佩我，让皇帝欣赏我。所以包括最后慈禧太后赏赐给他一把皇帝坐的龙椅，赏赐给他七品顶戴，这都是我的虚构。我想更重要的是衍生到受刑者，也衍生到他的看客。鲁迅先生在他的作品对看客进行了批判，对看客的痛恨，也是鲁迅先生走上文学道路的重大推动力。这种看客现在是依然存在的，看客依然是我们每个人心里面都藏了的一种欲望，我们现在即便不出门，我们在网上也在围观嘛！我们每个人并不比鲁迅所描写的那些看客们高明多少。而我想演戏，过去我们老百姓把刑法当作一场大戏来看的，除了受刑的人之外，执行的人也必须配合。鲁迅只写了处死的罪犯和老百姓看客，而我就添加了一个执行者，换了一题，构成了一部完整的戏剧。所以这部小说看起来是写历史的，实际上还是写现实的，还是从现实生活当中受到的启发，不过是借清朝的旧瓶装了时代的新酒。

因为时间关系，我确实没法把《檀香刑》其他方面展开来说。后来紧接着到了2004年我写了一部《四十一炮》，这也可以看作是一部社会问题小说，因为小说里面描写的是一个屠宰村，这个村里面所有的人家都是靠屠宰为生的，而他们杀猪杀牛的时候是公开的往里注水，而注水肉是中国大陆食品当中存在的一个非常丑陋的严重现象，屡禁不止。到现在还是这样，我也在网上看过，我也实地考察过屠宰的实况，确实非常残酷。要杀一头牛，就要在这头牛没有被屠杀之前，打开它的血管往里强行注水，一头牛可以注进四桶水，一头猪可以注进两桶水。有时候就把刚刚宰掉的猪的心脏剖开，在它的主动脉插上胶水管，用高压水泵往里面注水。过去那种原始的注水方法已经不行了，用高压水泵就能确保把水注到猪的每个细胞里面去，这在屠宰村里当作一项发明。而且为了保持肉质的新鲜，他们往肉里面也就是往水里面注入福尔马林液，我们学医的同学肯定知道福尔马林的作用，乡下的屠宰户们也知道它的作用，这样即便放一天，放两天，放三天之后，肉还是非常新鲜的。这样一种丑陋的社会现象，如果仅仅做展示，我觉得没有意义。所以我把这个注水肉、屠宰村当作一个外部环境来描写，重点是写了小说中"老来乐"这个人物，这个人可以说是高压水泵注水肉的发明者，但他在村里面有极高的威信，所有的老百姓都说他好。因为他引领了大家共同致富，很多人发明这样一个致富的技巧都是秘而不传的，而他发明之后，他公开地向全村的屠宰户传授，传授他的经验，引领全村人们都富起来了。富起来了干吗？富起来修桥，修状元桥;盖学校，盖了全县最漂亮的学校。所以不但村里面的人说他好，乡镇里面、县里面的领导也认为他是个好人，要让他当政协委员，当人大代表。像这样一个人，实际上就代表了一个群体，在中国改革开放三十多年的历程当中，确实有新型劳动的英雄人物，也确实出现了一批这样的奇异怪胎。他们截取巨大的财富，他们钻政府和法律的空隙，但他们身上又有一种冒险家的精神，他们准确地把握住了社会的脉搏，他们在非法和合法之间游刃有余。因此他们成为时代的弄潮儿，也成为许多人所羡慕的时代的英雄，他们许多人头上都戴上了桂冠、花环，胸前又挂个勋章。所以我觉得从一件社会上司空见惯的丑陋现象入手，然后引发到对这样的特殊性格人物的描写，才构成一部小说。假如我仅仅展示了各种各样注水肉的方法，屠宰村的黑幕，这样的小说不是小说。

本来我想在这里再讲讲《生死疲劳》里面我写的"蓝脸"，中国最后一个单干户，当全中国都实现了人民公社化的时候，只有我们村里面的蓝脸染一块很大的字，蓝色的字，只有他一个人在扛着，推着一辆木轮车，由一头瘸腿的驴赶着，牵驴的人是他小脚的女儿，她脑后留了条小辫子。只有他一个人跟全中国人民对抗，包括小说里面的人物说："你是全中国最后一个黑点，最后一个单干户。"他的地在人民公社的土地里面像一道堤坝，像茫茫大海里面的堤坝。人民公社的土地大量喷洒农药，他没有钱买，所有的害虫都跑到他的庄稼地里面。后来，他白天不出来劳动，晚上出来劳动，他说太阳是你们的，月亮是我的，我夜间出来借着月光的照亮来劳动。他一直坚持到了80年代，土地又包产到户了，每家农户都分地的时候，村民们都说他不用分了。当时我就把他当作是逆避着潮流的怪物，是茅坑里一块又臭又硬的石头，是那么一个令人作呕的反面人物形象，结果几十年后，三十年后，我们发现他是一个敢于坚持自我的英雄，是一个敢于以个人的力量跟整个社会对抗的英雄。当然真实的人物是在"文革"时期吊死的，但我的小说里面一直延迟到了80年代。那我想最近的话里面聊聊这个形象，也是因为生活中有这么一个人物，也是因为计划生育影响了中国人的生活三十年之久的重大社会事件。后来我想，这社会事件只是我写小说的一个背景，我描写这事件的目的是为了塑造我的人物，我展示在计划生育过程中所发生的种种现象，并不是我要否定计划生育政策，我不否定，我也不赞扬，我的态度在小说里暗藏着。但是我觉得我的最根本目的还是要借这样一件事来写人，因为我想我们都有经验，我们只要进行过触摸实践的话都会知道，你怎么样考验人物的性格，那只有把人放在风口浪尖来考验。这是我们过去很流行的一句话，"要让人在风口浪尖上锻炼"。我觉得就是应该把人放在风口浪尖上，把人物放在无数的两难境地里面，就像说你是一个妇科医生，你本来是负责接生的，你是天使，你要把生命迎接到人间，现在我要你去堕胎，让你去把别人腹中的活灵灵的生命扼杀掉，作为一个人，你的内心会有怎么样的反应？

欢迎大家去读我的《蛙》！谢谢！

儿时的原

陈忠实

这道原·那道原

《大家》主编李巍打电话来,竟有瞬间的惊诧。重温那独有的说着普通话的口音,便感知到一种重逢的欣然,是伴着惊诧的欣然。大约有几年不通音信,依旧储存着这位彩云之南的老朋友的别致的口音,久别重逢的欣然就自然地发生了。他约我散文稿。我不仅贸然应允,而且随口提出让他命题,在我的生活范围内,看他对什么话题有兴趣;如果我确凿也有生活体验,便可谋篇。他说让他想想再说。他想过之后便点题了,让我写少年时期所经历的和白鹿原相关的生活。我当即应诺。这自然是地理概念的白鹿原。原是西北地区特有的一种地理地貌,实际就是一方小小的平原,大约因为规模太小而不能称为通常意义上的平原,故叫作原。有好事者为了区别原与平原,给"原"字左边添加一个"土"字变成了"塬"。其实古人都没有多此一举,白居易一首七绝写到白鹿原:"宠辱忧欢不到情,任他朝市自营营。独寻秋景城东去,白鹿原头信马行。"且不究什么人干龌龊事惹得诗人心烦要到白鹿原上扬鞭驱马畅快抒情,单是说这"原"字原本就没有画蛇添足似的"土"字作偏旁。再如毛泽东的名作《沁园春·雪》里的"原驰蜡象"的"原"字,也未有"土"

字作偏旁,而陕北地区也有规模大小不等的多种原,毛泽东把大雪覆盖的一道原拟为蜡象,足见得诗人的情怀和气魄。

西安周边有好多道原,城北有龙首原,自然是因其地形像一条扬头的龙而得名。据说汉高祖刘邦之所以把皇都圈定此地,要借龙脉之气象便是诸种因素中最重要的一点。从西安城端直往南靠近终南山的神禾原,传说远古时生长双穗的谷子,便有了神禾原的名称。曾经的西北王胡宗南在此原为蒋介石修建一座阔绰的行宫,老蒋曾站在原头观望原下的滈河小平原和背倚的终南山的风光。作家柳青于二十世纪五十年代初相中此地,在原头一座废弃的破庙里安家落户,兼职深入生活,一住就十四年,创作出史诗著作《创业史》。悲剧也发生在这道原上,他的夫人熬不住"文革"的迫害,跳入井里饮恨而去了。神禾原东边是少陵原,两原之间有潏河流过。少陵原上有汉宣帝刘询和他的许皇后的陵墓,两座陵墓相隔一段距离,许皇后的陵墓规模较小,便有少陵之谓,且成为这道原的名称。此地在秦时曾设杜县,汉宣帝的陵墓被称作杜陵。然而,此原却是依其皇后的小陵墓而得名少陵原,竟然比皇帝刘询还风光。少陵原东边便是白鹿原,两原之间有颇为宽阔的河谷,发源自终南山的浐河自南朝北流过,河川里曾经有五六千年前的新石器时期母系氏族的人群在此渔猎,也种谷,村落遗址被称为"半坡遗址",遗址旁边的村庄称半坡,位置在白鹿原的西边坡根下。白鹿原的北坡下,也是一道河川,有灞河自东向西流过,是发源地秦岭的山势造成的倒流河。灞河原称滋水,一个让人感觉温馨的名字,却被要称王称霸的秦穆公改为霸河,以显示其统一中国称霸天下的壮志和野心,后人为霸字添加了三滴水,成为灞河。

汉文帝把他的陵墓选定在灞河河畔的白鹿原西头的北坡上,史称霸陵,亦称霸陵原。"沛公军霸上"即是说刘邦和项羽夺咸阳时驻军在霸陵原上。霸陵原多见于史籍,民间尚未流行。北宋时,大将狄青在白鹿原西部屯兵养马,从此便将白鹿原改名为狄寨原,一直延续到今天,一个古老的镇子也称为狄寨镇。这道原东西长约五十华里,南北宽约三十多华里,自东向西纵断着一条深沟,把此原割裂为南原和北原。我的家在北原的北坡根下,是一个五六十户人家的小村子。出了我家祖屋后门不过十来步,便是白鹿原的北坡坡根;走出我家前门不过五六百米,便可以掬灞河水洗脸了。在我从少年到成年的甚为漫长的岁月里,只知此原叫狄寨原,竟然不知诗性烂漫的白鹿原这个好名称。小说《白鹿原》出版二十年了,褒贬且不论,却把尘封在《竹书纪年》里的白鹿原的名称复活叫响了……

割草·搂麦

出生在农家屋院里的男孩子,从小小年纪就帮父母干农活了。我却记不准自己究竟是从几岁开始动手干活的,按乡村人归结的普遍规律,说男娃子一顿能吃完一个馍馍,就是好帮手了。我据此判断,当在我六七岁的时候。我同样记不清先学会的是哪一种农活,却笼统记得我能干的农活有拔草、割草、搂柴火、搂麦穗、掰包谷和剥包谷等。幼年从事的这些农活,有的是我喜欢干的,留下了愉快的记忆;有的是难以承受的不想干却不得不干的,便铸成一种伤痛。

我最喜欢干的农活是割草。我家和隔壁一家同族本门人家合养一头黄牛。牛喜食青草。每当春天青草长出来,我便背上柳条编织的小号笼子提上割草的短把儿镰刀,下到灞河河川或上到白鹿原坡去割草了。当时不知白鹿原的名称,只说上坡割草。割草总是结伴去,几乎没有一个人独自行动的行为,除了结伴搭伙儿热闹有趣,还有至关重要的一条,便是安全。那时候沟梁纵横的原坡上还有狼族活跃其间,常常就有某人在某道坡梁或某条沟谷里撞见了狼,甚至还有某村的小孩被狼叼走的骇人听闻的灾祸发生。父亲总是在我出门割草时提醒,不要单个上坡,找俩伴儿一搭去。

村子里和我同龄或不差上下年岁的伙伴不过三四个，今日我找他，明日他会来找我，三四个人聚齐了，便商量确定到哪一条沟或哪一道梁去割草，说着诮着嘻嘻哈哈便走出村子了。麦子收罢进入伏天的酷热季节，阳光如喷火，伙伴们不约而同在坡梁下的沟道里遮蔽了阳光的背阴处坐下来，玩一种抓掷石子的游戏，或者打扑克，直玩到太阳西斜，才抓把短把儿镰刀去割草。最富诱惑的快活事儿是逮蚂蚱。蚂蚱有麦蚂蚱和秋蚂蚱，前者是生长在麦穗上发出吱吱吱的叫声，我曾和小伙伴们在麦子地里逮蚂蚱，着急处就忘记了已经黄熟的麦子，踏倒了麦子，招来麦田主人的叫骂。不过，这种麦蚂蚱叫声很单调，很快就把兴趣转移到秋蚂蚱这灵虫上来了。所谓秋蚂蚱，是相对麦蚂蚱而言的，在麦蚂蚱完成一次脱壳可以鸣叫的时候，秋蚂蚱才从埋在地皮下的卵蛋里化育成虫钻出来，满体嫩绿如同刚刚脱壳的绿豆。秋蚂蚱生长在长满酸枣刺棘的田坎上荒坡上和坟地里，捕捉很难。我和伙伴们根本等不得它完成三次脱壳羽化为可以鸣叫的蚂蚱，就在刺棘丛中寻找，常常被刺棘的尖刺刺得脚面和小腿布满血印也不在乎。逮着小小的秋蚂蚱，装进竹篾编的蚂蚱笼子里，每天喂它野谷苗的内芯。眼看着它在小笼子里一天天长大，完成三次脱壳成为一只羽翼丰满的蚂蚱，发出铃铛一样响亮有节奏的歌唱，我常常陷入一种沉醉。这种秋蚂蚱生命力很强，如果喂养精到，往往可以鸣叫到深秋以致霜冻时节才会完结，给平静也显孤寂的农家院子添一缕欢乐的声响……逮秋蚂蚱太专注也太投入，往往忘记了割草，无论逮着秋蚂蚱的兴奋或逮不着的懊丧，都会在拾起短把儿镰刀开始割草不久便淡化了，只畏怯草割得太少父亲那责备的眼色。

印象里最不愿干却不得不干的农活是搂麦子。我家有十六七亩土地，绝大多数分散在原坡上，只有三五亩可以浇灌的水田分作四五块散布在灞河川道里。养牛积攒的土肥，单是施到一年可收两料的麦子和包谷的水田里都不够，原坡上的单料麦子根本施不上一次土肥，那麦子长得黄不拉叽的样子,收割时几乎搭不住镰刀,散落在麦茬地里的遗穗就很多了。村子里乡民把这种成色的麦子称作猴毛,把小小的麦穗称作蝇子撒(苍蝇头),把割这种麦子称作薅猴毛。父亲把一块又一块全是猴毛似的麦子薅过,我紧跟其后用粗铁丝做笆刺儿的大笆子把遗落的猴毛搂起来。至今印象最深的是在离村子最远的称作唐家坡顶的那块地,这是我家在原坡上最大的一块地,大约两亩还多,周边没有一棵树。我拖着足有一米宽的粗铁丝作笆刺儿的大笆子,一笆紧挨着一笆从东往西搂过去,再从西往东搂过来,确也如同为这块刚刚薅过猴毛的猴子梳头又梳身。这个铁丝笆子倒也不太重,拖起来也不太累,关键是坡地上滚动的热浪太难忍受了,火盆似的太阳就在头顶喷火,被晒了大半天的麦茬子热气蒸腾,拖着笆子过去再拖着笆子过来的过程,是被翻来覆去的炙烤。尽管头顶戴着草帽,头皮和脸皮仍然感觉到难耐的烘烤的灼伤,身上和裸露的小腿更不用说了。从家里带来的沙果叶茶水早已喝光,汗水似乎已经淌干流尽,口干到连一口唾沫儿也吐不出,看着还有一大半尚未搂过的麦茬地,有种想哭却哭不出来的无奈。看到远处一块坡地上有一个同龄的伙伴也在搂着,心里似乎有一种安慰,农家娃娃都得做这种活儿,且谈不到劳动的单调和无趣,那时候还不懂这些高雅的词汇,尽管切实地承受着……而当某天晚上和父亲坐在院子里吃晚饭,抓起母亲刚刚蒸熟端到跟前的白面馍馍咬下一口时,父亲顺口便会说,白面馍香不香?香。爱吃不爱吃?爱吃。明年搂麦子,再甭撅嘴脸吊的了。搂麦子受苦招架不住的那阵儿,想到吃白面馍馍,你就有劲了……这是我最初接受的关于劳动的教诲。

祭　祖

我生活的村子叫西蒋村,新中国成立初仅三十七户人家,村子东头有一条沟,流着清凌凌的发源自原坡上的泉水,供全村人饮水、洗衣,也浇灌小块田地。沟那边有一个东蒋村,更小,不过二十七户人家,村子之间的距离不足二里路。两个以蒋姓作村名的村子,却没有一户姓蒋的人家,我问父亲,父亲说不清楚,问比父亲更年长的老爷爷,竟没有一个人说得清白。我生活的西蒋村几乎全是陈姓,只有两户郑姓的人家。陈姓共有一个老祖宗,我却搞不清老祖宗的大名了,然而,这个陈姓老祖宗当属三十五户陈姓人家的始祖,也当是第一个在西蒋村这块地盘上落脚的人,有族谱为证。

　　每到大年三十后晌,陈姓的成年男子领着虽然尚未成年却已懂人事的男孩齐聚我家,迎神拜祖。父亲早已把不大平整的上房中间的地面用湿土垫平砸实,清扫干净,把我家那张方桌擦洗得一尘不染,放置到后墙中间开着后门的位置;方桌上已经摆置了蜡台和香炉,还有四盘令人馋涎欲滴的油炸的馃子和点心;那幅族谱——俗称神轴——就摆在方桌上,近乎一丈长,平时架放在木楼上,到此时父亲把它拿下来了。待全村陈姓男人聚齐,由陈姓一位辈分最高年龄最长的老者主持仪式,开首是:点蜡上香。这项指令实际是老者发给自己的,话音刚落,他便拿起点燃的火纸,猛吹一口气,那自燃的火纸便冒出火焰来。老者先点着左边的插在蜡台上的紫红色蜡烛,再点着右边一支,再撮三根紫色的香,在蜡烛上点燃,一根一根又一根插入盛着细沙的香炉,双手抱拳,跪拜三匝,然后退居方桌旁边。在老者发出"点蜡上香"的指令时,侍立在方桌两边的父亲和另一位男子便举起族谱——神轴,缓缓地展开,再挂到墙上。也就与此同时,我家街门外便响起鞭炮的响声,夹杂着雷子炮的震天轰响。侍立供桌前的陈姓男人们,依着辈分的高低,一个一个走到供桌前,从香炉里抽出一根紫香(只有主持的老者上头一道香拿三根),在蜡烛跳跃着的火焰上点燃,双手掬着插入香炉,再双手抱拳举到额头鞠躬,然后跪地三叩首。有领着儿子的人,儿子在他右首照着他的动作做下来。我父亲在陈姓的辈分最低,我自然更低一辈了,轮到父亲朝拜列祖列宗的时候，已经剩下不足十来个人了(拜过的人都回家去了)，我跟着父亲一起鞠躬跪拜，心里顿然也会潮起一种肃穆的感觉。

在我们家祭拜陈氏祖宗的事，据说有两个因由，一是我们家有一幢三间大房，尽管这幢房子已经分为两半，我家和叔父家各占一半，但作为敬奉祖宗展挂神轴却是宽展的，几乎是别无选择的。大约到1949年新中国成立，村子里仅仅只有两三幢这种被称作大房的房子，多数村民都住着单面流水的比较窄小的厦房，厦房既供不起长宽都过一丈的神轴，也容不下祭拜的陈姓族人；再一个因由，据说是我爷爷曾经是村子里说话很有分量的人，尽管辈分低，却不影响他说话的分量，由他保存神轴年终祭拜祖宗就是顺理成章的事了。爷爷大约在父亲刚刚成年时便英年早逝了，尽管父亲不再具备爷爷说话的分量，保护神轴祭拜祖宗的活动依旧在我家顺延。在我有资格跟着父亲跪拜祖宗不过两三次之后，这幅神轴转移到另一户人家，这户陈姓人家盖起了宽敞的三间新瓦房，而我家的老房子已经漏雨了，积雪融化滴溜的水滴浸洇了神轴——陈姓列祖列宗神圣到顶礼膜拜的族谱——那是不可饶恕的罪孽。在我跟着父亲到这户祭奉祖宗神轴的房子里去跪拜的时候，对祖宗的虔诚已产生自觉，却也因不在我家里而隐隐感到一缕空虚……再没过几年，在破除封建迷信的"大跃进"年头里，神轴——陈姓族谱据说被焚毁了，大年三十后响公祭的事再没有举办过。我也留下了无法补救的遗憾，搞不清陈姓四辈往上的祖宗，更不知进入西蒋村的陈姓始祖的大名了。

原上有个名叫窑村的村子，乡民多姓陈，是从我们村子迁居到原上的窑村的一户陈姓人家繁衍的族群，每到大年初一，他们搭帮结伙从原上下来，到我家(后来到另一家)祭拜祖宗，原上原下两个村子的陈姓后裔相聚一堂，嘘寒问暖，说收成，谝笑话，其乐融融，我和那些跟随父亲来祭拜祖宗的男娃子们，已经结伙玩耍了，同宗同祖的血缘，似乎确有某种亲情的天然纽带相系结。

卖 菜

　　白鹿原上的这村那寨和白鹿原下的这寨那村的人家,多有亲戚关系,原上的姑娘嫁到原下或原坡上的某户人家,也多有原下的姑娘嫁到原上某个村寨的人家,亲戚间的往来就很频繁。单就我们这个不足四十户人家的小村庄说,竟然有六七户人家都和原上有这种最亲近的亲戚关系,而我母亲的娘家(我的舅舅家)就在白鹿原西头的五坊村,两个姨妈家也在原上的两个很大的村子。这样,在我尚未懂事也爬不动坡上很陡的土路的时候,据说是由父亲背着我上原,每年正月头上去向舅爷舅奶舅舅舅母拜年。到我能走得动的时候,一大清早起来便跟着父亲母亲出门上路了,从我们村子通舅家的原上的村子有一条斜路,大约七八里,尽管天气很冷,走上原头的时候早已浑身淌汗了。

　　走上原头的感觉是奇异而又新鲜的。天太宽阔了,直到眼睛所能抵达的模模糊糊的终南山的群峰(那时候尚不知终南山的称谓,当地乡民只说南山);往北看,对面的北岭(即骊山的南端,同样在那时尚不知骊山的称谓,当地乡民只说北岭),竟然遮挡不住天了;原上一马平川,远远近近散落着大大小小的村寨,无论如何望不见东边原的尽头,便有一种神秘感。我之所以会有这种感觉,完全是我生活的小村庄所在的特定地域造成的。我们的村子紧紧倚靠着白鹿原的北坡,站在村子的任何一个角度,满眼都是熟悉不过的坡坎和峁梁,刀裁一样的原顶遮住了天空;往北看,便是骊山的南麓,同样遮住了天空;在南原和北岭之间,蓝的天或阴的天,永远都是窄窄的一条长绺的天空,当地乡民自我调侃说,生在咱这地方,一辈子只看一绺绺天。绺绺,通常是说布条的,一绺布条。在我能够独立走上白鹿原的时候,宽阔的天和平坦无边的地让我发生奇异的感觉就不足为奇了。

在我更生动鲜活的记忆,是上原卖菜。

在我考上中学的时候,家庭的经济来源没有了,父亲种树卖树供我们兄弟俩上学,无奈树长得太慢,供给不上两个中学生的学杂费;村子里已经建立了农业合作社,即使劳动有盈余,也得等到年终合作社决算后才能分配,况且多数人家都是倒贴户。我在父亲完全无法可想的困局里,上完初一第一学期便休学了,后来在政府的帮助下复学,却错过了一个年级。记得是在复学读完初一的那年暑假,出现了学生卖菜挣学费的新鲜事,而且很快形成了一股风气。那些和我一样先后考入初级中学的乡村学生,其实大多数的家境相差不了多少,十个有九个都上不起每月大约要花费十元钱的学生灶,都是背着一袋子馍上学,每天三顿都是开水泡馍,伴着辣椒酱或咸菜。即使如此节俭,每学期开学的十多元学杂费仍然成为每个学生家长的重而又重的负担。这一年的暑假,不知由哪个村子的哪位脑门儿活泛又灵动的学生闯出一条挣学费的生财之道,从原下的农业合作社的菜园里趸下时令蔬菜,第二天一早挑着菜担上原,到原上的镇子上去卖,赚下钱来,到暑假结束便高高兴兴交学费了。我很快就加入到这个刚刚形成的学生卖菜的不大不小的群体中了,心劲颇高,不用再担心失学了。

白鹿原上自古缺水,俗称旱原。无论大村小寨的乡民,吃水是最大的困难,靠人力打下的深井,水多不旺,而且是人力所能挖到的极限深层了。吃水历来困难,种庄稼自不待说是靠天吃饭,每年只种一料麦子,不种秋田,在于秋禾更费水,而当地的气候特征恰恰是十年有九年的伏天都缺雨水,蔬菜就更谈不上种植了。原下人调侃原上人说,宁可给你一个馍,不舍得给你一碗水。更有甚者说,原上人早晨起来,为节省洗脸水,夫妻兄弟姊妹面对面吐唾沫儿洗脸……原下的一个又一个村庄,门前流着丰沛的灞河清流,每个村子都有引灞河水自流浇灌的水田,还有不少稻地。在个体经营时代,几乎每个村子都有一两户心灵手巧善于抚育蔬菜的农民,便有了收入强过普通庄稼的菜园;到上世纪五十年代中期农业合作社建立后,每个社里都有相当规模的蔬菜种植地块,作为合作社的副业。我们村子就有五亩地种植着传统的韭菜、大葱、蒜苗、茄子、辣椒和刚刚引进的洋柿子(西红柿)等,合作社社员把这些蔬菜挑到原上的镇子去卖。原上人自古以来就吃着原下人种的菜。

我在我们村子的合作社的菜园里耷下时令蔬菜,多是大葱、韭菜、茄子和西红柿,总量一般不超过五十斤,这是十五岁的我挑菜上原所能承受的极限重量。

我和村子里的小伙伴一起挑菜上原。天微明便爬起来挑着装满蔬菜的竹笼出门了,走不过一里平地便上坡,目的地是狄寨镇——我尚不知是用北宋大将军名字命名的镇子,大约十华里远,上原后到镇子还有约三华里平路,上原的陡坡路占过大半。我挑着蔬菜,出村子时尚不觉得压迫,很快走过一里平地开始踏上上原的坡路的时候,那装着蔬菜的两只竹条笼便沉重起来,出气也急促了,汗水也冒出来了,直到肩膀疼痛不堪双脚也难以跨步的时候,便招呼伙伴歇一歇……从出家门到上到原顶,少说也要歇四五回,上到原顶的那一刻,肩头的担子几乎是扔到地上的,当即躺倒在地,汗水似乎汹涌而出,喘着粗气的嘴连叫妈的气力都没有了。然而,心里却是一种成功的轻松,最难的坡路爬上来了。待喘息初定,便拿出用布包着的馍来,肚子也咕咕叫起来,吃完一个馍,便挑起两笼蔬菜直奔狄寨镇了。

狄寨镇街道的两边,任由各种商贩自选位置,先到者便先占得街道中间人来人往最稠密的一方地盘。我选定地盘放下装菜的竹条笼,把各色蔬菜都亮出来,便坐在地上迎接买菜的顾客。上世纪五十年代中期的蔬菜价格,我从合作社耷来的时候,韭菜大约五分钱一斤,大葱一角钱,西红柿七八分钱,挑到镇子卖出时的价格都要翻一倍,开始时咬紧牙关不给购菜者讨价还价的机会,如果销售不顺利,便只好忍痛降低售价了。印象深的事是算账麻烦,那时候还用的是十六两为一斤的秤，买主如果买整数的蔬菜很好结账，如果一斤二斤又带着三两四两，结算就犯难了，我便用小木棍在地上划拉乘法运算，往往惹得那些大叔小婶瘪着嘴笑，逗我说这个"土算盘"算的账准不准？然后才掏出钱来付我。如果卖得顺利，到人去集散的时候卖完最后一秤菜，挑起空笼走出集市的时候，便有一种想喊想唱的快乐；如果眼看着街道上的人越来越稀，笼里的蔬菜还剩下不少，便着慌了，很自然地减价，而且大声呼喊着"便宜了减价了快来买呀"之类的吆喝；如果仍然无人问津，便只好和同样没有卖完菜的伙伴重新挑起菜笼，到镇子周边的村子去叫卖，肯定会贴本儿，这是令人丧气的事。

　　从初中一年级到高中一年级，每年暑假都是以割草和卖菜为主要劳动项目。原上有三个较大的集镇，另两个集镇每逢集日，除过下雨天，我都会挑着两笼蔬菜去赶集，多数时日里都可以赚一元上下的人民币，也有赚不到钱乃至亏本的倒霉事。无论如何，每到暑假结束背着一袋子馍上学去的时候，口袋里装着我自己卖菜挣来的学杂费，是一种坦然，乃至骄傲。有一年卖菜收入颇丰，母亲竟到供销社买来机织的"洋布"，在镇上的裁衣店为我做了一件四兜的制服，我平生第一次穿上了制服。

木板·秧歌

　　1950年春节过后的一天晚上，父亲把我叫到方桌前，郑重却也平和地说，你明日格去上学。我也不觉得太惊奇，上学的事在年前已经说过不止一回了，只是明天就要走进学堂的时候，还是有一种说不清楚是紧张或是受制约的异样的感觉。我没有说话。父亲接着把一支新买的毛笔递给我，还有一沓写大字的仿纸，说，你跟你哥合用一个砚台。我哥早我两年上学，笔墨纸砚备全。我接过写大字的毛笔，拔下那个竹筒笔帽儿，毛笔的竹竿尖头是一撮紫红色动物毛做的笔头，我当即联想到在原坡上割草时撞见的狐狸尾巴的毛,据说好毛笔都是用狐狸的尾毛制作的,称鸡狼毫。

学校设在村子东头的一孔窑洞里。我们的村子倚着白鹿原北坡的坡根自东向西排列,我家是西头倒数第二家,后门外的坡地却是河卵石和河沙的沉积层,这是不知几千乃至几万年前,灞河曾经流过的河床。村子东头却是黄土崖,不见一粒沙石,村民便在崖根下凿成冬暖夏凉的窑洞。这里的窑洞又高又深且宽阔,里边用土坯垒成隔墙,一家两代乃至三代共住一孔窑内。作为学堂的这孔窑,是村子里有房子住的一户人家放置杂物的闲置的窑洞,提供给乡民作学堂,已经使用许多年了。这孔窑洞学堂容纳着二三十个学童,是我村和东蒋村以及处于原坡上的仅有十多户人家的史家坡三个村子的求学的子弟。请来的教书先生的报酬,由上学的学童的家庭分摊,那时候不论钱而论麦子,大约是新中国成立前国民党的纸币贬值得和废纸一样,人们常说背一口袋纸币买不来一口袋麦子,乡民们的交易便是以物易物,无论卖地卖树嫁女儿,都以麦子或包谷为易物。聘请来的教书先生,也是议定一学季给多少斤麦子,具体给多少,我那时不用关心。

我拿着父亲昨晚交给我的毛笔和一沓写大字的仿纸,拘束而紧张地走进那孔窑洞,在自家的方桌旁的自家的长条凳上坐下来。那个时候的乡村学堂,没有公用桌凳,由学童搬来自家的方桌或条桌和凳子上学,有的学童的家长约定合用一张桌子,我家的方桌四边可以坐八个学童,我和我哥之外,另有四五个同村的学童共用一桌。

紧靠窗户是一个土坯垒成的炕。紧靠炕边支着一个方桌。桌上摆着一摞书和一摞纸,还有一个插着粗杆细杆毛笔的笔筒,还有磨墨的砚台。先生正襟危坐在桌边的椅子上。先生很年轻,穿一件淡蓝色长袍,正在给学童写影格。初入学的学童先把先生写好的影格垫在仿纸下面,然后按着影格上的字的笔画在仿纸上照写。我不敢到先生的方桌跟前去,由我哥把一方仿纸送到先生桌上,要求为我写一方影格。约略记得是从一到十最简单的十余个字，我把影格铺到仿纸下，模模糊糊可以看到仿纸下的笔画，用蘸了墨汁的毛笔照写起来，尽管横笔不直竖笔歪扭，却总算是我捉笔写出的第一张汉字了。

印象里的先生眉目清秀，却不苟言笑，看去和善的脸上，一旦被哪个学童惹得生起气来，也够怕人的，顺手便抓起摆放在方桌上的足有三尺长的窄木板，抽打那个学童的手掌，打得学童尖声哭叫，他也不会饶恕，说打五板绝不少打一板。我确凿怯惧那把木板，窝着贪玩的野性子，避免了木板击掌的惩罚。我已记不清学习课目的内容，却记得这种延续到1950年春天的老式乡村学堂的格局到秋季就废止了。据说穿蓝袍的先生被政府收编，集中培训去了。人民政府派来了一位新教师，穿着四个兜的干部装，个头高大且粗壮。他到处向乡民申明他是人民教师，要称他×老师，不许再称他先生；对入学的孩子要称学生，不能称学童了；最让乡民们新鲜的是，这位人民教师的报酬由政府每月发给，不用学生家庭分摊，村民们惊喜地说，娃娃念书不掏钱，新社会真好。

我上学的第二年春天，村子里实行了土地改革，我们村子没有划定一户地主或富农的农户，比我们村子少一小半农户的东蒋村划定一户地主成分的人家，土地和财物被分配给穷人了，作为三合院的坐庄建筑——三间大房收归为公有，议定为初级小学的学校。这样，1951年的下学期，我和同学们就在这幢宽敞的大房子里上课了。教室宽敞了，光线也比窑洞亮堂了，却要出村子跑远路上学了，东、西蒋村之间纵着一道不太高的土梁，梁的两边是两条不太深的沟。那时候一天上三次学，我和西蒋村同学便来回翻六次沟和梁，却也从来不觉得累或苦。也是从这学期起始，教室里有了女学生，都是耐着心到乡民家里说服开导，应该让女娃上学识字，女学生逐渐多起来了，还有十六七岁的大姑娘也认字求学来了。

每天下午，这位老师领着我们在农民的打麦场上扭秧歌，双手上下轮换甩动，高过肩膀，三步一跳，左右扭摆腰身，动作不复杂，很容易做到,难的是排列的两队不仅要步调节奏一致,而且两队要互相交叉变换队形。后来老师又教给我们一种竹竿秧歌,因为多数学生家里没有竹竿,老师变通为柳条,我们从灞河滩到处都有的柳树上砍下擀面杖粗细的柳树枝,剥掉皮,是洁白的柳秆,再用红颜料涂成红白相间的彩色。按照老师教的竹竿秧歌的舞步跳起来,仍然是三步一跳,右手拿着的竹(柳)秆和着脚步击打左肩再击打右肩,最后击打跳起来的脚掌。同学们各个都练得认真,跳得满头大汗也乐在其中,尤其是打麦场边有许多男女村民和小孩围观的时候,大家跳得更认真了,吹着哨子伴着节奏也更来劲了。

教育局的管理部门组织了一场秧歌赛,分片举行,原坡地区的初级小学会聚在中心小学,我们的竹(柳)秆秧歌别具一姿,独领风骚,随后被安排到原坡和原上的村子里去表演 (还有另外几所学校的秧歌队)。每有节日庆祝活动,我们的竹(柳)秆秧歌都受邀表演。我大约刚交上十岁,跟着老师和同学,攥着一根磨得溜光的竹(柳)秆,扭遍了原下原坡和原上的大寨小村,兜里装着自家的馍或锅盔,所到之处的村子或学校供给开水,歇息下来便吃馍喝水,依旧劲头十足地扭。

直扭到四年级毕业, 在当年考高级小学难似考秀才的升学考试中,我竟考中了。当时学习的情况已经基本无记,只留下竹(柳)秆秧歌的记忆。在我后来到原上或原坡的这村那庄走动的时候,偶尔竟会泛出少年时到这里扭秧歌的情景。

悲迂

塞壬

一

那些久远的时光被岁月的尘埃覆盖,往事已矣,还有谁愿意去回忆西塞,还有谁会唱起悲迂? 我的西塞,钢铁取代了水稻,工业和城市,开启了它的时代。偶尔午夜梦回,我依稀记得有人站在梦境的甬道深处唱。如诉如泣,激越,哀婉,百转千回,有咯血般的痛楚。梦的可怕就在于,醒来之后,它还在持续,我认出了那个女子,楚剧的青衣,当她跟我一对视,梦就倏然醒了,她的脸碎裂般地消失,迅不可捉,临去甩袖一瞥,桃花带泪,留存在我的记忆里。多少年了,我身上潜伏了一种奇怪的性情,每当欣喜或大悲,我必发声,我发出楚剧的悲迂,自编唱词,拈着手指,媚眼如丝,婉转身段,一个人用湖北楚地的悲腔抒发我如痴的癫狂。很本能的,我还会发出锣鼓的引子, 咣起咣起咣起咣起, 咣咣切——小旦急促的碎步,比手一亮相,充沛的中气,开大口,高亢地,裂帛般地哭诉这属于我人生中极为难得的狂欢。这样的淋漓难以言表,但它有强烈的排他性,无法与人分享。然而,今天我要说,不光我,在我的出生地西塞,那个地方的人们,多少年来一直传承着这古怪的性情特质。它像一个胎记,烙在我们身上。有时,我仔细地端详它,像凝视祖辈们那古老的魂灵,是因了什么,一定要用哭一般的悲迓来表达这人生的喜悦与哀愁?

离开西塞十几年,在广东,我说一口乡音浓厚的普通话。一些字的发音,是普通话所没有的。悲迓的迓,楚地发音并不念yà,而是一种略带鼻音,舌尖顶上颚,果断地发出的一个喉音,去声,短促,没有商量的余地。我先前疑心没有这个字,但觉得不可能,只要有关湖北楚剧的文字,就一定会涉及"悲迓"二字,没有悲迓,楚剧就没有了灵魂。我在网上找到了这"悲迓"二字,关于它的说明却非常让人遗憾:"楚剧唱腔的一种,主要表达人物内心悲伤凄凉的情感。"这样的说明是一个说话机器发出的,它不相干地附在悲迓的面上,捂住了它的灵魂那炽热的战栗与剧烈的抖动,蒙着它所有的光,把它与其他四类唱腔并列,没有赋予它应有的尊贵与华彩。对于一个楚人来说,长歌当哭,我无需为悲迓争辩,它无可争议地成为楚剧最美的部分。然而,当我写下悲迓,却并不是想对外省人做一个普及,更不是为了拯救渐行渐远、已走向没落与衰败的楚剧。当我朝着越来越深的岁月走去,一路上,丢失的东西太多,而固执留存在生命里的东西让我心存疑惑,虽然这里面没有刻意的成分,当某种性情特质病痾一般地存在,我深信我对它的依赖程度。我先是丢掉了工人出身的本原质朴,接着丢掉了来自小地方那种特有的怯懦与卑微感,最终我丢掉了楚人的血性与狂狷,包括骨头的铁质和言辞的气壮。为什么这悲迓却伴我至今,它为什么没有被丢掉?我想起十几年前,南下的火车,闷热的车厢里,一个人只身去广州谋生,在两头切断的时空里,未来无着,孤苦伶仃的感觉浸透了那样一个夜晚,我抱紧自己,心里反复有悲迓在唱:"从此就是一个背井离乡的人,从此就是一个人……"悲迓的颤音,字字泣泪,如犹在耳,想来竟一语成谶。一路走来我毫无察觉,仿佛与生俱来,当我再次审视一直伴我多年的悲迓,我才突然意识到,这条隐藏在性情暗处的特质,是一个人最真实的表情,带着酡红的醉意,翩跹地高蹈在隐秘的世界里,完成一个人的自恋与抒情,以及我耻于提及的孤独感,是不是可以认为,我后来开始的写作生涯是悲迓的另一种存在?唯一的一次,我居然当众在醉后唱了这悲迓,"塞壬,昨晚你那唱的是什么,那么怪异的腔调?像是哭诉一般……"有人事后这么问。我素来在公开场合不多话,给人的印象是拘谨而怯懦,这样的失态实为罕见,我全然不知道人家敛声静气地听我唱:"春天过去了,又一个春天过去了,亲爱的,等你老了没人要的时候,你就是我的了,就是我的了……"这个非著名的事件,成了朋友圈中的一个笑料。然而,我深信,只要听我唱过悲迓的人,面对那种从灵魂发出的声音,一定会为之动容,那是怎样的心如刀割啊。去年端午节的晚上,这伴我多年的悲迓忽然在南方的某个时刻遭遇意想不到的应和,它在我内心迅速被擦亮,啊,这是一种隐秘的汇合,以至于我在那一瞬间有了轻微的眩晕感,那种从头顶一直往下浇灌的凛冽,那种逶迤而来顺着我的秘密气脉直抵内心深处的奇妙感,让我惊呼:啊,这是谁在那儿唱,这是谁在唱?

在南方遭遇悲迓,这是我从未想过的。端午节那天晚上,我去东莞一个工业园做采访——你的故乡如何过端午节?带着这样一个无聊且毫无新意的采访命题,我坐在了工业园广场的小舞台下面。主办方组织了一台晚会,来自全国各地的农民工在这小小的舞台表演家乡过端午节,小品,戏曲,舞蹈,说唱,气氛非常好。在中场的光景,主持人没有报幕,帷幕忽然缓缓拉开,一位身穿白色连衣裙的女子跌跌撞撞碎步奔到舞台中间,舞台苍白的灯光打在她清瘦的脸上,看不清眉目,但我看她形体的表情,已知道她满目含悲,长舒广袖的臂腕,一回头,一跺脚,又跌撞疾走半圈,启唇唱道:

列位君子啊,泪湿衣袖,赵琼瑶牵小弟跌跪街头,奴本是川东人书香之后,父母慈儿女孝欢度春秋,恨大伯赵炳南如同禽兽,为霸产施毒计把父的命谋,炳南贼他怕把阴谋泄露,将父尸抛下重台说是酒醉坠楼。乳妈娘知隐情如实倾吐,无奈何奔河南把青天来求,包大人遭革贬我又落虎口,含冤女反成了阶下之囚……

　　这是楚剧《四下河南》中著名的悲迓唱腔,我非常熟悉……我说熟悉,却一时间对这样的熟悉却有一种一言难尽的复杂心理。台上这女子,她开腔那句"列位君子啊……"在瞬间就摄住了我,烂熟的剧情,显然我对剧中赵琼瑶的故事根本就毫无兴趣,那苦命含冤的美丽女子,于我,早已转化成对悲迓审美最精微的把玩。这个女子,她非常清楚在这段悲迓应该表现什么,对于年年都唱的曲目,楚人对剧情不再关注,她要表现的当然不是剧中赵琼瑶的悲情命运,而是——她个人,作为女子应该表现出个人的女性魅力。楚人捧角,定捧悲迓的角,捧的是这个女子表现出怎样的个人气质。她开腔的那一句,在渗血的颤音里,是一种极尽妩媚的撒娇,她的眉眼、身段,是楚人已败坏或者说已偏离了的审美——在悲迓里迷恋风月,迷恋蚀骨的色情味道。我觉得很多国人在对《西厢记》、《牡丹亭》这类戏曲的欣赏把玩中,也伴有这类颓艳的审美情愫。也许只有我才看得出来,台上的女子,她唱得很骚。也就是说,她深谙此道,把悲伤唱出一种甜味,去抚摸受众被惯坏的听觉味蕾。只是在广东,没有人了解这样的风情。她摄住我的,是因为,她的唱腔、身段气质非常像我前面提到过的,在我梦中出现过的那个女子。我的堂姐祝生。以致我恍惚间惊叫:那是谁在唱?

　　晚会散了,我顺利地约到了她,给她做一个简短的采访。我这才看清她的样子,一张清秀的刮骨脸,澄澈的单眼皮眼睛,鼻梁上撒有细密的淡雀斑,抿着的唇线稍微向下,略略的苦相,眼睛看生人,匆匆一瞥,就迅速耷下眼皮,想掩饰自己的拘谨。这气质毫无半点风骚风情的味道,我深知,这样的人,只要进入表演,她就是另一个人,她骨子里藏有一个妖魔。湖北老乡本是意料之中,如果说在东莞听到楚剧的悲迓让我吃惊,但听这女子的陈述后,我竟激动地抓住了她的双手。在广东十一年,我从未遇到过如此近的老乡,她居然是我邻村肖姓人家的姑娘,两隔壁,跟我们黄姓村庄只隔着两三个橘园,啊,只是西塞的橘园在多年前就全被铲平了,那里,现在是一排排竖着烟囱的炼钢厂房。肖青衣,有意味的名字,二十七岁,在东莞一家五金机械厂打工。见我是故乡人,她也回应了同样的热情。我清楚的是,肖家是楚剧的世家,曾祖父是唱武生的,演白袍将的薛仁贵得名,名噪一方。只是跟我家一样,现在几乎没有人再唱戏了。她的戏自然来自家族的传承,我问她,为什么还要坚持唱这楚剧的悲迓?回答让我很震惊:为了赚钱呀。这句话从她嘴里说出来竟那样理直气壮,还明显带有一股鄙夷的神气。唱悲迓赚钱?那是谁在花钱听楚剧呢?在我印象里,悲迓已淡出人们的视野多年了。它现在以什么样的形式存在着?我丝毫不认为唱悲迓赚钱太过形而下,尽管这一回答已颠覆了我对她的那种诸如梦想、传承以及灵魂诉求之类的文艺期许,我在瞬间意识到,我跟她气息不对,是我太矫情了。采访变得索然起来,在得知她是邻村肖家的姑娘之后,我就先用西塞方言跟她说话, 这是我唯一在春节回家时才有机会讲的一种语言。在异乡,在那样一个夜晚,它的每一个音节都生涩得让人惊讶,这是从未有过的。果然,气氛一下子热络了,她兴奋地问东问西,做记者能赚很多钱吧,多少钱一个月?你在东莞买房了吗?你用的是苹果手机哦,把你的电话告诉我吧……我微笑地看着她,交谈已经被话多的她引到了这样的方向,虽然我已没有了兴趣跟她聊起西塞,更不愿意再跟她谈起悲迓,但仅仅凭她是会唱悲迓的肖家姑娘,就凭这个,我就愿意紧紧地拥抱她。

二

那晚之后,我再也没有肖青衣的音讯了。直到年关的时候,我突然接到了她的一个电话,那边大口地喘气:"大记者,我是肖青衣哪。"是西塞方言,这唯一的识别系统。"我还没有买到火车票,过年回不了家啦,你能帮我买到火车票吗?"因为报社每年有为员工团购火车票的福利,我一口应承下来。她一定没有想到我答应得那么爽快,这么迟打电话来求助,想必是对我不抱什么希望了吧,试探一下而已。我深知买一张火车票有多难,中国的春运,让太多的人过年回不了家,让从不下雪的南方比冰天雪地的家乡更加寒冷。我们约好地点见面,我把票交给了她。谁知,她并没有开口道谢,只巴巴地望着我,劈头来一句:我答应了两个老乡,说我能帮她们买到火车票……大记者你……

我被噎得一句话说不出来。半年多过去了,她竟胖了些,两腮的咬肌丰满有力,向下垂的唇线显出一股蛮横的狠劲儿来,见我不做声,她突然大笑起来,那笑声很放肆,仿佛在说,要是你买不到,就当我没说过——这就是我们身在异乡的人,常常说起的那种专坑自己的老乡。一旦沾上,牛皮癣般甩不掉,一般来讲,被老乡在背后捅一刀也并不是什么意外的事。显然,这个肖青衣便是个顽劣的泼主。在此之前,我曾遭遇过湖北老乡借钱不还,在我处落脚临走时顺便摸走我的现金和手机;还有一个老乡,我介绍她到我公司上班,不到两个月,她因抢别人的单被炒,不甘心,竟然在公司内部网群发邮件揭发我利用职务之便,介绍自己的亲戚和老乡到公司各部门就职,并在公司拉帮结派,形成所谓的湖北帮……这么多年,我在广东经历的事情凶险得太多,我已强大到对这类小小的绊子毫无戒心的境地,我知道这些都伤不了我,是啊,似乎是,越来越多的东西已经伤不了我了。比如……我的邻村的会唱悲迓的肖家姑娘,如果她真的在背后捅我一刀的话。

我是一定会让她达成所愿的。她乐得围着我转了一圈,双手打着躬,朗声用楚剧道白:青衣谢过了——那"了"字长长的拖音,无限柔媚,风情万种,仿佛被另一个人附了身,我不禁一怔,正欲脱口说出一个名字,她已消失在人群中了。

四个人在农历的腊月二十九回的家。绿皮火车上一路的琐碎、无聊以及肖青衣其人的极品、奇葩特质暂且不表。我获知的一个重要的信息，肖青衣说她将在大年初四去市文化广场唱戏，有专人请，说是春节这一趟可以赚足两万块钱。我非常好奇，楚剧现在以什么样的形式存在呢？到底是什么样的人在迷恋悲迓？回到家，我们的西塞早已改成了街道办事处，二十年前，我们的稻田被钢渣和煤灰填平，大片大片的橘园被推土机隆隆铲除，我们的土地和家园上盖起了一排排竖烟囱的厂房，那里夜以继日地在冶炼钢铁！我们裸身——一夜之间从农民变成了工人，住进了钢厂给盖的职工宿舍楼。这是一个伟大的事件，农转非，这具有魔力的三个字改变了我们的阶级身份。在我的印象中，所有的人都陷入了难以言表的狂喜中，对农民的厌弃，对土地的厌弃是那样露骨——我的两个表哥几乎同时甩掉了农村户口的未婚妻。城市，城市，这几乎让人晕厥的天堂，梦想之舟载着我们向那里飞驰过去，没有一个人回望、眷念或者伤感。成为城市的一部分，我们那样义无反顾，那样彻底和决绝。二十年过去了，当我审视"城市化进程"这个新名词，我发现，太多根植于记忆的东西已渐渐模糊起来，它们将被历史掩埋，甚至是，它们——从未存在过。当我回望，乡村在汹涌的狂欢中崩塌，田地、水稻还有橘林淡出了我们的视野，悲迓的声音也细瘦下去，渐行渐远。我们穿上蓝色的工装，扣上红色安全帽，脖上系着白色毛巾，与钢铁为伍，在炉前开启骄傲的人生。我记得搬进楼房的那一天，西塞唱了三天大戏，在大院搭的台，请的是省里的楚剧团，这样的时刻，西塞人需要在悲迓那哀怨、悲凄的婉转哭腔里感受一种精神的愉悦和抚弄，他们反复挑剔省剧团的演员一个眼神、一个转身、一个兰花指是否到位，精微、细致地把玩，宠溺着那已败坏的品位与审美。啊，唱秦香莲的，真是个妖精哪，小腰身扭得真好，那一声声的冤哪，直把人的骨头都喊酥，喊化了去。毕竟是省里的专业剧团，果然是比自家的草台班子好，印象中，那几乎是唱得最好的一场戏了。夜幕下，湛蓝的天空，月华如缎，星星眨着眼，清朗无风的夜，空气纯净得没有一丁点儿渣子。台下是一片痴迷的哑寂，男人女人伸长脖颈，张着嘴，灵魂出窍。那台上唱尽人世间悲欢离合，生死爱恋，一个个都疯了般，尽显魔态，那悲迓哭得足以裂石，长长的水袖，直舞得人肝肠寸断，"忽听得南天门鼓乐声器，午时不到就问斩，天罗地网逃也难，难舍董郎上御道……"无人不晓的《天仙配》，唱了多少年，烂熟的唱腔，在那样一个夜晚，却如同第一次听闻，空气稀薄得仿佛一点就着，人们紧紧屏住的呼吸被崩在一根极细的弦上，仿佛只要一断，人群的意志就会瘫软、崩溃。后来，我无数次地回忆起那场戏，我意识到，悲迓在向我们慢慢告别，那最后盛大的谢幕，随着我们即将成为城市人，那一声声如诉如泣的悲迓为我们画上了句号。在以后的二十年里，我不知道，人们是如何强忍着不断发作的戏瘾，如何在梦里一遍又一遍回味唱悲迓的那些个小妖精。成为一个真正的城市人，需要漫长漫长的岁月，甚至需要几代人潜移默化的濡染和浸润，才能彻底洗净骨头里、血液里的泥土的气息。而悲迓就是卡在我们通往城市精神之路的一根鱼刺。在最初的时刻，每往前一步，它都会让人隐隐作痛。我知道，直到有一天，这样的痛会彻底消失。

　　我以为现在已接近消失了。大年初三晚，肖青衣来电话说，明天上午十点在文化广场楚韵阁茶馆开唱，请我准时到达。啊，我有多少年没有看过楚剧了，十几年了吧。在广东，我倒是应邀去看了几场粤剧，但几乎每场都中途离开了，我进入不了，甚至连粤语，我依然无法发出一个音节，面对我刻意拒绝广东话的指责，我只能沉默着，我知道我身体里关于楚人的气息与血性已越来越少，我什么也守不住。窗外开始下雪，祠堂的祭祀渐次散去，故乡的年味，在肃穆庄重的祝福声里反复将我熏染与濯洗，我的耳根与心眼，在此时愈发洁净。我精心地为肖青衣封了一个红包，明天她就要在台上释放她身体里的那个妖精了。唱的是《断桥》，开句应该是：小青妹慢举龙泉宝剑哪……恍惚间，我的脑中映出了我的堂姐祝生舞袖疾奔于台前的情景。祝生死了十几年了，在她那薄薄的命里，与我映照的，是一句很绝的话：小女子口吐鲜血，气绝身亡。这句话,是我不敢正视的。那是一双凌厉的、利剑般直摄灵魂深处的不死之眼,我时常能感受到它们灼热的注视。是的,我没有决绝之勇。我在妥协中苟安。

初四的那天早上,天放晴了,雪光刺得人睁不开眼,窗前有鸟弹落枝上的雪花。去看戏,得盛装,跟旧时女子一样,怀着小心事,去戏场相中如意郎君。少女时代,我印象中的戏场,从未缺席过后生们为姑娘打架的野事和艳事。但我此番去,似乎是出于好奇,我放下了狐皮大衣,换了件大红的羽绒服,驱车赶往文化广场。

楚韵阁装修得古色古香,木屏风半开,迎面的吧台站着两个着中式小袄的姑娘,盘着头,满目含春,对前来的每一个客人都点头问新年好,然后验票。我报出了姓名,两个姑娘笑着对我说,黄小姐请。我径直往里走,掀开一个珠帘,四下一看,开放式的茶座格局,四人围坐木几,茶点、水果装盘,人声喧哗,人们在笑声中道着新年好。我抬眼一看,好一个精致小巧的戏台,琴师与掌板已就座,他们调试着胡琴,或在耳语,暗红的长绒幕闭着,中间挂着一张不大的海报,写着今日演出的曲目。我无处落座,没有找到一个熟识的人,我一下子就发现,人群里,没有年轻的脸,没有青春的身姿。我看到了皱纹、白发和臃肿的体形,各地很偏的地方口音在这里交汇,我努力地寻找西塞口音,然而却没有。我忽然明白了,城市周边县、镇区的戏迷拥到了这里,他们的身上,依然有着浓厚的乡镇气息,很多人是大老远地赶来的,穿着丑陋而厚重的仿皮鞋,鞋底沾满了从乡村带来的黄色泥浆,口音很冲,无遮拦,大着嗓门儿拉家常,仿佛置身于集贸市场。为了看戏,他们刻意穿着新衣,裤子新烫的褶痕笔直而僵硬,笑容里,有一种朽木逢春的欣喜,非常纯净。他们也只有在过年才奢侈一回,花钱看戏吧。即便此时有着这么好的人气,但楚剧的没落几乎是定局。这群步入老年的农民应该是楚剧最后的拥趸者。我扫了一眼戏台,楚剧的命运本身就是一曲悲迓啊。

帷幕很快就拉开了,掌板急促地响起,这次肖青衣是扮上的,一身白衣,从侧边倒步背对观众踉跄到台中,原来是演《断桥》的全折,小青和许仙也上场。肖青衣转过脸来,半遮袖唱道:在金山只杀得心惊胆破——只消一句,我就知道她被妖魔附了体,口吐莺声,娇滴滴,身段婉转风流,字字带泪,顾盼间,早把那看戏的人魂魄都钩了去,这样的商业演出,她似乎更卖力了,把她的妖媚发挥得淋漓尽致。我确信,肖青衣受过专业的训练。然而,她却选择了去东莞的五金厂打工。

《断桥》本来是极好看的一折戏,当肖青衣的悲迂唱道:小青妹慢举龙泉宝剑哪,叫许郎你休害怕妻有话言。你妻不是凡间女,妻是峨嵋一蛇仙……掌声响起,我站了起来,忽然很感动,喉结耸动。我多么希望这是我姐姐祝生的舞台,祝生每每在唱"小青妹慢举龙泉宝剑哪"时,那个"哪"字,她仿佛因哽咽被呛住而中断,后用哭腔衔起的一种特殊处理,肖青衣这里没有,那应该是祝生自己独创的。戏唱完了,演员谢幕,下台来跟观众握手。我看到一些中老年男人拥了上去围住肖青衣,一个一个的红包递到她手上,赞不绝口的溢美之词,此刻,她是明星,她根本就没有注意到我,我看见她笑得完全没有教养,陶醉在赞美中。一个五十多岁的男人,看上去是乡村干部的模样,腆着肚子,他满脸的横肉已松弛,眯缝的双眼却闪着异光,他居然伸手去拧肖青衣的脸蛋,这个动作猥琐极了,然而肖青衣一直未能收拢她的笑:干吗呀,你讨厌——接着,这个老男人把手搭在肖青衣的背上,众人簇拥着走出茶楼。

人都散尽了,场子是一片狼藉。我的心荒芜得像一片废墟。忽然间,一股幽愤之气盈于胸中,我开口唱道:小青妹慢举龙泉宝剑哪——那"哪"字没上去,它突兀地断了,停在半空,四周寂然无声,我的眼泪流了出来。真是的,又不是意料之外的,我怎么还是抑制不住悲伤?

三

我的祖父年轻时在台上是落魄的书生,是卖身葬父的孝子董永,是辨不清祝英台女儿身的梁山伯……他摇着白扇,带着书童,在阳春三月之时赴京赶考,一路阅尽江南美景,风流无限。然而他总是能被天仙或者富家女看中,总是不可避免地要与之私订终身,然后上演各种恩怨情仇。如此拙劣的故事,恶俗的情节,他唱了一辈子,还无可争议地成为戏班的领头。文章写到这里,我开始抑制不住地一阵阵战栗。我即将开始写"那个时候"了,我要写到我的西塞,我的悲迓,我还将要写到一个女子。往事画卷般地铺开,因为激动,我看到的是,语言的纷纷逃跑,而意象纷呈不暇。这一切如今都不在了,时过境迁,人们通常是如何描画曾经的美好?人们通常是如何写出消失?

　　我得从长江说起。西塞临江,著名的西塞山伸进长江,截面是峭立的峰竖在江面上,刘禹锡做诗说:王濬楼船下益州,金陵王气黯然收。西塞人是从来不叫长江的,我们叫河,去河里洗衫,去河里搬罾。这河每年有一大盛事,在农历五月十八日那天龙舟下水。楚国大诗人屈原投江,楚地老百姓扎了雄伟大龙舟,载满食物,将龙舟推入河里,漂至下游。大意是,鱼儿啊,给东西你吃,你就别再吃屈原啦。原本简单的祭祀活动演变成盛大的农事祈福、驱瘟除恶、消灾许愿的古老习俗。楚地丰饶,龙舟盛会自然也是鲜衣美食、纵情声色的狂欢。啊,原谅我克制不住自己在此处着墨过多,我已经有十几年没有见过这个盛会了。五月初五一早,用公鸡的血开光,点上长明灯,打醮守夜,道士日夜唱诵,出宫,巡游,然后下水———戏就开锣了,七天七夜。但说到悲迓,却似乎比楚剧更广泛地存在于民间的日常中。楚地素来巫气甚浓,招魂、哭丧、悲嫁唱的却是楚剧悲迓的腔,唯有哭,才能表达楚人决堤的情感。然而这是西塞一年中看戏的时节,又逢大端午节,大地的热气在翻涌蒸腾,盛夏的情欲像释放出的浓郁体味在空气里经久不散。潮涌般的人群,成堆的小贩挤在江堤脚下,叫卖糯米酒和清甜的黄李子,两百米的堤沿,一排泥炉子在傍晚燃起煤球,铝锅里煮着羊角粽子、盐水花生、紫香芋、绿豆汤,还有甜腻的藕粉糊。年轻女子发梢插着新鲜的艾叶或沾着露水的栀子,她们的眼睛很活泼,欣喜而慌乱,像被清水洗亮,她们成群结队地走过,身体里最隐秘的美,只为那一刻绽放。那时农事已歇,直等大戏看完下田抢收早稻。

家里自四月初就开始备戏,晚饭后,在祠堂门口的大院里,祖父就张罗出演的人排戏。八个村,八个姓,为了龙舟盛会的大戏聚在一起唱练到午夜。院墙边,殷紫的花开出墙头,香气氤氲流连,要是拿罐子封起来,大概可以酿酒吧,是要醉倒人的。蛙鸣鼓噪,月华如水。我和大我三岁的堂姐祝生赤脚爬到一棵高大的老樟树上,晃荡着腿,对着下面的行人吐痰,听大人们排戏。啊,我们无法无天的童年。小脚的祖母先炒香了大麦,磨细,把炮制好的大麦茶恭敬地递到年长的师傅手中,她穿绛色香云纱大襟褂,执长烟枪,这个老戏精,扭得一脚漂亮的蹒跚步,能唱高亢的老旦。我家黄姓每每有七八个人上阵参演,叔父、婶娘、堂兄堂姐,而我最小的堂姐祝生在她十五岁那年就上了台。

祝生的戏是听来的。每每学会了一段,就拉着我回房间唱给我听,手眼身法步像模像样。我吃惊地看着她,她这个人,怎么一唱起戏来,像是变了个人?恍惚间,似乎有一道秘密追光在她头顶。那通身的气派是浑然天成的,她仿佛天生就会唱戏。祝生十四岁忽然有了明艳的脸,眉眼渐开,那个夏季,她身上散发着一种古怪而好闻的气味,很像酵面发过了头,有点酸酸的甜腥味,从她身体某个隐秘部位散发出来,而且她的眼睛很有内容,就是这内容,让我再也看不懂姐姐了。戏班的行头、戏服全都由祖父保管,那些硕大、沉闷的黑箱子放在谷仓里,祝生偷来钥匙带着我进去,把黑木箱一个一个地打开,樟脑的气味迎面扑来,我姐姐兴奋地抱了我一下,箍得我骨头都痛了。这行头,祖父宝贝得要命,一年要晒多次,这些流淌着光的绸缎太金贵了,不好侍候,动不动就长霉点。每次扛到谷场去晒,场面很是壮观,拿竹竿撑开晒,五彩斑斓的锦缎绣花戏服迎风猎猎翻飞。我对每一件戏服都心生畏惧,它们是有灵的,它们经常窃窃私语,念着咒语。我从来不敢靠近,分明感受到它们身上有不可知的邪恶力量,尤其是那种深紫或漆黑的蟒袍,因为灵魂的厚重或者满腹心事,它们一动不动地挂在竿上,像一张愠怒的眼,我觉得它们有刻意吸走我魂魄的意图和居心。现在我们两个置身在这一堆复活的灵魂中,我吓得紧紧地抓着姐姐,哭喊着我们回去吧。我姐姐猛地甩开我:你这么个恶人,还有怕处?我怔住了,我跟我姐姐自小被大人称为"瘟神",作恶无数,经常在外面打架惹祸,弄得一身伤回来,下手又狠,姐妹两个把人家打得遍体鳞伤。我们被大人捉住,双双放在谷场大太阳底下晒,小腿肚被麻条刷得血印子一道一道的,我们立在那里不告饶,不挪地,天黑了也不进屋,每次都是大人们妥协,把我们拖进屋里。是啊,我怕什么,黄祝生这恶人不是跟我在一起吗?

我姐姐挑了件白色滚蓝边的戏服套在身上,她抖抖水袖,然后正色地对我说,红,你来看看,我是不是比陈××唱得要好。陈××是当时最红的正旦,唱得好,人很骚,一堆男人围着她。多少年了,我想起这句话,心里炙炙地痛着,在那样一个傍晚,我的姐姐身量未足,还未登过台,她说全西塞没有一个人比她唱得好。我看着她,只觉得那件白色蓝边的戏服活了过来,有了灵气,她被赵琼瑶附了体,在谷仓中间,她的身体开始密集地打旋,然后推开长袖,疾走,收拢,斜甩左肩,半掩面,低首颤音唱道:列位君子啊,泪湿衣袖,赵琼瑶牵小弟跌跪街头……这是楚剧《四下河南》中的悲迸部分,开句亮相太惊艳了,我姐姐的声音纯净,如莺初啼,然而却大气有沉淀感,丝毫没有初学者的稚拙。她借鉴了舞蹈手法,出场做、打是她独创的,营造出人物内心悲愤、无奈又无助的情怀。我着迷地看着她,她是那样陌生,我们天天腻在一起,她如何具备了这一切?俯仰间,我发现她居然有了一个玲珑的身段,蓓蕾般,正以百合花的姿态开放。

我忽然一回头,竟看见祖父站在门背后,他来了多久了,我们全然不知晓。祝生唱的全是悲迸,她唱了《四下河南》、《宝莲灯》和《断桥》,我沉迷其中,帮着应和锣鼓,咣起咣起咣起,咣切咣切咣咣切——我惊讶得合不拢嘴,祖父带着意味深长的微笑朝我们走来,祝生收起长袖,挑衅地看着祖父,看这光景,祖父没有暴跳如雷,似乎不会责骂我们了。我们的祖父戏唱得好,一生被人捧着,有着可怕的坏脾气,但是素来溺爱我们姐妹,按他的说法是,这两女娃心气高,任谁也买不动。我姐姐唱戏的天才被祖父发现了,他如获至宝,在那个时候,祖父就已经感叹,楚剧后继乏人。年轻人开始迷恋喇叭裤和录音机,跳迪斯科。很多年之后,我做了记者,采访了市戏曲协会的会长,这位会长写了很多关于楚剧的论文,积极探讨楚剧的改革与发展。他长得白白净净,有点娘娘腔,一看就是一个戏里人,言谈举止有一种舞台的做派。他把楚剧的没落归结于政府的不够重视,没有拨下足够的资金来发展。他摊开手优雅而无奈地说,没有钱,能做什么呢? 我笑了,摇摇头叹了口气,这般浅薄的言论竟然不如一个已死去多年的老农民。我的祖父很早就说,楚剧必将死于农村的城市化。不仅楚剧,还有流传几百年的习俗、审美,甚至包括西塞方言,所有这些都必将成为楚地的一曲悲迓! 如今这个叫塞壬的女子,她过于细瘦的笔,如何能写出这份沉重与悲壮!

　　因为悲迓的异质植入童年,植入成长,我悲喜皆哭的性情缘于楚地,缘于那个叫西塞的地方。我咯血的书写里,所有的词根都指向曾经的自己——那个叫红的女孩,那个时候,她只有西塞,只有乡村,也只有悲迓,然而却不知忧伤为何物,那些最好的时光只属于红。我不知道祖父发现了天才的姐姐是否有过深深的忧虑,在悲迓的暮光里,竟开出了一朵明艳夺目的鲜花。那一年的大戏,祖父亲自上阵跟我姐姐一起排的,唱的是《百日缘》,我一个人坐在高高的樟树树权上,看着前来围观的人群,里三层,外三层,看黄老师傅跟他孙女的对手戏。我百无聊赖地晃着小腿,没有什么能阻挡姐姐要唱戏的决心了。五月十八的晚上,我姐姐平生第一次上了台,妆是祖母画的,非常漂亮,眼角向上扬起,两腮嫣红,额妆是她一直最喜欢的铜钱头饰,此时的祝生,没有人能认得她,一入戏,她如同换了一个人,那神采,那通身的气质,袅袅婷婷,欲说还羞，宛如被附了体。十五岁，上初中二年级，听说今天上台，她班上的老师同学都前来捧场。姐姐在后台兴奋地与同学聊天，她做作地捂着胸口表示好紧张。而我知道她胸有成竹，厚积薄发。今晚是她的主场。

我不知道有没有人跟我一样，在那晚的戏里，我只看见我姐姐一个人在唱。更奇妙的是，我姐姐祝生本人似乎无视他人，把舞台当成是她个人的专场。大量的改编，身眼手法步，包括唱腔的某些细节的处理，她把《四下河南》这个传统曲目唱得既陌生又熟悉，她用从电视上看来的现代舞的技法营造出强烈的舞台效果，惊闻噩耗，晴天霹雳，如风雨大作般的内心悲愤，含冤女赵琼瑶有了一个崭新的面目与灵魂。我刚刚完成了小考，十二岁，我像一个专家那样读懂了我姐姐的赵琼瑶。我相信那个晚上，台下的老戏迷们一定也读懂了这个年轻的赵琼瑶。我一直隐约感受到姐姐祝生身上有一种隐秘的光，平常看不见，但偶尔会惊鸿一现，但是那晚之后，这种光就完全无蔽地敞开了，她向你走来，那就是一个发光体向你走来。

祝生在西塞红了，她沉醉在明星般的虚荣中，没有什么能动摇她唱戏了。而我竟迷上了阅读——这孤独的漫漫长旅，一头扎进各种各样的阅读中，我跟我姐姐开始了各自面目清晰的人生取向。那个时候，我跟我姐姐多像啊，烈性、不驯、敏感而自尊。然而，我终究是一个处处得以妥协而苟安的俗人——我活得多聪明啊。十九岁高中毕业，我姐姐要去考省楚剧团，她需要更大的舞台。然而，在这个时候，城市来了。我们的稻田和橘园已被征用，大冶钢厂给我们的补偿是城市户口，并招我们进工厂。城市给人的内心造成多大的震荡与狂喜的混乱啊，我从未感受到人心竟如此的卑劣，人们疯狂地去派出所改户口的年龄，有的人匆忙结婚，有的人决绝地退婚。人们把自己的房子临时加层，以便拆迁后分到更大的房子，并急于跟"农民"这两个字划清界限。农转非，一场农民的精神胜利。在这场狂欢中，有一个人对即将成为城市人不屑一顾——我的姐姐祝生去考了省楚剧团,她拒绝填表进工厂。她在台上越发大气,临场发挥,即兴改编炉火纯青。十九岁的她清瘦,柔弱,脚尖碎步起舞有仙姿,眉宇间有倔强的意志,她清亮的大眼睛里,时常掠过一丝阴翳,但转瞬即逝,也许因为唱悲迓的缘故,脸略略地苦相,细长的脖颈,孤单地支着时常微微左倾的大头颅,使她的身影看上去很像一只安静的充满哀伤的鹳鸟。

我的伯父——他前几年去世了,大概是一直活在痛苦的煎熬里吧。他在那一年做了那样一件事,去省城的楚剧团花钱阻挠了学校录取祝生。我们家包括祖父在内,他们对唱戏的看法是分裂的,祖父一生嗜戏,并引以为豪,然而他骨子里却认为唱戏是卑微的行当,甚至不如农民。祝生坚定地说今年没考上,明年再考。伯父急了只得说,你死了心吧,赶快填表进工厂。楚剧团永远也不会录取你。他不知道,那一瞬间,我姐姐的世界就一片漆黑了。她开始细致地准备着那件事,妆好,穿上白色滚蓝边的戏服,然后喝了农药。我在市里读书,一路赶回家,祝生已入了殓,她笔直地躺在门板上。我身后不断传来人们在议论她死时的情景,口角都是血,在唱着悲迓。在地上翻滚,迟迟不肯咽气。非常可怕的是,这个画面我如同亲历了一般,在脑中异常清晰逼真,多少年了都是如此,我的姐姐她是如此不甘,于我,这是一种可怕的暗示。没有人能懂这是一种真正的贵族尊严,我害怕这种心灵质量的比照,在我看来,我姐姐的死将照着我未来的人生,我自觉自己具备那种灵魂的质地。我感觉到,我姐姐祝生的死,作为戏曲,楚剧的悲迓式样,于我已经死了。但在我心里,悲迓却以另一种形式存在着——做一个真实而纯粹的人。

四

然而悲迓将不再唱起。然而所有的顾惜已归尘土。在这个世界上,还存活着多少人会唱悲迓?在我看来,它早已不是把玩的戏曲。当我在广东流浪,当我历经人生的大喜或者大悲,我会无意识地唱起悲迓,自编唱词,独自高蹈,在无人应和的孤独里,我保持着楚人最古老的抒情。我从来没有想过要刻意保留它,但我知道它永不消失。不论我是农民,还是工人,抑或成为一个作家,对悲迓的理解不会改变。当我开始写作,我的血,我文字的性格,我的气脉在汉语里逐渐还原成我最初的模样。如果在异乡,我碰到了这种真性情的人,或者我在一本书里读到了类似充满血性而激越的文字,那么,请允许我把你划成自己的同类,并深情地喊你,亲爱的老乡。

紫禁红

周晓枫

钟表馆

身处天子脚下的北京人总是一副见多识广的样子，懒散而处变不惊。四十多年生活在这里，我把整个北京都当作一座旧宫殿……建筑它，出自时间的手笔。我像廊柱的蠹虫，默默啃食并消化其中微小的残渣。尽管，我猜测天堂有着紫禁城那样的金色屋顶，但居京三十多年，使我习惯了故宫的华丽。从摇晃、拥塞的103路公共汽车里，我看见角楼，并对它遗世独立的美无动于衷。

我想我唯独没有克服对钟表馆的敬畏。它坐落在故宫东南角，进入时需单独缴费。这里椽檩高大，光线低暗，收藏着各种各样的报时器和天文钟，它们大多由伦敦和巴黎的名匠制造。不由自主，我把脸按扁在玻璃上，想看得更清楚些。基座上的大象镶珠嵌玉，精巧的小人儿围绕着轴心旋转……这些钟表遵循共同的审美原则：繁复和对称。过分装饰，使之超出作为钟表的必要，观赏价值远远大于实用价值。也许，美，正是扩大在实用性之外浪费的部分。

漫长的成长阶段里，表都是我唯一随身携带的机械。事实上我对机械怀有或多或少的恐惧，从未像其他孩子那样，好奇地拆开后盖，偷窥一只钟表犬牙交错的精微的内脏。记得伴随多年的那只黑猫闹钟，它的眼珠左右错动，鬼鬼祟祟，但我喜欢它在黑暗中扩散开来的甜蜜尾音。有一天，它终于停了，我拒绝修理，把它完整地放到床下抽屉里，和先前坏掉的那只鸡啄米的闹钟搁在一起。

我的童年就是被几只闹钟集体偷走的。一个巍然王朝同样遭到钟表馆的劫掠。钟表是穿在时间脚上的鞋，它使时间走动时发出声响。沙漏和日晷带有典型的东方色彩，含蓄，无声，包含优美的比喻。而钟表，最早的西方文明象征物，作为昂贵的礼物和奢侈的玩具，它进驻一个国家的心脏……一个五千年以来信奉农业、诗歌、礼仪和慢节奏的古老国家。紫禁城，檐瓦灿烂，宫墙血红，数不清的房间里，轮流上演明明暗暗的阴谋和闪闪烁烁的爱情。当夜晚到来，月光一点点把宫殿和人影一同湮没，只有时钟一丝不苟，继续向前。精确的机械装置滴答滴答地响着，听起来，像有什么危险进入了倒计时。

我参观的时候，钟表馆里的钟表早已停滞。电视录像里，反复演示着其中一件的神奇之处，小人儿可以提笔写下"万寿无疆"，起承转合，字字蕴涵笔锋。流逝的是钟表的应用功能，留下的是欣赏价值。或者说，当事物不再流入使用过程，它便面对迥异的命运：被废弃，或被珍藏。

我流连忘返。那天忘了戴表，欣赏和赞叹过后，我想知道几点了。这才发现，这座钟表馆丝毫不能给予我的恰恰是时间提示。表盘上的指针朝向各个方向，我被无数错乱的箭头包围了，无所适从。平时对表，我们习惯找到两只相对一致的手表，从而使自己的时间趋于准确。现在这种经验完全失效。尊贵的钟表们一无用处，标识时间的事物自己死在时间深处。在过去的某个时刻停止，今天，我却难以理解它们从往事中提炼的暗示。站在空旷的大厅，我茫然，或许那个时刻体会到的叫虚无。

一切都被时间浸泡：乡村年画上破损的灶王神，熟睡的婴儿，朱红立柱上正在起泡的漆皮，我们自己，此刻的钟表……生者被催促着衰老、催促着靠近死亡,死去的,还要继续死。

也许它们停止运转出于更高的智慧。相对格林尼治的标准时间,我们身边即使最精确的表也难免存在误差。但只要表不走,就至少能保证一个时间绝对正确。钟表馆里的时钟拒绝与时俱进,拒绝像今天的大多数事物所参与生活的方式。也许这些钟表注重的是质:与其错误一生,不如追求哪怕只发生于瞬间的真理。

想起中学春游,骑几个小时车到圆明园,为了看废墟。废墟比完整的建筑更让人震撼,因为前者具有后者尚还缺乏的东西:时间的参与感。多年后,我又来到圆明园,万花阵已修复完成。这是一座石墙组成的圆形迷宫,我在其中不断迷路,一会儿顺时针,一会儿逆时针,越焦灼越找不到出口。石墙不高,我几次攀上墙,借以判断方向。站在万花阵中间的亭子上,我发现这里就像一个巨大表盘。圆是所有几何图形中唯一没有遭到线条分割的图形,但这个大圆内部,充满错杂路线,以致让人产生一种缓慢的眩晕。也许,时间本身正是如此,它并非稳定而匀速的涡流,每时每刻,朝着统一的流向。我看到游客在迷宫中走失,相互呼唤,听得见声音看不见人影。走散的,还有进行比赛的两个孩子,她们一个早在出口等待,另一个,一直在顺时针、逆时针中领受教训;日渐黄昏,等落后的那个几乎含着眼泪走出迷宫,领先的那个耐不住过久的孤单前去寻找她的朋友,重新置身迷宫,她不知其中已全是陌生人。孩子个子小,不能像大人那样攀墙,她们身陷其中,不知所至。

谁也不能嘲笑无助的孩子,浩大时空面前,我们谁又不是孩子? 岁月的墙太高,想做骑墙派? 根本是不自量力的奢望。

游乐场

我认识一个平凡的老阿姨,平凡到即使和她如此熟悉,我每次回忆起来都有一点儿微弱的吃力。后来得知她令人惊讶的显赫身世:如果清朝还在延续，多少疆土和人命都可以在她手下轻易折叠。这双手，现在，在柴米油盐之间，不过一件平凡的劳动工具。

我对中山公园的印象与此相似。这里原来叫社稷坛，是皇帝用来祭土地和五谷之神的地方……王与神衔接，人间与天上的最高权力在此传递。但光阴流逝，减弱了它的威严，如同它的名称由宏大而抽象的"社稷"，落实到对一个人间领袖的纪念。

在我看来，中山公园是北京最有平民乐趣的名胜古迹，以致令人感觉不到它是个名胜古迹。举办各种花展、书展、热带鱼展，这里还有音乐堂、来今雨轩餐厅。二十世纪八十年代这里的英语角和恋爱角格外有名，集中了要在前途和爱情上碰碰运气的人。绿树红墙下走走，散漫随意，可以想想小得不值一提的心事。日常的情欲也是得当的，看长椅上那些情侣，一个塌陷在另一个怀里，把公共场所变成私属的乐园。所以我很难把中山公园当作一个古迹，尽管它的态度的确像是温和的老者，已失去刺探他人秘密的兴趣。

之所以对中山公园抱有别样的亲切，是因为一个人。他的单位离公园近，我们常选在这儿见面。喜欢他的眼睛，凝视的时候，他的瞳仁形同漾动水波的陷阱……我会及时转移视线，顾左右而言他。胸腔里有低暗的回响，我不知怎么才能克制对他的向往而不露痕迹。那时候我太崇仰他，觉得我的爱情对他来说都是冒犯。由于不奢望结果，我把它手法简洁地处理成一场暗恋。

他聪颖过人，但未能识破我的伪装。我习惯与众多异性关系良好，准确地说，是我们彼此作为中性关系良好。我看起来如此任性不羁，天马行空的感情处理方式里，他不了解我从未松开内心的缰绳。他想自己只是分母之一，除此之外，我肯定还有其他寄托。这种误读，有助于我把静水深流的爱，藏进文字里杜撰的艳遇。我太羞怯，害怕表达和承担表达的后果，宁可把冲动处理得近于儿童时代的性：携带而不作用。多年之后，我才发现，和他见面的地点几乎带有象征含义：中山公园的游乐场——成人难以在游乐场中持续孩子的娱乐兴奋，他们放弃，远离；而我，依然醉心于模拟的享受和刺激。

独自坐在旋转木马上，它比真马华丽，生有坚硬的波浪状鬃毛和短翼。这匹最笨的飞马，只会沿着既定轨道，从低处浮升……音符叮咚作响，不带我上天堂。旋转木马的轴心由几扇落地镜组成，在镜面变暗的银色里，在失重与超重极其微弱的变幻里，我看见夹紧双腿的自己置身于秘密的喜悦。记得在一本偶然翻到的诗集里那个女性的低语："我们不知道，该怎样打发剩下的时间，在有生之年不沦落为无聊者。激情在哪儿？我们呼唤，直到，在人民公园坐上木马。静静地听着机械的摩擦声。平稳地悬空，降落，有点儿缓慢。我们双手抓牢它小小的耳朵，转了一圈又一圈。两个成年人，人们已经开始注意：一动也不敢动，双脚套在铁环内。"

而他在外围，双肘靠在铁栅上，笑容流露了对儿童游艺的轻讽……在我的余光中形成暗蓝的斑影，像一条深在河床的鱼。我比任何人都清楚他是不咬钩的，不过，也可能因为我并非值得的诱饵。他会在其他女人的嘴唇上，但他会在我心里。一进中山公园的门，往右走，常年举办金鱼展览，还有温室花房——全是没有声带的命。那些总在张嘴却喊不出声来的哑巴鱼，被囚禁在一个个玻璃格子里。我像鱼一样，幻想飞跃，但永远被玻璃格子般冰冷坚固的纪律管教——我的氧气只能从水里获取，即使这是一个囚禁我的世界。中山公园里的鱼，演绎着我：无以表达，不含行动，我深怀一贫如洗的爱情。木马缓缓旋转，我如同进入洗衣机的内胆，徒劳地，不断试图甩干心里那点儿湿润的东西。

最后一次见他是在中山公园的黄昏。满天灿若云锦，他是我逆光中的天使。仿佛彼此坐在跷跷板的两端，他因我的低落而飞升。他太优秀，让我感到某种来自等级的压迫。那天我们坐到很晚，直到，抬头望到月亮的沉船。我愈发体会他孤寂中的美，在深蓝的、深蓝的大浪之下……深知他将离开我的版图，成为我无法收复的山河。在黑到无涯的世界,他是我禁锁中的珠宝,散发唯有我知晓的光泽。这微弱的幽光,不足以减少黑暗的重量,但足以将我照彻。我觉得自己是一个摸索者,在他离开的漫无涯际的甬道。为了捍卫一点儿可怜的有可能被忽略的深情,我所付出的代价非他可以想象,他也将永不知晓。

爱情始终是个让我畏惧的词。曾经深入墓道,一对古代夫妇合葬于此,我看到他们朽空的眼眶、蚀空的腿,看到衣服上金丝银线的纹饰,已经变成蒙尘的褴褛。这就是爱情,海枯石烂,我不再逃开。那么,我是不是该显得无惧无畏? 我爱,我将收藏你如同盗墓者的财富。

来中山公园,我每次的出口还是会选择当初的入口——返回原点,不露痕迹,内心的旅途没有任何里程记录。公园入口处,有个著名的并生现象,槐树与柏树相抱而生,仿佛暗喻爱情的珠联璧合、甘苦与共。然而仔细观察,它们各自的树叶注定不能活在对方枝头——离得这么近,只是为了看清彼此的不能。

游 廊

我偏爱花朵硕大的植物,荷花、马蹄莲、郁金香……都是结实的,花瓣里有种坚硬的质地,好像流溢其间的汁液里,夹杂了部分脂肪乃至固体的颗粒,它们才能显现接近石膏或象牙的质感。小型花虽然精致,但看它们微风中的细碎摇摆,显然不及前者那样易于唤起对美的敬畏。我喜欢荷花,可惜家庭养殖并不普及,常人难以提供池塘。观荷宜在户外,辽阔水域更显气象。我的一个去处是河北白洋淀,还有一个,是颐和园里的别景:谐趣园。

花瓣连绵不绝。在知鱼桥上凭栏观荷,层层叠叠的荷叶上,每朵莲花都是一座寂静而华丽的独立舞台。这盛大的夏日之花,色泽柔润,逆光中有着矿物质般的通透质地。莲具备稀有的从容品质,连凋败时每片花瓣都能相对保持完整清洁。到秋末,池塘里全是残荷,断梗和残垂的枯莲蓬……远望水面,如同旧歌本上的五线谱。

没有比它更具信仰感的植物,莲花在佛教中具有重要象征意义。清水之荷能否赢得同等的赞誉? 是否只有穿越污泥的尘世考验,我们才能增加承纳的勇气,做到觉而不迷、正而不邪、净而不染? 是否只有让不洁之物烂在自己的根底,我们才能无辜绽放,然后被菩萨普度和接引? 难道所有的圣洁之花,都需要秘而不宣的底层淤泥作为营养吗?

颐和园,这座优雅的皇家园林和行宫,难道不像一朵硕艳的荷花? 想起那个珠帘后的老妇,疆土沦陷,但她依然坚守着不可救药的浪漫主义,以致巧立名目,从海军经费中提取银两来复建亭台楼阁。生长在国耻的淤泥上,颐和园绽放。国运昌隆的朝代,我们只能在历史教科书上找到用文字记载的抽象的辉煌;而今天令人骄傲的文明,无论长城、故宫还是颐和园,哪个不是暴政与特权的产物? 这是烂泥里哺育的美,以及孤独的奇迹。

甲午战争,清朝海军覆没,捍卫国家海岸线的战舰再也不能起航。具有嘲讽意义的是,不沉的,却见昆明湖畔的石舫。在这条华贵的石雕船上,帝后或览胜,或宴乐,而修筑石舫的用意原是"凛载舟之戒,奠磐石之安"。永远不会在水面移动寸毫,晨昏如涟漪从石舫的船头漾开。

一切都是停滞的,从此岸的石船,到隔岸的镇水铜牛——它的脊背经年累月被游人触摸而愈显光润。一切都是停滞,包括,这里的夏天。不仅因为英译名为Summer Palace,我才会觉得这里的夏日漫无涯际,不知为什么,感觉颐和园的夏天就像在回忆里那样取之不竭。对于夏季,习惯中的形容是灼热,但颐和园之夏永远给人清凉之感,像游廊立柱上那种幽绿色。

我迷恋幽深的长廊,梁枋上方浓墨重彩,绘制着传统苏式彩画:风景胜迹、神话传说,英雄列传,吉祥花鸟……少数是清代著名宫廷画师之作,多数出自二十世纪八十年代以后修缮时的乡村艺匠之手。延伸的游廊让人置身绿荫的遮护。颐和园的夏天似乎永远度不到尽头——

那种绿，漫长而懒散，有一种大青蛇的傲慢，它的凉意几乎是不能被惊扰的。那些图案就是大青蛇的鳞彩吧？美得剧烈，令人生畏；一条巨蟒，鳞彩斑斓。

我斜靠在游廊坐凳上。昆明湖的微风吹拂而来。和故宫不同，故宫辽阔，而颐和园体现了太多曲折与隐藏之美。工匠正为彩画补色，包括图案的流云边框。刚刷的油漆黏稠，然后缓慢地凝固、缓慢地风干……风吹雨淋，直至漆色再次剥落，泛起一层层斑驳鳞皮。

蜿蜒迂回，状若龙蛇，可我从来不能把覆在游廊上的红瓦当作巨龙的火焰状脊鳍。颐和园既是优雅典范，又是清政府腐败无能的见证，它无法不在尴尬之中生存。游廊啊游廊，它不像龙，它是蛇：已退去角爪。妥协的协约，割让的条款——为了求生可以断臂，它熄灭身体周围的火求得苟安。大清帝国不再是一条在天之龙，它变成俯地的蛇。没有神奇的角，没有圆睁的怒目，没有遒劲有力的指爪，没有腾云驾雾、电闪雷劈的本领，它卸掉了威悍的样貌、暴力的可能，卸掉它神话中的王位，在威胁下沦为一具匍匐在地的肉身。

手心里，是一片游廊剥蚀下来的漆，它让我联想起二胡琴筒两侧蒙着的蟒皮。仔细观察几何形的斑块，蛇鳞有着近于六角形的蜂巢形状。六角形似乎是以直线来维护的圆，这种圆满，其实已在每条边界上都有所退缩。我们愿意把龙比拟为寂寞的英雄，蛇为隐者。作为隐者，蛇似乎有消极甚至是邪恶的倾向，也有被误传甚至被污损的声誉。蛇可以被看作卸去铠甲、解除武装的龙吗？传说中神异的龙能隐能显：春分时登天，秋分时潜渊，这屈伸之道能否为清政府的卑从提供衣不蔽体的借口？

昆明湖的风吹拂荷叶，吹拂漂浮的游船和不动的石桥。玉带桥呈现动人倒影，孔洞在对称中形成优美的圆形。有时候，我觉得我们的世界是由无穷无尽的对称组成。这并非意味数学意义的绝对之美，有时暗示着：当我们不小心破坏了什么，一定有什么，在不为人知的侧面，被对称地摧毁。

就像母性的长江和父性的黄河是对称的河流，我的祖国也育养着两条大蛇：一条是颐和园游廊里的大青蛇，软得无骨，在深锁的庭院之中，戏剧般华丽，它让人享乐，带有女性的淫逸感；另一条，是长城，灰色的，没有任何装饰，刚性的，抵抗的，战争的……没有装饰任何鳞彩，被蚀尽血肉的巨蟒，它只剩脊椎，只剩风干的骨骼。

塔

西方教堂旁边常常矗立着一座塔楼，沿着窄梯攀缘，那种幽暗的上升，仿佛让人模拟着回到圣母的子宫。塔顶的钟，将福音更辽阔地送抵。中国唐代以前的建筑群以塔为中心，唐代以后，转而以殿为中心。我不了解这种变化的因由，只觉得塔的高度，使它具有强烈的地标意义的指示作用。

参观过许多塔，我记得砌面上的琉璃雕饰如何反射着残阳，佛像法相庄严、风雨不侵，或者木质的角檐如何被蛀蚀，留下让风穿过的孔隙。登塔，躬身绕着旋转的梯子，直至顶部——仿佛进入一只锥螺的壳，感觉自己是受到攻击而回缩的肉体。透过高处的窄窗眺望，四野无极。

我们难以追及古代工匠的智慧，他们建造宫殿不用半根铆钉，到处充满玄奥的榫接，为了翻修而进行的拆除使建筑师也陷入尴尬，因为不能将拆散的它们复原。而千百年的一座塔，亦如定海神针般不移，捍固在历史的沙床。置身塔顶，我得以在某种保护里，被古老的辉煌之光映照，感受高瞻远瞩的文明。

……翻阅线装书，西风雁行，清溪渔唱，吹恨入沧浪；碑帖上，书法狂狷；服用中药，名称优美的配方被一只耐心的药壶煎煮；龙、凤凰、麒麟、貔貅，那些藏身想象、永不显现的大动物，各怀逼真的品德；宫墙血红,印玺之下生杀予夺的权力;隐入烟岚的长城,渐行渐远——这些闪逝的片断,如同塔内一层一层的梯级,让人从窄黑的入口,登临令人目眩的高度。大约只有来自祖先的遗赠,能让我们无愧于心地领受;大约只有来自祖先的骄傲,能让家境败落的子孙在炫耀之中不被伤害。登塔不仅象征对旧文明的膜拜,一座塔同时成为提供保护的寄居壳……当灵肉受到威胁,我们可以凭借自身的收缩回到悠久文明的记忆深处,回到可以睥睨天下的高度。复述辉煌给人美妙的错觉,仿佛是自身正散射出辉煌之光。尽管,我们不认识繁体字和狂草;尽管我们只有履历上的简化人生,并且希望它们是用字母打印;尽管,尽管我们已不能重组一座被自己亲手拆散的旧宫殿。

在河北正定,我曾在空心的凌霄塔内壁上发现一张刚刚张贴的手写经文:纸幅尺余,大多似以梵文书写,除了那句六字箴言。墨迹未干,已找不到那个神秘的僧侣。两只漆黑的燕子,宛若从玄机中孵化的精灵,飞鸣翻转,沿着塔内有限的空间上升。

我仿佛领会了某种玄机,因此慑服于塔的威力之下。无论是男童哪吒还是女妖白蛇,这些挑衅中的角色必须用塔来镇压:塔的内部更接近牢笼,让受惩者不能翻转身体;塔的外部更接近纪念碑,具有从天而降不可撼动的正义感。我有个偏见:相较于其他,塔更像有腹腔或深藏心脏的建筑。事实如此,塔里常藏着经卷、舍利以及许多不可轻易触碰之物,包括它自身的阴影。

许多时候,北海的白塔作为背景存在,它是照相机中的远方。我最为珍贵的几张旧照是在北海拍的,白塔总是在中景以外,显得有点儿矮小。九岁的我坐在船尾,从父亲的肩膀后面露出头来,脸上挂着小鬼般的诡黠神情。由于拍摄的瞬间船身突然晃动,照片的水平线倾斜,白塔恰巧出现在我额角的位置,既像一个镇妖之宝,又像从我头上长出一根怪异的角。

我记得拍照片的那个四月,春光如织,空气中仿佛有能被指头拨弄的金丝弦。我记得书包里提前准备的野餐:从糖水罐头里捞出光滑的黄桃;午餐肉带着不健康的浅粉色;面包上结痂似的硬皮。我记得在岸上采摘的蒲公英,风把它们蓬松的球冠吹散,葬在粼粼碧波之中。依照常识课要求,我收集过多种植物标本,把花叶压在字典里,它们枯死过程中会顺便弄脏几个词条。但蒲公英虚幻主义者的头部,导致它们难以制作成标本。多年后,当我阅读众口一词的历史,悲观地发现,史册中充斥着大量投机分子,多数理想主义者已被时间的风葬送于无名的中途……我就会隐约想起,蒲公英曾经消失在我指端的隐喻。

我唱过那首著名的歌曲:"让我们荡起双桨,小船儿推开波浪。水中倒映着美丽的白塔,四周环绕着绿树红墙。小船儿轻轻,漂荡在水中,迎面吹来了凉爽的风。"恍惚之中,我并未发觉,正午的白塔,作为日晷上的秘密指针在移动。

是的,只有对比隔了数年的北海留影,我才能认出,白塔已是成长中的标记。当时的四月,划桨而行,父母既是指引又是阻挡,我努力摆渡自己,穿越湖面与逝水而去的光阴……在求剑的舟楫上,白塔留下一道清晰有力的刻痕。

废　墟

第一次到圆明园,我还是个热衷郊游的小学生。记得那辆被临时征用的22路公共汽车,记得我们在颠簸中奋力地合唱,还有书包里的火腿肠持续造成的肉香诱惑。学校每年组织一次户外出行,香山、陶然亭、樱桃沟等。我记得某年杨絮漫天漫地飞舞,在这盛大而温暖的雪团之后,隐隐看到故宫一片华丽的檐瓦——那次春游,几乎让我产生凄迷而早熟的伤感,觉得自己正被什么柔软地摧毁。去圆明园活动,冠名为"爱国主义教育",然而来自历史的耻辱并不能在孩子的心里累积重量,我们只是惊讶于自己被汽车倾泻到一堆断壁残垣旁边。

我们没有耐心听从老师语气庄重的讲解,没有兴致辨识图像混沌的黑白照片,连圆明园大石头上浮雕的植物和异兽也不能吸引我们——何况,它们只剩下片断的花纹。除了能在荒凉开阔的野地里追逐奔跑,这里毫无乐趣。留下来的印象,唯有残石上的西式雕刻,像生硬的石膏花,泛着与材质不符的脏奶油色;还有夕照中的一片芦苇,诗意萧索……殉葬的植物。

第二次去圆明园,我迷失在万花阵之中。这座用四尺高的雕花砖墙组成的迷宫,复建不久。我不断碰壁,气馁不已。尽管,"迷宫"是个分外魅惑的概念。我知道,在古老的中秋之夜,宫妃们曾手执莲花灯在万花阵里嬉戏,笑靥生动。月光,如同弥散整个世界的金色花药;在这圆瓣的巨型石头花里,藏匿着绝色的歌伶与舞姬……迥异于今天,那是已逝的情怀。在讲求效率的工业社会中,需要的是直接、简明、不走弯路;万花阵相反,它是一座自我封闭的娱乐场,没有暗示和标志,在蓄意的误导中,在重复的缭绕中,迷宫制造智力和体能上的惩罚,从而使身陷其中的人获得乐趣。

……我丧失方向感,越走越焦灼,很长时间没找到万花阵的出口。我觉得自己笨,像只慢蜗牛。万花阵也像封建社会遗留下来的一只蜗壳吧?石形圆阵,移走不动,中间被蚀空全部的血肉。很奇怪,我恰巧在镂刻的石纹间发现了一只附着其上的真蜗牛:壳体脆薄,行动迟缓,对它来说砖墙上的图案已是阻碍前行的迷宫。天线般的触角,那么细,在空气中小心试探——触角是蜗牛的行动指南,因为它已如维纳斯般丧失双臂。这个带有残疾的幼婴,它匍匐在自己黏稠的体液里。当它胆怯、疲倦,就蜷缩进完美的螺旋之中……进入由一条线组成的迷宫。

圆明园曾作为艺术村盛极一时,集中着渐渐声名鹊起的画家和诗人,也不乏以艺术为名的骗子——骗子首先是成功骗过了自己,为自己加冕了伪造的身份和荣誉。当代艺术品被天价拍卖的神话时代尚未到来,彼时彼境,这些被生活腌出咸味的底层艺术家多在困顿中挣扎和坚持——圆明园艺术村,体现着二十世纪最后的浪漫。几年之后,树倒猢狲散。圆明园艺术村就像现代迷宫,凭借金羊毛找到出口的人成为英雄,也有无名者被无名的怪兽吞噬。

潮涌潮退,圆明园的名字就像遗留在沙滩一枚罕世珍贵的鹦鹉螺,无论拥有多少旧武士的尊严,也与我的生活无关。及至中年,我对圆明园的了解才略多于中学历史课本上普及的知识。

圆明园与北京众多古迹的不同之处在于:它是废墟。

世界上有些圣地,带有明显的废墟感,比如庞培、吴哥窟、罗马斗兽场,空旷、盛大而神秘,远比新建筑令人尊重。所谓废墟,必然经过毁灭,但正是毁灭使之比完整之物更具力量。巨大的时间溶解在废墟里。如果说时间是有具体形状的,它就是骨殖、化石和连绵的废墟。废墟是所有伟大之物的终年,但我们甚至说不清废墟的生死。方死方生,方生方死,它漠然超越生死交界的那座短桥。废墟并非被魔鬼所摧毁,仿佛出于对时间的信仰而甘愿瓦解。作为废弃之地仍如此辉煌,废墟见识过杀戮、离乱、掠夺,见识过足够的眼泪、嘶喊以及足够的鲜血和焦骸,却保持地老天荒般的沉静。

废墟荒寂,鸟雀乐于在此筑造新巢。对它们来说,这里提供众多借以庇护的孔穴;某些不为人知的隐秘角落,甚至已沦为蛇蝎乐园。废墟无人居住,因为没有凡人能够匹配和驾驭……荒凉到唯有神能居住其中。它们就像神的故居,由于偶然的原因被遗弃。我们看到暴雨后的残红,都不免惋惜:美被肆意破坏而不受吝惜;曾经至尊至美的建筑变为废墟,遭到无动于衷的摧毁——也唯有神,享有那样无情挥霍的资格。所以人神相遇,除了天堂,还有废墟。川端康成的隽语令人联想:"颓废貌似远离神,其实是捷径。"

夕阳下的圆明园,有着略带沉重的末日感和亡灵乐于沉入其中的寂静。废墟,这个词的意义在于,使建筑像花朵一样享有自己的凋谢;废墟的非凡也在于,置身它的绝对寂静里,仿佛就能立即回到它的全盛时代。那是一种通过悠久的死亡而进入的永生。据说,圆明园是伟大的奇迹,其实它是从神明般不容怀疑的极权出发,由每个工匠身上的智慧来实现,如同夕阳下每粒尘埃都散发碎金般的光芒。我从没想到美,还可以包括令人战栗的极权以及随后的摧残——或者说,只有不能被摧毁的才成为大美。我在废墟上看日落汹涌,看晚霞燎烈,无边席卷,就像许多年前的那场浩荡的火。

圆明园毁于大火。

燃烧的火焰,保持着不可思议的温顺和柔软,但它攻无不克,比锋刃更令人畏惧。火焰里有罕见的金色,有硫黄般的腐蚀力和溶解万物的热度。这个世界,有什么能作为盛纳火焰的绝对器皿?火象征光明,同时也能象征它的反面:黑暗。如果说原始人炙烤兽类的火,普罗米修斯盗自天堂的火,都象征文明,那么这种焚毁文明的火也象征野蛮和残暴。圆明园,繁复而浩大的工程,烧掉它,只需一把简单的火。这是历史上最奢华的火吧?因为它用尽天下最昂贵的燃料:从阿房宫到圆明园。

火焰过后,空无一物。然而,圆明园剩下的灰烬依然富可敌国。世间有什么东西,烧灼之后依然美得惊心动魄?"圆明园",这几个字仿佛经过煅烧的绝世珠宝。美的生命力如此强大,甚至它的灰烬。圆明园,曾经的醉生梦死,曾经的国殇,它的来历与毁灭……到最后什么都不重要了,美的分量重于羞耻。

其实,圆明园的美正在于它的消失,在于它只剩下一个等同奇迹的名字。这朵不能从火焰里复活的玫瑰,这个我们从未目睹的地方,成为巨大而至美的幻境。它符合神话的所有气质:瑰丽而虚幻,悲伤而至尊,它像亡灵般拥有全部的褒义词。

美若深渊,不可测探。圆明园:一座成为神话的想象建筑,一个被经常谈论却从未彰显的奇迹……我想说,天堂的性质莫不如此。

逝不去的彩云

——记我的父亲孙犁

孙晓玲

我二十三岁时,母亲就离开了人世。临终前几天,她眼角旁的那一串清泪,那对亲人依依不舍的留恋,如今回想起来,依然痛彻心扉。正因为母亲去世早,父爱对我更是珍爱无价,他曾经是这个世界上最疼爱我的人。我们在一起共同生活了五十三年,除了结婚后,有几年距离父亲的住处远一些,其余时间不是近在咫尺,也是仅隔几百米。我们相互关心,相互照顾,感情极深。父亲的离去,是我生命中最为沉痛的打击。

在平淡的生活中,我曾感受过父亲那么多的温暖,雪中送炭的帮助,令我渡过生活中的难关,历经时光的磨砺而愈感其珍贵。父亲那简短、朴实,带有乡音甚至有些重复的话语,是那样熟悉,而且难以忘记,它们是留在耳畔永远的莺歌;那慈爱的舐犊情深的音容笑貌和叮嘱关怀,无数次浮现在儿女的心头,那是逝不去的人间最美丽的彩云。

自小至大,父亲都是非常疼爱我的。且不说他领着上幼儿园被罚站的五六岁的我,小心翼翼地走在多伦道的便道上,或紧张万分地带我穿越马路;且不说他放下手头工作,亲自带着发烧呕吐的我上总医院,排队看病,检查取药,一脸愁容与心痛;且不说在安国县长仕村的某个清晨,带着如小鸟一般雀跃的我在村边散步,以身护住我,令我躲开恶狠狠的野猪的威胁;且不说他从苏联给我带回心爱的套娃,黑白、彩色两台小电影机,从此再不因与邻家小姑娘争玩具而哭泣;且不说在风景宜人的青岛疗养院,他拿给我黑色的橡皮救生圈和大浴巾,让我在海边嬉戏玩耍,把玻璃瓶装的海菊花拿给我观赏;且不说在天津水上公园荷塘边,他拢住我的细胳膊,留下父爱永恒的瞬间;且不说他曾用国文教员的胸有成竹,给我讲解谢道韫,改"差拟白盐空中撒"为"未若柳絮因风起",那真是既通俗又吸引人的文学启蒙课;且不说他风趣幽默地给我讲农村吝啬的土财主临死不瞑目,举着两根手指头心疼那灯草点得有些多,最好点一根;且不说他生动形象地给我灌输,蒲松龄笔下美丽的小狐仙婴宁多么爱乐;且不说他如何把泰戈尔充满人道善良和优美辞章的小说拿给我看,在我小小的心灵,种下了"不以善小而不为,不以恶小而为之"的种子;且不说他把对鲁迅先生的无限仰慕和热爱感染给我,热情鼓励我写作《唐弢与鲁迅》这样的习文,教给我爱憎分明,是非分清,"横眉冷对千夫指,俯首甘为孺子牛"……

父亲,您的言传身教,您的一言一行,对于我是多么重要。您教我善良为人,不慕虚荣,您教我热爱文学,要"千里之行,始于足下","不积跬步,无以成千里",您教我踏踏实实地生活,热爱平凡的劳动,教我为人不要势利眼"看人下菜碟",您教我"雪中送炭"胜过"锦上添花",教我生活与百姓不要拉开太大的差距,"人食一升,己食一升"……

更忘不了,您曾为女儿的终身大事巧系红绳。您的老战友田间伯伯的遗孀葛文阿姨告诉我:"当初你父亲因为你的婚事,夜里睡不着觉,这可是千真万确的。""因为你个子高,选择范围小,你爸爸可操心呢,托了这个托那个。"林浦伯伯的女儿小华告诉我,"玲姐,当年你爸爸从干校回来,戴着个大草帽家都没有回,直接就上我们家来了,跟我父亲说你的婚事,跟我爸爸谈《风云初记》,你爸爸跟我父母说:'我这个闺女,不爱说话,有点儿闷,可心里对人最有感情。'"

还记得我们刚搬到新闻里时,母亲对我的婚事还是挺有信心的,因为大院传达室苗大爷找到她,要给我说一个部队做团工作的军人,他儿子好像就在部队。她欣喜地对我说："好女百家求。"可渐渐地，这事儿就没信儿了。她总说："俺家玲没有修下，没有个婆家……"母亲临去世前，一再嘱咐父亲与我姨要为我找一个合适的婆家，父亲牢记在心上，为此他简直是不遗余力。

在婚姻大事上，父亲对我的教育是：一、穷不是缺点，不讲门当户对。二、别人介绍的不要多见，那样不好。还是住在新闻里时，梁斌伯伯的夫人散阿姨给我介绍了一个大学生，他刚参加工作不久，长得很英俊。父亲是在和他谈话之后，才把我叫进小南屋的。屋里亮着15瓦的小灯泡儿，点着从多伦道216号带过来的大铁炉子，很暖和。父亲挺兴奋的，和那个年轻人面对面地坐在小板凳儿上，我进屋便坐在床沿上，低头瞅着脚上的条绒鞋。父亲问了那人几句话，比如："你在哪儿工作？""干什么活儿？"我记得最清楚的一句是："你爱不爱看书？"那人红着脸说："爱看！"父亲便高兴得哈哈笑了起来。我只在小屋内待了不到十分钟，父亲便按老理儿和蔼地吩咐，让我先出去，我甚至没有看清楚那个人的模样。按说，这人的条件应该是不错的，家庭文化素养很高，但我没有同意，原因是他有个后妈。过了些日子，父亲告诉我，这个年轻人到单位打听信儿，被一位女编辑看上了，说给了她的亲戚。父亲好像有点儿遗憾，可一点儿都没有埋怨我。

1974年，介绍人何林中、李声玉，带着一个高个头、身形好，做历博保管部摄影工作的男青年，来到父亲住处（父亲后又托住在同院的报社张启明伯伯详细打听过他家情况），让他亲眼看一看她俩给介绍的这位男青年，我只听到在《天津日报》做群工工作的李声玉阿姨，声音响亮地说了这么一句令我难忘的话："我们知道晓玲是孙犁同志的掌上明珠！"当时父亲听后笑了起来，忙着给她们倒茶水，我则躲到了里间屋，心怦怦跳，脸红耳热。

父亲对我格外地疼爱与偏怜，特别地照顾与眷顾，一方面我是家里最小的孩子，老人一般疼爱老小多一点。另一方面是我连续照顾了好几年病重卧床的母亲,父亲心中有一份这样的感动。那时我大姐去支援石家庄棉纺建设,二姐从北京又支援到重庆内地建设,哥哥在罐头厂上班,家里太小,有时就住在厂里。父亲住牛棚,在干校劳动。我和母亲苦凄凄地相依为命,仅靠一点儿"生活费"维持生活,又穷又多病,住在不向阳的13平方米的小南屋,每天"通脚儿"睡。

落实老干部政策后,父亲对我的婚事特别上心,也特别担心我精神上出现什么问题。邻居"大马"、"二马"就是活生生的例子,因为父亲的历史问题,找不到对象得了精神病,人全废了。当何林中、李声玉介绍的这个退伍军人,终于成了我的男朋友后,父亲是从心里头高兴啊,由于爱好相同,彼此真诚,我们处了也就一年便结婚了。

我爱人家里弟兄三个,只有工人新村两间屋顶糊棚的小平房,他也没有给我买过什么礼物,他母亲给过我见面钱,我也给他了。我不图他什么,只因他对我是真心实意地好,处处体贴、照顾。而这种体贴照顾,历经三十八年岁月之旅后依然如故。当我俩向父亲告辞,要去石家庄我大姐那里旅行结婚时,父亲坐在椅子上,又激动又兴奋地对我说:"我不希望你大富大贵,只希望你平平安安!"这个没有一点儿功利考虑、大爱无私不求回报的祝福,让我终生铭记。父亲只求对方感情真挚,不讲门第背景。他抽了一支烟,一件大事尘埃落定,久悬着的心落了下来。他在《书衣文录》上,专门写了一段有关我去石家庄结婚的文字,那本书名叫《清史旧闻》。事先,父亲给了我一个存折,是出书的稿费,上面有六百三十五元,等于陪送了我一套中等家具,我并没有买成家具。我把父亲留给我的新闻里一间平房,留给了小惠姥姥,穿上新买的衬衣、毛料裤、鹿皮鞋,只身背了一个旧书包,就与爱人双双去赶火车了。嫂子送给我一件黑毛料马甲,做了一桌饭菜,从此我便离开了新闻里,父亲那时已经搬回了大院。

婚后,我们夫妇借住在小海地,那是我爱人战友的一间小屋,只添了一个请人打的立柜,一张从北京买回的饭桌。我们骑一辆旧重的二八自行车,去市内马场道上班,生活虽然艰苦,却从来没感到过苦。后来又借住过我爱人表哥,在常德道的一间二楼小屋。1976年大地震,房子裂了,当天清晨,我推着挎斗车带着女儿去了厂里,后来又到我哥哥家平房住了一段时间,睡在床铺底下,以躲余震。去大院看望父亲,见他住在假山山腰的一小块平地上,那不是常事,我担心父亲的房屋老旧,余震时房顶再往下掉东西,我爱人便急忙弄来几根粗大的旧钢管,自己动手焊了一个大钢架,把父亲的床铺整个儿罩了起来,这样父亲就回到了屋内。因为电焊光刺激了眼,我爱人双眼红肿流泪,用了偏方才慢慢治好。

"有人不是写字是画字,还有人拿大墩布写字简直成了杂耍儿,再大也要有一定的规矩!"有一回,我听到父亲在书房说了这样的话,当时他有些严肃,甚至有些气愤,可是把我给听笑了。他刚在电视里看了某个人的书法表演,他看不惯这近似杂技一般在大庭广众之下的表演,感到啼笑皆非。每次看见父亲站在桌边工整有法地写毛笔字,我都不敢惊动他,看几眼便蹑手蹑脚地到独单那个简易书架下面,去找杂志看。直到有一天,我看见父亲蹲在地上整理几张才写好晾干的字,往一块儿卷,我便说:"爸爸,我也要一张字。""你想要什么样儿的?"父亲侧过脸和蔼地问我,我想了想说:"我要字多的,跟佛教有点儿关系的。""你愿意要这样儿的?"父亲显然有点儿惊奇。后来,他果然就找了两张,一张字特别多,宽宽的,一张是赞美北京团城玉佛的诗句,长长的。这两张我都喜欢。

我很少跟父亲提要求,可是只要提出来,父亲一般不驳我,但是如果是涉及工作调动或改善住房之类的事,他都不会管,也不帮忙,很坚决的。

当我结婚、生孩子,生活遇到困难,首先想到我的一定是父亲。在失去母亲后的日子里,他的关怀犹如人间又一个太阳,时时温暖着我,精神上的,物质上的,无所不包。一身正气,两袖清风的父亲,虽然不能给我多么宽裕的生活,但是雪中送炭的亲情,又当爹又当娘的无微不至的恩慈,让我心底总有寸草春晖难报答的感恩与感动。

我在东风里坐月子时,父亲托人请了专人来照顾我,当他把这个信息告诉我时,我真的吃了一惊。他想得太周到了。他还请老朋友杨循的爱人贾凡阿姨,到我住的常德道去看望我。那是我生完女儿之后,一个人躺在借住的表哥家的那间8平方米的小屋,静静地等待着爱人工作回来。突然来了一位胖胖的妇女,原来是在医院工作的贾姨,千寻百问才找到那间我住的小屋,给我送来几根当时非常难买的细长白山药,她告诉我:"小玲,这可是好东西,特别有营养。"她给我带来了父亲的一片牵挂。

当我的女儿小小年纪总爱跑到别人家看电视,怎么叫也不回来时,不知为什么那么巧,父亲给我五百元,买了一台日本红壳的黑白电视机;当我搬到多伦道,每天要洗很多衣服,用水又很不方便时,父亲给我四百元买了洗衣机……可父亲自己并不添置电视、洗衣机、抽油烟机、电扇,家里的一台国产电冰箱,还是多少人劝才让我哥哥给买的,夏天也不添空调,只用大蒲扇、毛巾祛暑。

1995年,中国广播电视出版社出版了三卷本的《孙犁选集》,父亲好友吕剑伯伯的儿媳,就在这家出版社供职,做了很多联系工作,书出得很漂亮,封面分橙、绿、蓝三种颜色。父亲把稿酬的一半共七千多元分给我,说:"我的书不畅销,以后出版的机会也不多了,这些钱你拿去花吧。"我忙说:"爸爸,您留着用吧。"父亲说:"我花不着什么钱。"那时我的两个孩子正在上学,这笔钱帮助我让他们大学毕业。

父亲病重的手术前后,我爱人经常在父亲卧室旁的独单睡觉,他与我哥哥还有小赵是值班主力。我大姐在时,大姐也常住独单,二姐也住过。父亲对领导的关怀和儿女的尽心很感动。我值班不多,但经常给父亲去送菜和一些吃的东西,偶尔值过几回班,还出过一次差错,那是半夜里耳边突然响起铃声(从父亲屋里至独单安了一个电铃,如果父亲有事就按铃），我一跃而起披衣奔向父亲卧室，看见父亲盖着棉被正睁着眼躺着。"爸爸，有事？""没有。"父亲平静地说。"回去睡吧！"父亲叮嘱。我放下心，又回屋躺下，可心里有些埋怨自己，耳朵怎么会听错了呢？父亲明明没有按铃呀。另外心里也很有几分感动，爸爸一点也没有生气，多么慈爱呀！

1995年12月9日上午，父亲特意为出书的稿费之事，交代给我重要的话："以后这些事就归你管，地址写你的地址，名字写你的名字，告诉他们，我病得很重，我就不管这些了，寄到你那儿，有的已经告诉他们寄到你哥哥那儿了……"说着，他有些感慨，"咱们已有很多收不到了。"

父亲为什么会对我说这段涉及著作权继承的话呢？因为那段时间，我帮助父亲处理了一些信件，其中有几封是关于与他签出书合同的事。记得有一封是为刘绍棠主编的《乡土文学丛书》出书的出版社的信，一封是姜德明先生给父亲的信，谈到想为他编集子的事。我都在父亲的床头，小心翼翼地做了询问，告诉他信的内容，征求他的意见。父亲说："出吧！"我就写信告诉人家："同意。"父亲说："因身体原因暂不出！"我就告诉人家："父亲病重，以后再说。"可能见我对此类信件处理得还不错，又考虑到我退休早、工资低，身体又不好、得吃营养，而他自己也不想再管这些钱上的事，所以就交给我哥，也交给我办了。

父亲非常细心，在向我交代身后事时，不仅极端信任，而且仔细地一一细说分明。由于"文革"中，父亲已将大部分稿酬作为党费上缴国家，所以父亲一辈子写了三百多万字的书，省吃俭用只攒下三万元稿费，他分给了四个子女，自己仅留了一张五千块的存单，用作自己的丧葬费（剩下的给我），特别叮嘱给我，因为我在天津，我分到的钱可以先拿走，并自备下几件衣服，放在了小皮箱内，准备到时候穿用。那个很小的皮箱，我小的时候就有印象，里面盛的是鲁迅先生主持过的《译文》杂志，满满一箱，父亲介绍我读过全部。"文革"中被尽数抄走，后来这些书再没有找回来。

父亲说他死后不发讣告,不开追悼会,不惊动别人,自己就这样安安静静地离开人世,去往另一个世界。除了物质上的,还有精神上的。比如他告诉我,他去世以后来的人不会多(因为别人的追悼会他都没去参加),心理要有准备,到时候不要难过。另外他还给我背过鲁迅先生的一段名言:"文人的遭殃,不在生前的被攻击和被冷落,一瞑之后,言行两亡,于是无聊之徒,谬托知己,是非蜂起,既以自炫,又以卖钱,连死尸也成了他们沽名获利之具,这倒是值得悲哀的。"此话出于1934年7月16日之夜,鲁迅先生怀着沉痛心情所作《忆韦素园君》一文。父亲这是给我打预防针,让我提高警惕,擦亮眼睛,头脑保持清醒,以应对鲁迅先生斥责过的文人遭殃的作为。时至今日,我常常感叹:父亲的预见性多么强,爱憎又是多么分明,鲁迅先生的文字又是多么犀利如剑。

父亲去世已有十一年,生死两茫茫,怀思痛断肠,他当年细心叮嘱我的模样,设身处地的考虑,体贴入微的关怀,令我难以忘怀,难以遗忘。

心香一缕遥祭云空,但愿慈父审视谛听:彩云即使随风流散,也会化作春雨润物细无声;飘落的黄叶,即使归入泥土,也会化作春泥护花红;父亲的无价亲情将永留女儿心中,父亲的慈爱厚德将在子孙后代中永铭。

督陶官：唐英的手腕

江子

一

唐英到达景德镇的时候，已是十月。依照规矩，当地的官员免不了要接应款待，要摆上两桌酒，趁着酒意说一些场面上的话，还要陪着唐英去御窑厂视察一番，并且要将当地人们入匠籍情况、石料窑柴来路等等一一呈报，以让唐英心中有数。有代表性的工匠还要召三五来向唐英跪拜。如此两日。从京城到景德镇千里迢迢，唐英一路赶来未免辛苦，十月的南方气候依然炎热太阳依然朗照，唐英几乎整天都浸在汗水中。可初临景德镇，这个长期在北方生活的中年男子尽力克服鞍马劳顿的疲惫和对南方气候的不适应，煞有介事地与官员们周旋，直到礼毕才散。

经过一段时间的巡视，唐英大致掌握了景德镇瓷器生产基本流程，对这一行业的苦辛有了大致感受。在御窑厂自己的官邸内，唐英开始陷入了沉思。他在考虑，这样一座有着千年产瓷历史的瓷器城，在他这个皇帝钦点的协理督陶官手里，是该成为一座充斥着民变隐患的火炉、一个纠集无数瓷匠没日没夜生产瓷器的皇家产业，还是一座可以冶炼精神、让自身也产生窑变的梦工厂？

名义上的景德镇督陶官年希尧远在千里之外的淮安鞭长莫及。身为协理督陶官的唐英成了景德镇真正的管理者。他首先要面对的第一个问题就是：他该如何面对这座有着千年制瓷历史的城市的历史与现实，该怎样构建自己与这座著名的东方艺术之城的关系？是像过去的许多督陶官一样，仅仅做一个皇家的奴才，一个碌碌无为浑浑噩噩装腔作势颐指气使的钦差大老爷，还是潜下心来，投下身去，深入景德镇的每个角落，了解制瓷这个行业的方方面面，下苦功，花大力，以尧舜之道，皇帝身边多年学到的统摄之术，率景德镇瓷业建立自己的行业文化体系，让景德镇瓷艺享誉世界，让自己成为景德镇历史上有几分作为的值得未来念叨的人物？

初来乍到，万事无着，唐英未免心有些乱。为了整理出一点头绪有时他会在半夜披衣漫步于庭院，或者抬头望天，渴望有一颗星星能给他些许的暗示，可是因为烧瓷，这座整天烟火缭绕的城市的天远比他在皇宫当差多年看到的要暗淡无光，没有哪怕一颗星星能穿破层层烟尘闪烁在他的头顶成为照亮他前程的神灯。倒是远处的几根烟囱依然火光冲天，那是他多年以来在皇宫所有的夜晚从来没有看到过的骇人景象。

然而唐英远不是那种没有主见分寸浑浑噩噩的平庸之辈。在远在两千里之外的北京皇宫里的雍正皇帝眼里，十六岁时因正白旗包衣旗鼓人也就是皇家亲族的身世进入皇宫内务府养心殿供职三十年的唐英，已经成为可以为他分忧替他解愁的人了。他曾以旗鼓部队即帝王贵胄侍从卫队成员身份跟随康熙帝三下江南，扈从康熙远至漠北，一路担负起侍奉皇帝、保障安全的职责，"沐雨栉风于山之左右，江之东西，远至龙沙朔漠，靡不蹒跚经历，几无一息之暇"。这是皇宫对他的极大恩宠，又是他服侍趋承几近完美的证明。他在五年前升任内务府员外郎之职务，服务于制造御用器的部门——造办处，其勤勉精密，备受皇宫上至皇帝本人下至普通太监宫女称赞。他是武将，却爱好读书，书画文学,皆有造诣,与清初四王之一王原祁等知名画家往来不疏,引为挚友;他是内臣,唯皇家律令是从,却有孔子门生风范,心怀修齐治平之愿。他少言寡语,这或许是在宫廷日久形成的脾性,却心思缜密,举止间秩序井然,目光中有坚忍不拔之精神。他看起来不温不火,不喜不怒,其实蕴含了武将的血性和读书人忧国忧民舍生取义的担当。如此饱经历练备受皇家信赖的一个人,被皇帝精心挑选放到这么一个景德镇协理督陶官,其实是景德镇陶瓷真正的管理者的位置上,怎么可能无所作为或者像前朝宦官潘相那样胡作非为呢?

经过一番考察与思索,唐英暗暗有了主意。他没有为临时树立个人威仪去放新官上任三把火,而是悄无声息地脱下了五品官服,换上了景德镇御窑厂寻常瓷工的衣衫,迎着工匠们诧异的目光,走向了制瓷业的生产现场,成了御窑厂的一名特殊的学徒。他从瓷器的源头采石练泥开始学起,然后逐渐精进,向拉坯师傅学习拉坯,向画师学习在瓷上画花鸟虫鱼,在瓷上为青山着色,为绿水描魂。他画莲花牡丹缠枝图案,画潮水祥云纹,因为在宫中多有训练,在景德镇更是炉火纯青。他还向孥窑师傅学习铺设火路,向把桩师傅学习控制火候……

对这样一个迥异于其他官员的据说是皇帝近臣的人,景德镇御窑厂的工匠们开始是提防的,疑虑的。人们会以为他的工匠打扮不过是一个稍有另类的官员的表演方式。一段时间之后人们发现这个人举止间的真诚,以及学习瓷艺的一丝不苟。他寡言少语却对工匠尊敬有加,就像一个真正的学徒那样。在练泥工地上,他会毫不犹豫地脱下鞋子挽起裤管跳进稠化床中踩练泥料;在拉坯的车间,他分开双腿用木棍搅动转盘手忙脚乱的样子完全有失一个五品官员的威仪;在画室,因把一个缠枝莲图案画得蛮像回事儿得到大师傅们的称赞,这个一向沉默寡言的人,竟然乐得口里哼出了调调;在烈焰熊熊的窑房,他热得全身是汗,投柴工人反复劝离依然不肯离开,不断向把桩师傅询问他以为疑惑的问题,比如温差、窑变,一会儿皱着眉头一会儿又似乎豁然开朗……随着时间的推移,他满口京腔已经开始夹杂了些许景德镇的方言,比如他会称呼某个师傅的儿子为"崽里子",某件事情如果让他觉得称心,他会故意用"好来势"这样的景德镇方言来表达,以博得现场的喜剧效果。他不交际,不赴宴,却与工匠们打成一片,他会毫不犹豫地推辞当地某位著名客商的宴会邀请,却与工匠们一起用餐,对工匠师傅递过来的酒碗毫不推辞,接过来一饮而尽……他与无数的大师傅小徒弟做了朋友,很多人都愿意把心里话跟他讲一讲,而他看起来也乐于倾听。他在景德镇逐渐有了很好的名声,后来,整座景德镇御窑厂甚至整个瓷业从业者,只要说到这个块头大的北方人,都会用上敬重而又亲切的口气,仿佛说的是与自己有着血缘关系的长辈或者亲人。

"陶固细事,但为有生所未经见,而物料火候与五行丹贡同其功,兼之摹古酌今,侈弇崇庳之式,茫然不晓……用杜门,谢交游,聚精会神,苦心竭力与工匠同其食息者三年。抵九年辛亥,于物料火候生克变化之理,虽不敢谓全知,颇有得于抽添变通之道。向之唯诺于工匠意旨者,今可出其意旨唯诺工匠矣。"(唐英《瓷务事宜示谕稿序》)从雍正六年,到雍正九年,并不怎么懂得瓷艺的唐英,潜心涉入采石、练泥、拉坯、利坯、绘图、烧成等造瓷行业的每一道程序之中,像一个普通工匠一样着短衫,挽裤管,渐渐熟练掌握了景德镇这一古老东方艺术之城关于瓷器烧造的秘密,成为了景德镇制瓷的行家里手,从而迈出了奉御旨管理景德镇御窑厂的坚实一步。

三年过去了。在景德镇的夜晚,御窑厂官邸内,唐英依然常常漫步于庭院,看着景德镇的夜空烟囱林立烈焰熊熊的样子。对他而言,那已不是骇人景象,那是精美的瓷器即将成器出窑前的吉兆。

二

夜已经很深了,可在御窑厂的窑房忙碌了一天的唐英依然还没有睡意。他无暇顾及自己衣服上的许多白色的瓷土泥浆与自己协理督陶官的身份不符，也不去想白天入窑点火的那批皇宫定制的瓷器是否会出什么意外，而是在灯下一遍遍地翻阅一大堆年份不一印刷质量参差不齐的典籍。他的书桌上正摊开的那些书籍，大都是些本地的志书谱牒，比如《浮梁志》《里村童氏族谱》，还有的是景德镇难得见到的典藏读本，比如《明神宗实录》。唐英想从中找到一个叫童宾的人的蛛丝马迹。他想把童宾这个人从景德镇的历史中请出来。可是他发现那些书籍里关于童宾的介绍漏洞百出莫衷一是，不禁皱起了眉头。

唐英从这些书籍中获知童宾是景德镇本地里村人氏，年纪轻轻就是个技术不错的把桩师傅，明朝万历二十七年（1599年），三十余岁的他奉命为明朝的皇帝烧造一只出奇大的大龙缸。龙缸久烧不成，而当时督陶的宦官压迫过甚，童宾为免工匠们担责，一个人舍身跳入炉火之中，以自己生命助力大龙缸烧造成功。他因此为景德镇民间制瓷者为担心窑火失控入行不利当作风火仙崇拜，景德镇亦有纪念他的祠存在。可是这些典籍中的抵牾之处分别为：由自称是童宾后裔的童氏工匠抱来的《里村童氏宗谱》的确有万历年间童宾投火祭窑的事迹记载。牒首有尊称为沈太师者三曾序曰"先朝嘉号而敕封之"，看似言之凿凿，其实语焉不详，先朝哪位皇帝何时嘉封，所封为何号，宗谱前后都没有交代，如此童宾被皇帝封号之事，相应典籍里应该有所记录，可是唐英翻遍了包括当地志书《浮梁志》在内的景德镇方面的其他典籍，都没有关于童宾自尽、某位皇帝封赏的印记，让人不免怀疑《里村童氏宗谱》乃是乡野族谱为吹嘘自己的往昔的自说自话。《明神宗实录》中有关于景德镇这一期间重大事件的记载："万历三十年（1602年）二月，江西税监潘相、舍人王四等于饶州横恣激变，致毁器厂。相诬奏通判陈奇可不能捕救，得旨系逮……"对童宾将身赴窑只字未提，并且两个事件一个在万历二十七年一个在万历三十年也没对上。何况投火事件本身就值得怀疑，做瓷器这行的都应该知道，没有哪座瓷窑燃烧时会不顾火候原理留出一个可以供人遽然投入的大火口。故事如何生成必有隐情。那风火仙祠倒是真的存在,唐英白天请人领着去了实地考察,他发现所供神像面目不清,神像之前烛火凌乱,整座神祠低矮破旧简陋不堪,没有任何碑文确切指认那个歪嘴巴塌鼻子相貌愚笨并且残缺不全的神像正是《里村童氏宗谱》里所描写的童宾。

可是唐英隐约觉得童宾投火祭窑的故事里自有一股非凡的精神在。景德镇烟火兴盛多年,前后为瓷匠者何止百万,能留下名字者寥寥无几,而童宾算是其中得名者。童宾出身低微,掌握着失之毫厘差之千里多少显得玄妙的把桩技术,自然可作千千万万世世代代卑微的无名的瓷匠的代表。故事里的他为造大龙缸而死,既是为自己的职责做牺牲,也是为完成皇家的使命而献身,同时也是免得与此事件相关的同事受罚遭刑而慷慨赴火,此乃自古以来国人景仰的舍生取义之举,是上济国事下贷百工之命的行为。此事体现出来的对国之忠对同仁之义虽死吾往之勇,理当被景德镇御窑厂管理者提炼和宣扬。他死于火,而火,正是景德镇一切坯胎成为瓷器的必由之路,是景德镇这座不断产生奇迹的城市的精神图腾。

景德镇不仅仅是一座为宫廷烧造瓷器的作坊,不仅仅是千千万万卑微的工匠的求生之地,更应该是具有独立文化品格的伟大城堡。而童宾投火赴窑所蕴含的忠义勇之精神,正适合为景德镇城市精神之标杆,为千千万万景德镇从业者景仰模范的动力源泉。

唐英决定从似是而非的历史中捕捉治理天机引导瓷都民意,将童宾这一勇于献身为瓷而死的平民英雄重新塑造。他邀请景德镇的雕塑名匠重新创作出童宾的神像。他对负责此任务的画师提交的童宾像稿反复提出修改意见,嘱咐画师关于童宾之音容笑貌衣着发髻要多从普通工匠中搜集素材。他筹集资金将神祠修葺一新,新修的神祠远比旧祠要广大光明气象庄严。他写成《火神童公传》一文,重新阐述了童宾之生平,消除了那些相互抵牾的地方。文中他对童宾之死进行了非常高的评价:"神之死也,可以作忠臣之气而坚义士之心矣。"并以不容置疑的口气提炼和夸赞其精神。他嘱附手下将文广为散发,让童宾事迹与自己提炼他的用意深入人心。他邀请远在淮安的上司、名义上的景德镇督陶官年希尧写成《重修风火神庙碑记》。两位督陶官亲笔撰文,无疑加大了景德镇借助重修童宾神祠开始造神运动的声势,加重了树立童宾这一平民偶像一事的分量。他还给神祠重新命名曰"佑陶灵祠",这一名字远比过去的"风火仙庙"更有文气和深意,也更适合流传。他亲手书写匾额并烧制成瓷,镶嵌在神祠西院墙门楣的上方。这块瓷匾绘制极为用心,四周的缠枝番莲纹和中间的字为青花,印为釉里红,字、印都阳文凸出;字正楷,规整精工、清秀健俊;右上角腰圆形引首印"古柏堂""雍正九年仲冬"和"督陶使沈阳唐英",下款两枚方栏篆书"唐英之印""俊公"章。他或许还在神祠建成后亲自主持了首场祭祀仪式,规定了祭祀的程序与规格。而从此之后,景德镇无论官窑还是民窑,每逢烧大件瓷器或烧窑不利,都要更衣焚香,拜风火神,瓷器烧成,要杀猪摆酒席酬神。及至后来,每座窑房都供有风火神的神龛,神龛安放在窑岭上,用窑砖砌成,内放木质灵牌,上写"风火神童宾神位",常年由烧窑业之中的小伙手(烧窑业中的一个工种)侍奉香灯。经唐英倡导,景德镇风火神崇拜逐渐深入人心,童宾精神为景德镇世代供奉传扬。

　　——"当神之时,徭役繁兴,刑罚滋炽,孰不趑趄瑟缩于前,而涕泣狼狈于后?神闻役而趋,趋而尽其力,于工则已耳!物之成否,不关一人;器之美恶,非有专责。乃一旦身投烈焰,岂无妻子割值舍之痛与骨肉锻炼之苦?而皆在不顾,卒能上济国事而下贷百工之命也。何其壮乎!"(唐英《火神童公传》)"神实姓童氏,尝职窑为业。当前明神宗时,阉人督窑事弗就,数困辱操作者,神举身歼焉而后器成。如志,由是成神而举之。而镇民之尽心于胕螯者,若有所默相焉。祠在官廨门内之东边,廨固前代所传也,则神尝祀之于官矣。"(年希尧《重修风火神庙碑记》)通过造像修庙撰文题款等一系列创举,唐英完成了童宾这一景德镇神灵从民间野神到官方真神的改造,同时也是前所未有地完成了对景德镇这座古老的东方艺术之城的灵魂塑造和精神素描。

正是从那时起,景德镇拥有了属于自己的真正的行业神灵,成为了一座有着高度文化辨识度的城市。那夜晚的无数根烟囱喷出的火焰,不仅是让粗鄙的坯胎神奇般变成高贵的瓷器的焰火,也是景德镇接通神灵与生灵之间的重要媒介。熊熊燃烧的窑的每一朵焰火,都可能来源于让景德镇所有人信赖的童宾神灵为守护瓷业显形的魅影。

三

转眼到景德镇督陶已经七年。五十四岁寿诞将临,唐英有意将寿宴办得堂皇一些,借机酬谢多有帮衬的地方官员、同甘共苦的同僚、勤勉的工匠代表,甚至广泛施以援手的民窑窑主,还有一二与唐英多有唱和的文友诗朋。他在离寿诞还有几日时向要邀请的人发出请柬,在寿诞前日从俸禄中取出部分银两,吩咐随从去菜场买些菜蔬,几斤当地谷烧。如此按下不表。

寿诞那天,唐英早早起了,穿戴一新,随从放了鞭炮,接到请柬的人们纷纷前来道贺。不料一会儿门外鼓乐齐鸣,众声喧哗,唐英出门发现,门口聚集了数百人之多,那是景德镇御窑厂全体工匠与全镇商贾窑户集体到唐英府邸给他祝寿。走在前面的一群人,集体举着一块碑。碑名仁寿碑,正与唐英寿诞现场气氛相符。早有镇上能诗善文的人写下了碑文,经所有工匠与窑户商贾审定后镌刻在碑之上。碑文尽列唐英自来景德镇主政之后为景德镇人们干下的种种事迹。碑文将唐英抬到了景德镇佛爷和福寿主的高度,并表达了对他的感激与祝福。碑文不长,此处无妨——录上:

恭祝荣诞。人以蓬岛之群□(此处为缺字,作者注)宇内之寿,意比题于锦轴屏联之上,而鼓乐喧贺者,不□(注同上)巨观其旧套而已矣!惟唐公之寿咸从心感,愿意鼎□(注同上)于千秋之不朽,乃真寿也。故阛镇之商贾与窑户,自是大人临镇以来,年年丰熟。大人采买物料,在在公平;疯癫孤客,得丹救而还乡;水陆行夫,免当差而逸乐。大人敬奉火神,而保众姓之清泰;虔供窑仙,而广瓷烧之增华。且蒙窑价公发之外,添沽酒食,窑火老嫩之失,示谕解谜,是以我等感仁感谕,而愿公于"三多"之祝,非邀蓬岛诸奇之比套云耳。

通厂工匠颂曰:

　　大人体皇上之仁,教众工之善,每见匠有未悟者,授指致精而进其终身之益;勤能本谕者,额外奖赏而励其诸作之专;匠有疾病者,延医制药而急救;匠居窘窄者,买房赏住而安身;年迈匠人,另赐衣帛食肉。众餐余积,呼来童叟均分;兼惜工匠至亲,量才亦用;冬闻匠有债急,预叫领银;空囊而旅丧无依者,济以买棺买葬;将娶而未能团聚者,周其宜室宜家。于是,共称我辈之佛爷,钦命南方之福寿主也。共祝共歌,共具感戴之千秋铭颂,竟不叙文,共写公之实惠。敬祝大人唐公讳英之仁诞。
　　雍正十三年(1735年)五月端节　沐恩众等同立。

　　——这块仁寿碑,并非御窑厂全体工人与全镇商贾窑户对唐英的拍马溜须之举,乃是百姓对其主政官员政绩和人格最大褒扬,是景德镇对唐英七年来以仁政治理景德镇瓷业的高声回应。
　　三年学艺与工匠们的朝夕相处,相当于唐英以工匠身份进行了一次长久的微服私访。唐英对景德镇的官民关系、民俗信仰,景德镇陶瓷业的材料买卖、生产出精美绝伦的青花瓷器的工匠们的生存状况等等都了如指掌。他知道官窑对百姓手里的原材料有强买强卖的意思,知道工匠们收入微薄,除少数掌握了核心技术的工匠大师傅被窑厂高看进账颇丰外,大多数来自不同籍贯操着不同口音的工匠们都形同蝼蚁,所得勉强糊口,成年无钱娶亲,患病无钱看病,死了无棺入土。美轮美奂寄寓深远的青花瓷器,里面盛装的其实都是陶瓷工匠的满腹苦水,这座伟大的东方艺术之城光鲜的表面,其实有着深重的难言之隐。

"为政以德。"(孔子)"王如施仁政于民,省刑罚,薄税敛,深耕易耨;壮者以暇日修其孝悌忠信,入以事其父兄,出以事其长上,可使制梃以挞秦楚之坚甲利兵矣。"(《孟子·梁惠王上》)"君行仁政,斯民亲其上、死其长矣。"(孟子)这些儒家先贤论述仁政的经典是历代儒生烂熟于心的信条,自然也是熟读诗书、具有君子风范、常侍候皇帝左右的唐英心中的王道。

体察百姓疾苦的唐英开始在景德镇推行买卖公平制度。他规定御窑厂采购所有物料,包括从浮梁民众手中买下高岭土石料,从周边人家手里买下烧窑用的槎柴,到从菜市场买下膳房所需的柴米油盐,都严格按市场价格进行交易,而不像过去,以官方名义巧取豪夺,让那些受过欺压的百姓敢怒不敢言。

唐英还在景德镇实施工匠救济制度。他筹措资金,专门用于救贫扶弱。他让有病者有钱投医,不幸身亡者得棺材下葬。他让欠债的工匠可以预支薪水,优秀的工匠如果房子逼仄,他会奖赏更加宽敞的住所……

买卖公平与工匠救济这两项制度在景德镇逐渐推广。人们在街头显豁处看到张贴的这两张布告,奔走相告又都将信将疑。不久人们就发现御窑厂的伙头不再是一张仗势欺人的面孔,而是换上了一副笑容可掬的表情。买槎柴的再也不会胡乱压价,而是严格按照市场价格成交,结账时就连零头都要一一付清。同样的人来购买石料,可是过去他俨然店大欺客,说起话来粗声粗气,动不动就以小心你的贱命威胁,现在则就像是寺庙里供奉的弥勒佛，说起话来轻声细语，仿佛生怕对方生气，付账也是干脆得很都是现银，而且就连过去的欠债也一概了清。果然有暴毙者得到了棺木，板材虽然一般但足够厚实，让死者能体面返乡落葬。有人患病为上头所知，果然有了医者受到延请亲自前往探视，相关诊费并无需病人挂心。

整座景德镇登时仿佛成了一个人人向往的理想国，居住其中的人们人人仁义彼此相爱，贫者有其屋病者有其医；或者它是一座慈悲为怀的大寺院，所有的工匠成了被佛祖护佑的子民。而主政的唐英，在人们的口碑中变成了儒家经典中爱人的仁圣人者，或者是救苦救难的菩萨转世。有人传出唐英笃信佛祖，府邸设有佛堂，常与景德镇周边寺庙里的高僧往来谈经，他是菩萨转世的说法就更加深入人心。百姓最懂得知恩图报。然后就有了唐英寿诞那日众人不约而来向唐英送仁寿碑的一幕。

不知接受了众工匠恭送的仁寿碑的唐英寿诞那日喝醉了没，是否作诗以记。他是否会为自己按照儒家精神佛陀慈悲教义以及皇帝谕旨辛苦多年治下的景德镇，有了仿若太平盛世的景象，显得得意和满足？

四

每到春天，下过一阵又一阵的春雨，昌江河暴涨了起来。湿漉漉的码头边，船变得多了起来。河面上顿时拥挤不堪。那在码头上上下下的，有高鼻子蓝眼睛或者黑皮肤的外国人，有说着各种方言的中国人。皇帝发到景德镇的圣旨也日益多了起来，有时三五天，有时隔天就有旨传来。春天适宜烧瓷。春天让督陶官唐英忙碌不已。

又是一个春天。唐英在自己的府邸内摆下宴席。沸腾鱼、酱香鸭、古法烧大雁、霸王香辣肘等景德镇本地名菜一应上了桌，显示了这一顿晚宴的隆重。酒据说是唐英窖藏多年的好酒，数年前从北京带来一直舍不得喝,今天却慷慨开了坛。唐英向坐在自己右首的人频频举杯,其殷勤让作陪的熟悉唐英低调少逢迎作风的人们不免诧异,好像他右首的那个人,是比他大辈分的长者,或者是比他品级高的官员。而其实他不过是唐英的助手,日日相伴的同事,他的名字叫作吴尧圃。

"絮落花飞春已暮,几欲留春春不住。离筵黯黯趁春开,春风引客均州路……此行陶冶赖成功,钟鼎尊罍关国宝。玫瑰翡翠倘流传,搜物探书寻故老。君不见:善游昔日太史公,名山大川收胸中。陶熔一发天地秘,神工鬼斧惊才雄……荷香蒲绿棹归舟,倚闾白发颙颙望。"酒过多巡,颇有几分醉意的唐英展开一幅卷轴,那是自己精心写就的一首名曰《春暮送吴尧圃之均州》的诗。诗句中依人之常情表达了对吴尧圃的不舍情绪,更多的篇幅却是对吴尧圃此去的嘱咐与厚望:吴尧圃呀此次你受老夫我委派去千里之外的河北均州,一定要想尽办法寻找到玫瑰、翡翠这两种宋代才有的名釉配方,以作为景德镇御窑厂高仿的线索。景德镇能不能复制出这世上传奇般的钧窑神话,炼造出这国宝级别的物种,一切都看你的了。你千万别辜负了老夫的期望呀,老夫我会一直站在门边等你满载而归。

看着唐英乘着酒兴摇头晃脑吟诗,听着这首古风中的言辞之意,吴尧圃心中明白,唐英所托如山,自己若是找不到配方,或者关于钧窑名釉的重要物证,就不该觍着脸回来了。

寻找钧窑配方的人刚刚在昌江坐船离镇,几个月前领命赴哥窑搜窑寻陶的人刚好返回。唐英立即组织工匠们开始研究返回的人所带来的相关物件,那或许是几册已经破得不像话的绣像古籍,或许是几片倒出来哐当响残破却隐藏了许多重要信息的瓷片,或许会是前去搜索的人匆匆记录的一张旧绢。唐英要从这样的物件中找到古代著名瓷器的线索,经反复试验让那些业已失传的著名瓷器在景德镇的窑火中一一复活。唐英要让中国各大名窑在景德镇御窑厂灵魂附体。他要让那些在典籍里留下踪影的各地名瓷在他的手上完美呈现。为了达到这一目的,他广泛派遣得力手下去哥窑、汝窑、钧窑、定窑、龙泉窑、湘湖窑等全国各大名窑搜罗配方或瓷片标本,或者仔细研究古代文献的相关记述,然后反复研制试验以图恢复,就是景德镇前朝失传的许多瓷品,唐英都要让它们还魂有术,在他手中死而复生。

造瓷,理所当然是唐英作为景德镇督陶官的重要工作。唐英一旦掌握了景德镇瓷器制造这一天地之秘,就立即投入到瓷器的生产之中。他是皇帝的臣子,完成皇帝下达的生产任务是他的职责。他是景德镇的新子民,是受到景德镇教导的瓷艺师,也是注定将青史留名的督陶官员,让景德镇这一世界闻名的艺术之城在他的治下达到旷古巅峰是他的使命,也符合他作为一名具有相当艺术造诣的文人的理想。他不遗余力地组织人力遍访名窑,同时马不停蹄召集工匠画师不断试验,以图创造出景德镇造瓷以来从未有过的新品类。他不仅让那些已经与他同心同德的工匠画师严格依照宫中旧藏瓷器照样仿烧,同时遵照皇帝圣旨对一种叫作珐琅彩瓷的新品种进行研制,在技术、人员、原料等方面都慷慨投入。他"仿古采今,宜于大小盘、碗、盅、碟、瓶、罍、尊、彝,岁例贡御者五十七种",其中创新的釉色品类有十七种。

景德镇在唐英治理下日渐鼎盛。他让仁政之下士气大振的景德镇变成了一座火焰熊熊的瓷器工厂。那些工匠画师们皆以士为知己者死的决心以及被唐英鼓动的创世之激情听候唐英调遣,共同创造景德镇的巅峰之梦。他们的努力渐见成效,唐英所制,瓷器的胎质、釉面、器型、品种、工艺手法、装饰形式、釉上和釉下彩绘,无论仿古,无论创新,无不登峰造极。清蓝浦所著的《景德镇陶录》如此评价唐英的贡献:"公深谙土脉、火性,慎选诸料,所造俱精莹纯全,又仿肖古名窑诸器,无不媲美;仿各种名釉,无不巧合;萃工呈能,无不盛备;又新制洋紫、法青、抹银、彩水墨、洋乌金、珐琅画法、洋彩乌金、黑地白花、黑地描金、天蓝、窑变等釉色器皿。土则白壤,而埴体厚薄惟腻。厂窑至此,集大成矣。"

吴尧圃数月后从钧窑返回。数月不见,吴尧圃已消瘦和苍老不少,想必一路上吃尽了苦头,可是他的两只眼睛有如两座微型的熊熊燃烧的窑火,可见他此行不辱使命。唐英问及得知,吴已在河北均州找到了烧制玫瑰和翡翠这两种钧窑绝品剩下的原料,不顾路途遥远原料沉重运了回来。唐英用这些原料练泥拉坯,经过反复试验,唐英发现,用钧窑的原料瓷器烧出的瓷器,与他在皇宫里看到过的古代钧窑的作品简直是一模一样,翡翠与玫瑰两种钧窑名釉重现江湖。众工匠纷纷向唐英及吴尧圃祝贺,说是唐英他们的努力感动了上苍让奇迹得以重现。唐英对众工匠的赞美似乎不以为意,可他舒展的额头及嘴角绽放的孩子般的笑暴露了他内心的快慰。

　　——毋庸讳言,唐英制瓷,是景德镇最好的时期。这个有着佛陀相貌的北方汉子,这个皇帝信得过的最是尽心尽责的臣子,这个身材高大曾任武职其实肚子里有着灿烂文采的文人,将景德镇造瓷品类和工艺水平提高到了真正的巅峰之上。他使景德镇内海拔不高的珠山,成为中国瓷器业的珠穆朗玛峰。历史称唐英治下所产瓷器为"唐窑"。唐英自己亦以工匠身份投身其中,他所造和题款的瓷器受到当朝以及后世热捧。值得提出的是,唐英以文人之身治瓷,极其罕见地将景德镇工匠之瓷提升为文人之瓷,所造瓷器多有文人趣味,艺术精神,而不仅是程式物件,皇家用品。而唐英去世几十年后,唐英复古创新的五十七种釉色,逐渐失传,再也不能生产,他所生产的瓷器,逐渐消失,只在皇宫可见。这是任何人都阻止不了的事情。

五

　　早在宫中,话语不多的唐英在工作之余爱写上两行,或押韵为诗,或散淡成文,或简练记事。到了景德镇,唐英的书写更为酣畅了。他写诗,记录陶事,偶尔还会写多幕的戏文。如果在过去,他的书写,仅仅是文化人的修身养性之举,那在景德镇的书写,就要比在宫中复杂得多。

熟悉唐英的人知道，作为景德镇御窑厂的主政者，唐英对文字记载，就有了更高的用意，他用笔写下的，不仅是闲情偶寄，还应该是记史的野心，供景德镇对抗时间的凭证。

他写《陶冶图编次》。那是中国重要的陶瓷文献著作。虽说那是奉旨完成，但是他深度介入景德镇陶瓷的科学总结和智慧结晶。《陶冶图编次》将陶瓷行业分成二十程序，分别为采石制泥、淘炼泥土、炼灰配釉、制造匣钵、圆器修模、圆器拉坯、琢器做坯、采取青料、拣选青料、印坯乳料、圆器青花、制画琢器、蘸釉吹釉、旋坯挖足、成坯入窑、烧坯开窑、圆琢洋彩、明炉暗炉、束草装桶、祀神酬愿，由宫廷画师孙祜、周鹏、丁观鹏等绘图，经皇帝下旨颁布，成为总结制瓷程序的权威文本，对中国陶瓷甚至是国际陶瓷都有着深远的影响。他写《火神童公传》《龙缸记》《瓷务事宜示谕稿》《陶务叙略》《陶成纪事》等文。那些文字，或对景德镇的历史人物及历史事件进行追本溯源，或对自己制陶实践进行精心记载，或对当时的陶瓷技术水平和发展状况进行概括和总结。他还编写了《古柏堂传奇》，那是他除了制瓷、画画之外的另一个爱好。《古柏堂传奇》收录了唐英写的十七部戏剧。唐英是一个有几分疯狂的戏剧发烧友，曾自蓄昆曲家班，《古柏堂传奇》里的戏剧，就是为给昆曲家班演唱所写，剧本的故事往往来自于"乱弹"和民间传说，语言通俗，情节生动，为许多票友和戏迷所喜爱，是他具有灿烂才华的一个旁证。他还著有《陶人心语》《陶人心语续选》多卷本，那是他督陶景德镇多年的诗文总集。收入其中的诗文，或为唱和诗友，或为拜谒故迹，或为感时伤怀，或为思念亲人。"南指舟车信已真，初闻失喜忽沾巾。全家跋涉劳因我，半世功名苦累人。儿女早筹团聚乐，梦魂先觉笑言亲。糊窗扫地安床席，离合方知最损神。"（《文儿携家远来，客有遇诸途者，还告，喜赋兼以志慨，时六月廿四日也》《陶人心语卷三》）"海棠菡菪漫相猜，春夏何妨偶并开。浓抹淡妆凭月旦，柔丝孤干异根荄。霞侵素质清无羔，香压繁英势欲摧。玉立红飞须着眼，莫将同调问追陪。"（《庭前白莲盛开，适海棠亦放数枝。春花夏卉,偶尔相遭,亦因缘也,摘取伴注胆瓶,贻赠沈司马,并系以诗。时辛亥七月廿四日》)从这些或为亲人不远千里到来而哭哭笑笑、或为海棠白莲花开喜不自禁的文字中,从这些唯美而深情的诗句中,不难想象,唐英有着怎样一颗儒雅的、浪漫的、美好的心!

在时间面前,文字是比精美的陶瓷更加耐久的东西。瓷坚硬却易碎,毋庸说战争、地震这些大灾大难,就是一只猫的侵扰,一只老鼠的窜动,一个孩子的失手,一个细微的磕碰,都会让哪怕最珍贵的瓷成为碎片,覆水难收。随着时间推移,瓷会急剧地减少、消失。这就是景德镇从东晋开始,由师祖赵概带来越瓷制作工艺,至今一千多年,可是不要说晋代唐朝,就是宋朝元代瓷器也难得一见的原因。而且,御窑生产的瓷,即使是精美绝伦为倾城瑰宝,即使是珍稀如天赐之物,可是只为皇家专用,寻常百姓无缘相见,他这个督陶官,就是造出再多的瓷器,也无法引起普世的一致认同,也就当然无法产生足以抵抗时间的力量。

想靠瓷来抵御时间的围剿其实远远不够。作为文人,唐英肯定知道,能真正抵御时间的武器,除了河流、群山、大地,只有文字,可以刻在碑上、收录至各种书籍中四处传播、刊刻成书适于藏于各类经馆藏书阁文渊阁或私人书箱里的,战火烧不毁、地震震不垮、瘟疫夺不走的文字。这或许就是他在景德镇造瓷之余用心文字的重要原因。

"大上有立德,其次有立功,其次有立言,虽久不废,此之谓不朽。"(《左传·襄公二十四年》)感谢唐英留下的那些文字。它们不仅为后人保存了一份无比珍贵的陶瓷文化资料,为保留景德镇文化记忆、提升景德镇文化品格建立了不可磨灭的功勋,还收藏了一个颇具风骨的清代文人的样本。阅读这些文字我们容易感应到那颗具有丰富情感与完美修为的心的跳动。这个一脸佛相的大鼻子北方汉子,是一个有德行的人。他忠于职守。他体恤民众。他曾是个武将却举止斯文。他来自宫廷却和蔼可亲。他多才多艺精通艺术。他不苟言笑其实儒雅风趣多情。他是一个行与思、才与德都接近完美的古代君子。他是一个用生命践行着修齐治平的读书人。他兼具了武士之坚韧与文人之阴柔，就像瓷器，同时收藏了高山和流水、清风与明月、火焰与寒冰。瓷乃御制，当为国器，传之四海，价比黄金。瓷亦家藏，可比私德，青花无香，为君子赏。为皇上御封为督陶官的唐英，具有君子之风的唐英，有着瓷一样的心性，实在是景德镇瓷器精神最完美的阐释者。

六

唐英的喉疾更加重了。在九江关署的府邸的床榻上，从五月到七月，唐英因喉疾（痰火病）发作在床上已经躺了整整两个月。听着他一阵紧似一阵的撕心裂肺的咳嗽声，九江全城的中医都神情凝重却束手无策。唐英隐约感觉到了死神的由远而近。他知道，自己的大限已然不远。

死神来得如此迅疾让人手忙脚乱。因为从小习武，后来又以武职入宫当差，体魄之康健一直是唐英最引以为傲的事情。虽然后来因到景德镇烧窑督陶感染了陶瓷这一行当的职业病痰火病，其程度比起许多把桩师傅却也是要轻微得多，其偶尔的发作并没有给他造成大碍，让他以为不是什么大不了的事情。就在上一年的年末，他对自己的体魄依然有着强大的自信，以七十四岁的高龄奉旨从九江关监督任上起身，经四十五天抵达北京，在圆明园得以叩见天颜，得乾隆爷赏奉宸苑卿衔，又于当年二月初一离京，经四十二天的跋涉回到了九江。这一往来就是三个多月，虽然廉颇老矣，但唐英并没有感到特别地吃力。他应该觉得自己可以继续为这个庞大帝国服役几年，一方面在九江榷关任上继续征收庞大帝国急需的税收银两，一方面督陶景德镇让这个伟大的艺术之城烧造出更多精美的、让世界惊喜的瓷器。可是此次的痰火病来势汹汹，他的胸腔宛如熊熊燃烧的窑火。他的身体在两个月内就完全瘦脱了形。他的咳嗽一阵紧似一阵。他几乎要把五脏六腑都咳了出来。他在早年练就的那一把子力气就像水波一样散去。他的眼前经常模糊一片。这个为庞大帝国守关的人,这一次生死大隘怕是过不去了。

像每一个濒临死亡的人一样,他或许会对自己的往昔做一番潦草的回望。他当然会想起宫中玄机重重的日月光影。他从十六岁遵照祖制,以正白旗包衣旗鼓人也就是皇家亲族的身世进入皇宫内务府养心殿供职,一直干到四十七岁。三十年来,他跟随康熙帝三下江南,担任侍卫警戒任务,为皇帝的安危保驾护航,在四十余岁时,他被雍正皇帝任命为五品的内务府员外郎,服务于内务府专管皇宫用品生产的造办处。在皇帝身边当差,无论是担当皇帝出行时的贴身侍卫,还是为皇宫使用督办造办,他都小心谨慎同时兢兢业业,几十年来总算没有出过任何差错。闲来无事,他喜欢读读经书,做做诗文,编写戏文,与文朋诗友书家画师往来,偶尔唱上几段调调,以调剂人生,增添意趣。他曾经以为自己的一辈子大抵如此,被皇宫的阴影淹没自我,享受浩荡皇恩却终是籍籍无名一事无成。可在他四十七岁那年,命运出现了一个转机:皇帝给了他一座烈焰熊熊的景德镇。

雍正六年(1728年)金秋十月,唐英奉旨以内务府员外郎兼驻景德镇御窑厂协理官身份抵景德镇厂署,开始经营烧造事宜。乾隆元年(1736年)正月,唐英奉旨出任江苏淮安关榷使,受命驻节淮安,同时遥领景德镇窑务。乾隆四年(1739年),唐英改迁距景德镇仅三百里的九江关监督,兼任景德镇督陶官。乾隆十五年(1750年),唐英奉命调离九江赴广东,任粤海关监督,于乾隆十七年(1752年)又调回九江,继续监管窑务,直到今天。除去出任江苏淮安关榷使及粤海关监督期间因路途遥远无法亲领窑务不算,唐英真正监管景德镇时间前后达二十七年。他曾经与工匠同食同出,与工匠情同手足。即使在三百里外的九江关任上,每年的三、四月,他都要亲赴景德镇监督瓷器生产。他会到画室在瓷坯上画上几笔,手把手教无名的画师如何把仕女的衣纹画得富有神采。他会站在投柴口前与把桩师傅亲切交谈,察看窑内火候。他造窑神,修神祠,铸造景德镇精神。他施仁政,买卖公平,救济有方,开创理想世界。他督造瓷器,复活名釉,二十多年来造了近百万件的精美瓷器交付宫中。他用文字记录景德镇历史,建立景德镇瓷业档案,抒写书生情怀,挽留时光与流水。他一点点地改变着景德镇,让这样一个呆板的皇家瓷器生产工厂,变成了一个有着强大文化精神的艺术王国,一个拥有自己的文化标识的具有独特魅力和深远影响的东方艺术之城。而他自己,也逐渐修成了他理想的样子。一个在宫墙的阴影中小心迈着步子的五品小官员,一个近乎御用工具的宫廷差人,在景德镇浓郁的艺术氛围中,在对艺术追求的自由之路上,脱胎换骨,变成了一个眉宇风流的浪漫诗人,一个具有相当高的艺术造诣、不让名匠的陶瓷画师,一个慈悲为怀、熟读佛教经典的慈眉善目的居士,一个人人拥戴的和善却又不失威严的长者,一个微型王国里的王者。仿佛是一团混沌的泥土,经过了淘洗、练泥、拉坯、描画和煅烧,变成了一尊发出镇静的釉光的青花瓷器,一件具有独特审美价值的适合被时间收藏的艺术品。

他收获了荣光,同时也付出了健康的代价。名叫痰火病的喉疾偷袭了他。那是景德镇陶瓷业的职业病,他也不能幸免。这一尊完美的青花瓷器,终于有了瑕疵,死神也终于找到向他下手的漏洞。他感到瑕疵变成了裂缝,那裂缝在他的体内游走。他的喉咙里发出的让他不堪忍受的咳嗽声,就是自己体内裂缝游走的回声。他知道,自己离死不远了。

老实说他并不怕死。作为一个熟读佛家经典的居士,他也许不知道肉身消亡后他的灵魂是否可以抵达天国,但他知道,他亲手制造的瓷器还会在。经他苦心孤诣创造的以唐窑命名的景德镇鼎盛时代会永远镌刻在景德镇的历史上。他的诗文会与景德镇一起流传。他缔造的光荣,会化作景德镇的文化传统永不泯灭的精神辗转于天地之间。他已经无所畏惧。想到这里,他觉得一切都可以放下了。

又是一阵撕心裂肺的咳嗽……他感到自己眼睛里的光在渐渐熄灭。七月的九江阳光毒辣,长江里的水宛如滚烫的铁汁,可他的背脊一阵阵发冷。就像一尊阴影中的瓷器,他多么希望能有一炉景德镇的熊熊燃烧的窑火,把他烤热。他多么希望能再次回到景德镇——那属于他的艺术帝国那里看上一眼,让那夜晚烟囱喷火的壮观景象温暖他死前的寂寥与寒凉。他多么希望能怀抱着一朵青花上路,让那瓷壁上开放的、浴火而生的、永不凋谢的花朵,成为在黄泉路上的他魂灵的指引。这个看过无数戏班子的戏,也写过很多戏的老戏迷,此刻他眼看着自己人生的大幕正徐徐拉上……他睡过去了。他的身体,正在发出青花一样的蓝色。而他的大鼻子上依稀还有几粒汗珠,仿佛是坯胎在窑火冶炼成瓷前被挤出的最后几滴水分。

乾隆二十一年(1756年)七月二十九日,大清帝国的忠诚奴仆唐英,以榷陶使者自诩的、景德镇这座艺术王国的至尊王者唐英,在九江关署病故。

他的死,意味着景德镇一个最为辉煌的时代的结束。

随笔二题

王剑冰

诗豪刘禹锡

1

唐大历七年,也就是公元772年,中国发生了一件大事:一代诗人刘禹锡诞生了。就此说这件事还不完整,同时诞生的还有一个人——白居易。

到了公元793年,又发生了一件大事:刘禹锡与柳宗元一并进士及第。

2

秋天的长安,突然地就刮起了一阵风,天立时显得冷了,树叶子纷纷落下来,翻卷得到处都是。

一辆车子出了东门,另一辆车子也出了东门。

一个人从车上下来,那是刘禹锡,他向着从另一辆车上下来的柳宗元走去。自此后是漫漫的长路了,旱路加水路,不是一天能走完的。自此后,"刘柳"的称号就刻在了中国的文学史上。

刘禹锡和柳宗元都是有着政治抱负的,当然不是想把皇上拱下来自己做，而是想帮着把李唐王朝经营得更好。那个时候，经历了"安史之乱"，宦官专权，藩镇割据，政治越发不清明，并且直接影响到了民生。皇帝李诵有心改革，但是朝政要比想象复杂得多，不是一人想做就做得了的，况且李诵的身体还不大好。这件事王伾、王叔文干了，加上其他朝中大臣的赞同，尤其是刘禹锡、柳宗元，可以说是赤胆忠心。事情进展得还可以。但是皇帝那里不大可以了，李诵得了中风，口不能言，只得交权给太子李纯，唐宪宗李纯一上台就开始对革新派加以迫害。王伾、王叔文被逼身亡，刘禹锡先贬为连州刺史，柳宗元贬为邵州刺史，半途中，朝廷又传圣旨，加贬刘禹锡为朗州司马，柳宗元为永州司马。其他人也都一概贬为了司马，去到离朝廷很远的地方，并且说"纵逢恩赦，不在量移之限"。

数月后，两辆车子的人已经在了船上。那船一直向南，穿过了洞庭湖水，还在往南，长安越来越远了。长安的这场风一刮，就将刘禹锡刮在了朗州十年。朗州就是现在的湖南常德，那可真是"西北望长安，可怜无数山了"，按当时的说法就是蛮地，饮食生活习俗都差得远，十年的生活，对于一个中原人来说可想而知。

而朝廷也不是总按照既定方针办的，偶尔哪一天看到园子里的桃花开了，就会在心里起一个雷鸣，想起这么多年的一些隐忍，刘禹锡们就被召回到长安来了。来了就先稳住神再说嘛，刘禹锡是谁？还是那么随性，刚直不阿，还是那么诗人，到了长安就写了一首诗：

紫陌红尘拂面来，无人不道看花回。
玄都观里桃千树，尽是刘郎去后栽。

有些人也真会闻味，一闻就闻着不对劲，到皇帝那里添枝加叶，就把刘禹锡又添回去了，于是刘禹锡被刺播州。刺史比司马高一级，看似是提升，但是播州地方比朗州还远还偏僻。

柳宗元得知自己被贬至柳州，要比播州好些，不禁大哭起来，说刘禹锡还有八十老母，如何受得这苦。请求朝廷愿以自己的柳州换刘禹锡的播州。终使得刘禹锡改刺连州。

那些人没有想到，由于自己的阴暗，成就了一代诗人的辉煌。没有朗州、连州、夔州、和州、苏州等地这些经历与生活，刘禹锡不可能写出那么多深入其境的诗文。也可以说，对刘禹锡来说，是他个人的不幸，对中国文学史来说，却是一种大幸。

又是多少年过去，刘禹锡再次被召回京城，他还是写了一首诗：

> 百亩庭中半是苔，桃花净尽菜花开。
> 种桃道士归何处？前度刘郎今又来。

比较前一首诗，讽刺更为辛辣，态度更为倔强。这就是诗人刘禹锡。

说起刘禹锡与柳宗元的友情，可真的是叫人感叹。那次两人又一次一路同行，旅途劳顿，到了衡阳，该分手了。人生还能有几个十年呢？看来是最后一别了，刘禹锡含泪站立船头，向柳宗元告别。柳宗元也站立船头，发出了这样的感慨："二十年来万事同，今朝歧路忽西东。皇恩若许归田去，晚岁当为邻舍翁。"衡阳一别，刘禹锡越过五岭，南下连州，柳宗元从湘江入漓江而赴柳州，从此，天各一方，只能凭窗瞭望，以书信聊寄相思。南方不适的气候加之工作的辛勤，柳宗元病倒了，了却不了归田比邻的愿望了。临终写下遗嘱，要仆人在他死后将全部书稿交付给刘禹锡："我不幸卒以谪死，以遗草累故人。"刘禹锡收到柳宗元病故的噩耗，悲痛至极，即刻派人料理后事，并含泪给韩愈写信，希望能为柳宗元撰写墓志铭。后又倾注精力整理柳宗元的遗作，筹资刊印，使其得以问世，以慰好友之灵。

3

人们对刘禹锡的敬慕与仰止,不仅仅是因为他诗文言辞的精锐与意境的妙道,更在于刘禹锡热情、坚毅、真挚、豪爽的人格魅力。他同柳宗元的莫逆之情让人感叹,与白居易的相知之谊同样令人称道。

白居易虽没有直接参与"永贞革新",内心却是支持的,并对刘禹锡深表同情。后来白居易也因事被贬为江州刺史,还没到任又追诏再贬江州司马,同刘禹锡的遭际差不多。白居易一直很敬重刘禹锡,曾寄诗百首给他,把他当作知音。

在贬谪的生涯中,两个人终于在扬州相遇了。这是他们的第一次见面,更是高兴异常,到酒馆里好好地喝了一场。刘禹锡醉没醉不知道,反正白居易喝醉了:"你该当遭到不幸,谁叫你的才名那么高呢!可是二十三年的不幸,未免过分了。"白居易的《醉赠刘二十八使君》的诗,既是同情,又包含着赞美,透着白居易式的真情与幽默。刘禹锡也是感慨万分,两个人推心置腹。"真的是啊,我谪居在那些荒凉的地方,都已经二十三年了呀。"回的一首《酬乐天扬州初逢席上见赠》,也成了名诗,其中有句:"沉舟侧畔千帆过,病树前头万木春。"带出一种大胸怀。

白居易对刘禹锡是掏心窝子的,尽管他的诗好得十分了得,还是十分赞赏刘禹锡,说他是中唐诗豪。由于两人的友情和影响,人们把他们称为刘白。大和五年(公元831年)十月,刘禹锡由礼部郎中、集贤学士转任苏州刺史,赴任途中路过洛阳停留了十五天,与时任河南尹的白居易朝筋夕吟,白居易的感情又上来了:"刘郎刘郎莫先起,苏台苏台隔云水。酒盏来从一百分,马头去便三千里。"刘禹锡也感慨啊:"洛城洛城何日归? 故人故人今转稀。莫嗟雪里暂时别,终拟云间相逐飞。"白居易对刘禹锡的知遇让刘禹锡深受感动,到苏州后弄了一只华亭鹤寄给了十分爱鹤的白居易。

刘禹锡与白居易二人间唱和诗很多,白居易先编了《刘白唱和集》上下卷,后来又成了上、中、下三卷,再后来扩编成了四卷。白居易和刘禹锡在诗歌上都有很深的造诣，一个是"诗魔"，一个是"诗豪"。我觉得，这种评价，包括他们的作品，也包括他们的人。他们就从没有忘记相互学习，白居易的"竹枝词"就是从刘禹锡那里学来的。

两人的生活和工作状况，白居易要比刘禹锡好，即使被外贬，白居易去的也都是好地方，回来得也快。白居易似乎也很会生活，用现在的话说，就是想得开，会玩。而刘禹锡就差远了，艰苦的环境可能影响了他的身心。会昌二年(公元842年)七月，刘禹锡先白居易长辞于世，白居易挥泪写下了《哭尚书刘梦得诗二首》，"今日哭君吾道孤，寝门泪满白髭须。"可见一片真情。

4

说起刘禹锡，大家都知道他有一个住处，一间文学殿堂里的"陋室"，那陋室很多年了，还是那么简陋，但是上千年不颓，依然"苔痕上阶绿，草色入帘青"，散发着幽香。住金銮殿的人为数不少了，富丽堂皇中也未见让人记住几个。

或许只是一时的住处，却感觉那陋室伴了他一生。这么说刘禹锡是沾了小屋的光了，自然也是沾了境遇的光了，如若在朝廷里顺顺当当地做着大官，政治革新推行得无阻无拦，刘禹锡就不会有那么多的遭际，受那么多的排挤，吃那么多的苦，也就不会有这样的陋室，这陋室让刘禹锡冷静、警醒、自励、思想，所以刘禹锡把陋室搞成了思想殿堂。谁进到这个殿堂里都会感染得浑身温暖。

刘禹锡还走入了乌衣巷，看到了寻常百姓的生活；刘禹锡的小船进入了偏僻的少数民族地区，这里有好听并且难懂的方言和唱曲，刘禹锡学着适应，司马的官不是什么大官，刘禹锡不在乎那个权力，刘禹锡泡在了读书写作上，他将自己写成了一个理论家和哲学家，并且逐步熟悉了那些地方民歌，他觉得来自于民间的歌子通晓易懂，极富深情，慢慢喜欢起来，并自行加工创作，他的诗歌也就进入了演唱，有了更多的读者和听众。"杨柳青青江水平,闻郎江上踏歌声。东边日出西边雨,道是无晴却有晴。"就是刘禹锡的作品。后来这些作品传到了各地,同样受到了欢迎。

有说《陋室铭》是刘禹锡被贬和州当通判,被人刁难而写的,可能是一种误传。刘禹锡去和州当的是刺史,而通判的官职直到宋代才开始设立,刘禹锡不可能去当宋朝的官员。

说起传说,还有一个因刘禹锡的一首诗而起的。说刘禹锡在大和五年,经宰相裴度推荐,回京当了个礼部郎中,挂集贤殿学士衔。不巧的是,也正是这一年,裴度罢相,刘禹锡又被贬刺苏州。

司空李绅仰慕刘禹锡才名,设宴款待,司空在唐代只是给予贵族的虚衔,地位待遇很高,却不管什么事。席间高兴,就让自己的宠姬出来唱歌侑酒。此姬不仅身段妖娆,舞姿曼妙,而且眉眼带电,歌音带雨。刘禹锡心中多云间晴天,早忘了一干不快事体,禁不住脱口吟道:"高髻云鬟宫样妆,春风一曲杜韦娘。司空见惯浑闲事,断尽苏州刺史肠。"这么魅力四射的美女在司空大人身边,还不是天天见得寻常,感觉不出什么了,但是却让我老刘心恼肠乱啊。李绅不傻,还能听不出来?而且他也是个豪爽之人,当即笑着说,哈,你喜欢,就归你了。刘禹锡不仅得到了一位美人,创造了一段佳话,还传扬了一个成语,就是"司空见惯"。刘禹锡是性情中人,又有诗为证,肯定是带着醉意的、调侃的,至于是不是得到了人家的美人,就不好说了。

5

刘禹锡多是做刺史,是一个地方的一级长官,做得都很好,深受百姓的爱戴,比如苏州就把在此担任过刺史的韦应物、白居易和他合称为"三杰",建立了三贤堂。皇帝也对他的政绩予以褒奖。刘禹锡晚年回到洛阳,任太子宾客,死后被追赠为户部尚书。

刘禹锡一生勤于著述,传下的诗有八百一十多首,文二百四十多篇,其中不乏脍炙人口之作,不仅反映出他的文学成就,也是唐代社会状况的真实记录。有说后世对他文学地位的评价不大公正,如明代肇始的所谓"唐宋八大家",就没有他的份。可能刘禹锡以论说文成就为大,比如他的《天论》,那是他在中国思想史哲学史家地位的奠基之作。他的论文论述范围包括哲学、政治、医学、书法、书仪等方面。唐宋八大家指的是散文成就,刘禹锡未入列也说得过去。

刘禹锡死后葬在了荥阳。他说过,"家本荥上",荥是一道水,那水很老了,可我现在见不到这道水。在刘禹锡的墓园,倒是流着一道水,水中有白白的芦花在风中写诗,还有绿色的蒲草摇着诗的月光。荥阳人还记着这位老乡,记着他生前曾住过简陋的房子,特意为他建了一处敞阔的庄园,安放他的梦。

白居易死后葬在了洛阳,荥阳离洛阳不远,两个人想得很了,还可以遥相呼应。只是离葬在柳州的柳宗元远了,那可是千山万水。我想,他们或许会经常在梦里见到的。

西去的韩非子

1

韩非子沿着历史走来。

他走上秦宫外荒草弥漫的小道,小道上洒有他没有饮尽的酒。韩非不是不想饮尽,他很想让那刻有鱼鸟花纹的漂亮酒壶见底,以尽量满足秦王和李斯的心意。

一个话语迟钝、只会著书立说搞研究的人,怎么会想到能招来杀身之祸呢?也许默默地在老家的哪座案头,读一会儿闲书,看看窗外的鸟,还能够悠然一生。可谁让他的文字会像鸟一样飞呢?而且飞到了秦国,飞到了秦王的案头。

说实在的,秦王是对韩非充满仰慕之情的,只是这个情不能近挨,只能远怀,有距离感,就好办,一旦得手近身,就不一样了。

当初秦王嬴政看不得韩非的文字,看了就痛快得想哭,《孤愤》《五蠹》《说难》都是绝世明言啊,你看,文章主张,国家的大权要集中在君主一人手里。应该使用各种手段清除世袭的奴隶主贵族。应该选拔一批经过实践锻炼的人才充实各部委和军队。还有,要改革和实行法治,制定了法,就严格执行,任何人不能例外。还有,要实行严刑重罚,这样人们才会顺从,社会才能安定,统治才能巩固。说得多好,真是说到了秦王的心里。若果能见到此人,和他畅叙,真是死而无憾啊。秦王嬴政发这种慨叹的时候,李斯正在秦王的喜爱中步步高升,但这并不影响秦王对韩非的喜爱。

知道韩非在韩国,秦王迫不及待地发兵攻韩。韩王为保全韩国,不得不派韩非出使秦国。秦王终于见到了韩非,大礼相待。说起来秦王对韩非有知遇之情,韩非不会不明白,韩非无奈又有些感动,秦王还算是一个人物,韩非已开始同秦王交心了。而这个时候来了一壶酒,韩非也就知道,搞政治的人终是疑心太重,何况韩非的著作对于帝王之术、统治之术的分析那么透彻,让秦王对这种才华佩服的同时又暗生恐惧,何况自己还是韩国公子,何况还有人一旁添油加醋,而这个人又是秦王信任的李斯。

2

尽管秦王与李斯后来有了举世之为,我仍然在某个层面看出了那戛然有声的人性裂痕,那是任何美妙的材料都无法焊实的。秦始皇很难说不想着韩非的好处,统一中国后,他采取的许多政治措施,仍旧是韩非理论的应用和发展。

几滴浊流落地,地上立即滚动起焦煳的泡沫,韩非知道那是什么东西产生的结果。韩非该走了,他没有任何留恋。

倒是秦王有些后悔,想起当初的渴慕:"嗟乎,寡人得见此人与之游,死不恨矣!"又想赶紧挽回,然而一切都晚了。韩非的酒壶呛啷落地,发出了金石之声。那声音让后来的司马迁为之一震,怅叹的泪水洒落在冰凉的竹简上。

如若韩非多活几年,《韩非子》献给这个世界的礼物会更加丰厚,《自相矛盾》《心不在马》《讳疾忌医》《宋人疑邻》《击鼓戏民》《酒酸与恶狗》《子罕不受玉》……试看韩非之后两千年,有出《韩非子》其右的吗?难怪秦皇、李斯难容,人若超越别人太多,别人的妒忌也会生出刀来。

李斯,那么好的一个朋友,志同道合的受荀子器重的同窗,三年后告别老师,路口相别,一个决意报国,向韩国老家走去,一个对家乡不抱希望,转身离开楚国向西。虽同含一腔抱负,却从开始就看出了异同。

我不大喜欢李斯,尽管他很会玩政治。他把政治玩得官至丞相,让秦国剿灭了六国,为秦始皇定郡县制,焚书坑儒,以小篆为标准统一文字,后又推了二世胡亥。可谓玩得都很漂亮。只是玩得过于漂亮的人结局都不怎么好,不是人怒就是天怨,李斯的结局不比韩非好到哪里去。公元前210年,秦始皇死后,李斯为自己的既得利益,附和赵高伪造遗诏,杀太子扶苏,立胡亥为帝。赵高专权后,又诬陷李斯谋反,将其处以五种酷刑:脸上刺字,割掉鼻子,断舌砍趾后腰斩于市,并被夷三族。从现在的地域来看,李斯和韩非两家离得并不远,说句那啥话,都是河南老乡哩。起初韩非进入秦国,李斯也是极力美言的。一切就怕时间,时间能杀人。李斯或许也不是妒忌韩非,他是从大的方面考虑,若韩非入朝为官,作为韩国公子必定阻碍秦国攻韩,拖延统一的步伐。若是韩非回国,也必定协助韩国御秦,成为秦国无法逾越的障碍。无论从哪个角度说,韩非都是要被除掉的。

3

韩非只有走出这个世界。韩非走出荒草漠漠的小道,转上漫漫官道。

韩国的城墙还在，春天的风把阳光吹动起来，在一叶叶的草上晶莹。黄黄的土这里那里坍塌出残破。斜刺里的一棵树，把阳光又顶起来，让一些鸟儿在上面飞。韩非临走的时候，是出的哪道城门？他或许道了一声，我还会回来的。一道水，映照着昨日的辉煌。有多少中原人，从这里走出去，就再也没有回来。

我站在郑韩故城上遥遥西望。在韩非的文章里，多是故乡一带的典故。故乡的风写满了对他的思念和怀想。

风从教室的窗子传出，那是琅琅的书声，不，在整个中国，乃至世界各地的孔子学院，都有如此的风声。

韩非子还在向着中原走。渐渐地，我已经看不见他了，他似乎没入了一片草。

我看见一只螳螂在爬，它的前面是一只叫得正起劲的蝉，而它的身后有一只黄雀，黄雀的后面呢？一架弹弓正在瞄准。

我还看到一个郑国人拿着鞋的尺码往集市上跑，他是急着要为自己的脚买双鞋子，到店里发现把量好的尺码忘家里了，懊丧地赶紧去取，脚跟着他他却没让脚去试那鞋，反而让脚又一次劳顿，等气喘吁吁地赶到，人家却下班了。

还有个人在画鬼，那鬼画得狰狞无比，齐王问他为什么画鬼，他说，画鬼最容易，鬼没有人见过，而要是画狗，画马，就难了，都见过，画不像了人家不买账。

一个人在路边哭，他拿着一块璞玉本来是献给厉王的，匠人说那只是一块石头，厉王偏听偏信，一怒之下使他失去了左脚。武王上台，他还是要献美玉，武王仍偏听偏信，砍去了他的右脚。直到文王走来，发现他三天三夜的哭声里的真诚和冤屈，让人雕琢，一块真正的宝玉惊世骇俗。失去了两只脚，却坚持着换取一个真实，卞和他不悔。

一只兔子在狂奔，可能是遇到了麻烦，以致慌不择路遇到了更大的麻烦，一棵树被它撞上，树没咋的，兔子的脖子却咋的了。一个耕田的农人捡到了便宜,以为就此这便宜会不断地来,于是放下农活,每天守着等这便宜。他没有等到再遇见麻烦的兔子,反倒是自己遇了麻烦,被韩非写到书里,笑得哪里都是。

　　一个个故事,有着历史与现实的深刻意义,在那个时候,韩非就已经知道这个民族还有很多需要警诫的地方,而运用的寓言方式,又是多么高超的思想与艺术的完美结合啊。

　　这些故事像那路上的草,每年每年,都在绿着。

辑二

散文
海外版

Essay
Overseas
Edition

2013—2014 精品集

深人静万物入眠之时,她来了。

她来了,送给人间六角形的花瓣,也是赐给万物的一种六角形的祝福,她像观音菩萨一样,只有无声的微笑,只有祥和的美意,给这世界蒙罩上一层厚厚的纯净的雪花,让它变一番模样,给你一个惊喜。

雪是长大了的成熟了的雨。

经过了春、夏、秋三个阶段,雨这个小姑娘能不长大吗?她长大以后就是现在这个模样。

这时,天已经大亮了。

与其说一夜初雪给周围的一切盖上了一层厚厚的鸭绒被,不如说雪让整个世界全裸着呈现了。一切都被雪重新勾勒出新的形态,圆润的柔和的线条和轮廓,洁白的鲜亮的肌肤和容貌,要不怎么说"山舞银蛇"呢? 要不怎么说"原驰蜡象"呢? 实际上山既没有舞,原也没有驰,一切都静静的,是雪给它们赋予了动感,雪给了它们新鲜的生命活力。

越是自然的,雪就使之越美,山脉、河流、丛林、树木、原野、道路、小桥、毡房、屋舍、栅栏,全都变了。空旷的变充实了,干涸的变丰润了,拥挤的变疏朗了,僵硬的变柔和了。枯枝落雪梨花开,屋舍戴帽白云厚。莫叹人间春去也,雪花更比春花稠。

越是人工的都市的,雪就与之间隔,好像雪已无力改变它们。高架桥、高层建筑、立交桥、高速公路、机场、大型商场,雪是多余的无益的受到排斥和清理的。雪自己也觉得美化不了它们,在这些强大的人工事物面前,雪只是垃圾。看来美妙的事物和垃圾之间并无严格的界限,只需很短的时间,美物可变为垃圾。

美是一种很容易变质的东西,也许只是个时间问题。美丽的雪花变成污水,缤纷的花朵变成枯枝,灿烂的晚霞变成暗夜,绝代的明星变成白骨……谁说美是永恒的呢? 也许美会永存在记忆中,但记忆者会衰老、死亡,那美便成了传说。

我看着眼前的雪景,因为意识到它的短暂而格外留意。这场雪下得可以，足有二十余厘米厚，称得上一场像样的初雪。地上、院中、屋顶、墙头，一下增厚了二十多厘米，整个格局都变了，仿佛家家都在雪中埋。白茸茸的，胖乎乎的，像个儿童，非常可爱。人的童心就是这样被唤醒的，初雪以它的单纯洁白，年年唤回我们的童心。于是想堆雪人，于是想打雪仗，还想起与雪有关的那些童年、少年印象。心里有一股冲动，有一些"老夫聊发少年狂"，真想管它什么年龄身份，跳起来直接横身躺进这厚茸茸的雪地上，大喊大叫一番才好。

可是终于没有，终于止于想。

实际上这场雪不能完全算初雪，因为月初的时候已经下过一场，那是雨转雪，先是下雨，后来转成下雪，第二天晴日之下很快又化了。但我还是认为这场雪才是初雪，雨转雪似乎不够分量。北方生活久了的人，对初雪有一种特别的情怀，这恐怕是从不和雪打交道的南国人未曾体验过的。现在不少东北人、西北人在南方买了房子避冬，我也在番禺买了个房子，兴致勃勃当几回"候鸟"。两三个冬天下来，新鲜劲一过，慢慢感到味不对了，怀旧了，想念起雪来了。雪里生活了大半辈子，雪已经渗进血脉，有了亲情，成了家人，没有雪的冬天总觉得缺了什么。虽然说广州的冬天照样叶绿花红，锦鲤在池中游，凤尾竹绿意葱茏，但是那个老朋友没有了。在广州过冬，那是"饱了眼睛饿了心"。

这不，今年要过一个完完整整的冬天，要和雪这个老朋友厮混一个全过程。"昔我往矣，杨柳依依；今我来思，雨雪霏霏。"老友如老酒，两三年不见面，一逢初雪，触动情思，初雪亦如初恋，意味绵长，经久难忘。我原来曾在诗里写过"新疆也许不是白头偕老的妻子，却是终生难忘的情人"，现在看，不对了，应该反过来了，"新疆不是终生难忘的情人，而是白头偕老的妻子"。老家如老妻，从青春到白首，知根知底，患难相依。穷不离，富不弃，人和故土才是知己。说什么一线城市、二线城市，逃离故土成了时尚，离弃乡亲成了荣耀，人的价值成了城市的附属品，不断地向更大的和国外的城市攀爬就成了人生成就的标志。怎么说呢？

社会潮流,时代特征,人往高处走,无可非议。可是我要说,那里有雪吗?那里有一大群看着你从小变老的人吗? 还有,那里埋有你生活中难忘的日子吗?

初雪之后的树,一丛一丛,一排一排,原来叶落了,枝枯了,一夜之间,霜雪满枝,衬在有雾的背景里,水墨画里的枯笔似的,美得无法描述。不知从哪里飞来一些不肯南迁的鸟,麻雀是寻常见的,乌鸦也不稀奇,喜鹊成双成对爱落高枝,像一些援疆干部似的让人感动。因为新疆过去一直有乌鸦没喜鹊,近年才见喜鹊登枝,看来它并没有在乎是不是"一线城市"。还有一种以前没见过的鸟,形似喜鹊,体形稍小一点,黑顶,长尾,灰蓝背翅,淡红浅灰腹。总是结队成群,几十只飞来飞去,像一个加强排,散兵队形。这些鸟,给初雪后的世界增添了活力和内容,踏落枝头雪,飞过冰雪地,冷吗? 看那活泼欢快的样子,似乎不像。

鸟想什么,人不知道。"子非鱼,安知鱼之乐",吾非鸟,焉知鸟之饥寒? 只见一群鸟飞来飞去,谁能体察这些自由的生灵为自己的自由付出了多么大的代价? 秋天的时候就有过两次捉到误入家门的鸟,一只游隼,一只乌鸫。捉住以后关进笼子里,有青瓷盛水,有小罐盛米,游隼还专门准备了碎肉。鸟天性自由,不屈不就,不饮水,不啄米,不食肉。关了一天,知其不从,一并开笼放生去了。那只乌鸫,从我手上展翅高飞之时,竟鸣叫不止,听起来像哈哈大笑的胜利者! 我这才知道,鸟有不妥协的品格,不自由,毋宁死! 小小的一只凡鸟竟然心气比人高,心性比人硬,佩服,惭愧。所有的生物都有自己的品格和底线,最低的,大概是人。

初雪之后,太阳升起,"须晴日,看红装素裹,分外妖娆",红日白雪,绝对冷艳。

这时候该扫雪了,实际上是用推雪板推雪。雪厚盈尺,岂能扫动?我一直认为推雪是一种最干净的劳动,不起尘,不扬灰,活动筋骨,空气新鲜,既锻炼了身体,又清理了场院,比那些在健身房里的锻炼自然多了。

初雪那么晶莹洁白,堆起来不由得你不想堆一个雪人,给它戴个草帽,拿两个柑橘做一对金眼睛,一根胡萝卜做个翘鼻子,手臂间再插一把扫帚,大嘴咧着,也是雪后开心事。

雪很美,初雪更美。风花雪月嘛,踏雪寻梅嘛,雪泥鸿爪嘛,晚来天欲雪嘛,都是雅事。

雪正是我们生命中"可以并乐于承受之轻",有谁比它更轻呢?它可以像蝴蝶一样轻盈地落在你的睫毛上,也可以像蜻蜓一样落在你的眉梢、眼角。这雨的精灵、冬天盛开的花朵,制造童话的高手,远古洪荒走来的女神……我们人类所遇到的最美妙的朋友!

它虽然没有声音,但它浑身都是旋律,它带着音乐飞翔……你听到了吗?

一朵雪花轻盈若蝉翼,漫天大雪却可以覆盖住崇山峻岭、茫茫旷野,它同时还拥有海潮怒涛般雪崩的力量。它可不光是雅事,仅仅是雅没什么了不起,它具备更伟大的品质,具有更宏伟的力量。

可以说,雪是集真善美为一身的尤物。真也晶莹透彻,美也花蕊飞翔,善呢,冰川雪谷默默为万物储存水源,来年化作江河溪流养育万物浇灌人间,这才是真正的"厚德载物"。

见一次初雪老一岁,雪也是生命的刻度和提示,想起几年前写的一首咏雪诗,当时也是十二月中旬,是这样写的:

鹅毛大雪降纷纷,

下得天地胖墩墩;

地下已经厚三尺,

天上未见薄一寸;

充塞顿使人间满,

涤滤更让宇宙新;

鸟雀不知何处去,

深深篱边留浅印。

冬日阳光

晚十二点半睡觉，一觉醒来已是早晨八点半。这个晚上是无知无觉的，无梦，不起夜。如果以后死了是这样，倒也无妨。既无知觉，何畏死呢？人近七旬，会想到死，它一天天近了，却看不见摸不着。你知道它离你不远了，正如探子报的，"敌已离城三十余里"！那又怎样，无非是一攻即破，猝不及防，一命呜呼；或者是全城军民紧急动员，死守硬抗，坚持数月，杀马充饥，最终还是寡不敌众，破城之时，彼大屠三日，鸡犬不留，仍是难改归途。

死亡是不可抗拒的结局。生命可以让它流产，死亡从不流产。文天祥说对了，一句大白话"人生自古谁无死"道尽人生之大限，从此使天下人释然，以死为归。前几日，忽闻京城老友韩作荣去世，感冒引起猝死，才六十六岁。将近四十年的老朋友啊，就这么走了，连个招呼也不打，君去何急也。作荣小我一岁，却是最早扶我上《诗刊》的人，他沉默寡言，心中有数，一生爱诗，不离不弃，最后当了《人民文学》主编。《人民文学》主编是任谁都能当的吗？我连想都不敢想。记得有一次莫言问我："你一辈子的最高理想是什么？"我反问："你呢？"他有点羞涩迟疑，壮了壮胆，说："我的最高理想是……能当上《人民文学》主编。"我听了大吃一惊，这小子雄心壮志太大了，都敢往那儿想，我连《解放军文艺》主编都没想过。结果，韩作荣当上了。人家一个农家子弟，没上过大学，但当过兵，凭什么当茅盾、刘白羽当过的主编？埋头苦干，再加上心明眼亮。心明者心中有诗有灵，眼亮者能识作品能识人。他一走，当然也是"挥一挥衣袖，不带走一片云彩"，去天国，上帝也会请诗人吃糖果的，这一条我相信。

现在剩下我们这些暂时还活着的，心有戚戚然，物伤同类。正是十一月中旬,上午十一点时光,坐在室外前廊,落地玻璃外面一览无余尽是初冬之景。葡萄架上已经空了,从五月到十月繁荣几季果实累累的马奶子、玫瑰香、玻璃脆已经人吃、鸟吃、蜂吃,结束了它的盛宴,收拢起根脉,用草垫子盖上,以待来年。院里的花也如明星老去,只有几枝月季不识天意,瘦伶伶的身材举着几朵大花欲放还收。大丽身高叶茂花大,艳丽招摇,热情大放,但有点俗气。不过人家确是制造繁荣景象的高手,俗也罢,还是让人见人爱。砍了枝叶,从土里挖出根茎,放进菜窖里过冬,来年春天再种,又是满地高枝大叶红花咧嘴笑。

此刻啊,阳光明媚!

冬日的阳光洒在落地窗上,如同美酒注入透明杯盏。爬墙虎在墙上红似秋枫的红叶,然后渐渐叶落、枯萎,好像刻意在模仿古诗意境"落叶满阶红不扫"似的,仿得乱真。四棵海棠叶落果在,稀零零的枝上挂了不少小铃铛似的海棠果,在阳光的酒里泡着,给过冬的乌鸦备了些救命粮。

天空已不是盛夏的蔚蓝,但仍然是蓝,灰蓝。不是夏天的心境了,夏天是人生的三十岁至五十岁,现在是秋尽冬来,是六十岁以后的人生了。六十岁以后是什么样子? 就是眼前这个样子,繁华过后便是凋零,心境灰蓝却仍是蓝。一日之计是夕照明,一年之计是秋近冬。只有这冬日的阳光赛酒浓,温暖贴心不伤身。它已不再酷烈炙热,而是轻抚你的皮肤,温暖你的骨头,融进你的血液,照看你的心脏。它像个性情温和经验丰富的老中医,在你耳边轻声叮咛:"老骨头是缺点儿钙了,常出来晒晒。""你全身的那些河流渠溪是有些淤了,要清理了。"我问它:"我吸了几十年烟,肺有没有毛病? "它看了看:"肺的纹理有些粗糙了。"我问它:"是不是抽烟抽的?"它说:"抽烟粗糙,不抽烟也粗糙。你活了六十多年了,怎么能不让它粗糙?"我听罢,心中释然。这个老中医说得有道理,人家不故弄玄虚,也不拿他的专业吓唬你,不像有些半懂不通的医生,总是把医之大道往术之小路上引,直到以科学的名义把病人逼进狭路。

阳光就这样照临,让人茅塞顿开。

一群鸽子在灰蓝的天空中飞翔,像是要把阳光搅拌匀。它们盘旋,兜圈子,似乎总觉得还没搅匀,不满意,一遍又一遍地兜圈子。更高的天际,盘翔着一只鹰,它兜着更大的圈子,低头俯视那群鸽子,好像在更大的范围搅拌着。

阳光普照着它们,看似无心却有心。

前些日子落的雪,在阳光下消融。房檐上滴答滴答的融水,让人以为是下雨,直到房顶上轰的一声滑落地上的雪块,才使人从恍惚错觉中清醒过来。猛一抬头,忽然眼前横出雁阵摆满天空,阳光照着那阵容,大地望着那迁徙,天地间无声地为之肃穆致敬了。这是久违了啊,雁南飞!这几十年你们到哪儿去了?灭绝了?孤零了?还是全被人关进笼子以备烹炸了?少时年年见,欢呼一阵,习以为常,几十年天空杳无踪迹才感觉到心里顿缺一角!没有雁阵的天空如同世界末日的先兆,如果勇毅的跋涉者已经放弃了探求,那么这世界的末日还会远吗?

终于,大雁又飞来了,这个上演了亿万年的神话和传说,在中断了几十年之后,又奇迹般地再现,重又延续。我不知道应该感激谁,但我的心中已充满了感激。

愿江河永不断流,湖泊永不枯竭;

愿冰川永不坍塌,北极熊家园常在;

愿冬日阳光永不变为雾霾外的叹息;

愿人类明白除了自己活也让万物活;

…………

这时,温暖的阳光开始渐渐稀释,就像朗姆酒里加了冰块。正午那种淡淡金黄的颜色,开始变浅了,光泽有些收敛。这时是下午五点的阳光。上午的光芒已经走了,午休起来依然坐在前廊的落地玻璃窗下,院落境况一览无余。

我喜欢这样呆坐着,什么都不去想,什么仿佛也都想过。思绪的大朵浮云静卧天空,看起来是静止的,一动不动。实际上哪有纹丝不动的云呢? 它貌似静止,实则一瞬间也没有停顿,它滑移在灰玻璃似的天空,而且不停地翻滚着,让阳光把每块云朵的缝隙都晒透……

我想,天空真是一本大书。无字,但是有标点有图画,它的内容可以说丰富极了,可是又有几个人去认真读它呢? 人们每天都忙着低头看路,谁会想起来仰头看天呢? 看天的事交给了气象预报,气象预报也只告诉天的脸色,更多的内容谁去注意呢? 就算有心去注意观察,又能看出什么名堂呢? 从来天意高难问,人生易老天难老。

就这样静静地坐着,挺好。一天当中最好的时光,就这样静静地从身边溜走。寂寞吗? 一点儿也不;恰恰是一些热闹的场合,使我觉得孤独。独处使我充实。"当我沉默着的时候,我觉得充实;我将开口,同时感到空虚。"是的,自从这人世间有了鲁迅,再说的多少话都像是废话了。

人活百岁,算算也不过三万六千日。这三万六千日就等于三万多块钱,禁得住花吗? 何况很多人没有这么多存款,两三万属于正常,一两万也还凑合,还有更少的,生命的穷人。所以每一天都是珍贵的。有书名曰《一日长于百年》,悲观还是乐观? 我反之曰"百年短于一日",乐观还是悲观? 活着喘口气,死了闭上眼。喘气也不能吸光空气中的氧,闭眼也不能关掉人世间的忙。谁走了地球都照转,但是太阳走了而且再也不回来,地球可就惨了。

现在太阳就正在走远,漫天泼洒的银辉正不断地收回,像一个曾经慷慨大度的人变得越来越吝啬。他收捡着自己挥霍无度的银币,渐渐远去,在西边的山头坐下来歇了一会儿,背影浓缩为一枚殷红的印章。

这时是下午近七点,东部已经天黑了,而西部,西部犹有夕照余光。

水声食味

杜爱民

南北菜系,排到四大、八大之后,始见秦菜,是件无奈的事情。北方的珍馐玉馔,是以齐鲁为代表的,秦地则退而取其次,处在边缘,属可有可无类。著名的老饕朱家溍、赵珩诸先生,谈及美食,字里行间对京华名楼里的鲁菜,总是情有独钟,津津乐道,说起长安的佳肴,也只是顺道提及能记住的稠酒、泡馍之类的小吃,不可入室登堂。

多年前去丽江,看宣科组筹的纳西古乐,也有同感,其中一曲《山坡羊》,调子缓慢得不可理喻,却是正宗的唐长安古调,被堂皇地植入了异地,也让人心里不是滋味。

三秦之地"邪",凡事不可声张,只能意会。30年前,"张三梆梆肉"在西安还响名当当,老铺位于南院门以西甜水井巷的十字路北,每日售量有限,用墨釉的大老瓷坛盛着,是一味佐酒的美餐。"梆梆肉"就是猪大肠,我小时候食张三家的这款名菜,除了炭火熏炙的余味外,不觉有特异,倒是以中药与猪肠煎煨的"葫芦头",在长安历久不衰。张家的"梆梆肉"如今已鲜有人知了。

秦菜实在不敢拿出来与人夸耀。西安饭庄的"葫芦鸡"、"驼蹄羹",虽馨香脆美,清新细腻,在讲究的满汉全席面前,就显得势单力薄。近年,长安的庖厨业不断推出"汉宫遗味"、"盛唐御膳",想法倒不错,但多流俗成了"耳餐"、"目宴",终靠不上食中性味的大谱。推陈出新,有时也不免削足适履，在菜名的学问与刀砧外形的精致上，功夫和心思用足了，丢了"适口者珍"、"食无定味"的真经，也是常有的事儿。

在长安，我曾尝过按出土的一千多年前青铜器盛盛的玄酒秘方酿制的"老酒"，虽价格不菲，又占着渊源上的优势，也无法品出古往的滋味。

长安的饮食，在大处上虽着不上边际，也确有独异的构成和辉耀。历史上曾有皇帝喜好"胡食"，一时间京师贵戚穿胡服，用胡式器具，吃胡人饮食，便蔚然成风。

按照袁枚的观点，像"羌煮貊炙"这种胡食美味，今人怕是不可以照单拿下。食中别味，随时移事异，不可强求，妙无可言。据说"羊肉泡"，也是胡饭，得益于秦地盛产的牛肉和丝路上传过来的"胡饼"之间的妙应。仅这一点儿细碎的事，足见长安食文化的不凡。

味蕾中的学问至大精深。老子说"治大国若烹小鲜"。袁枚甚至在《随园食单》的起首，便讲到了"先知后行"的食之精要。于厨技烹艺的细处，见治国安邦，修身为学的大理，是一种大透脱。智慧之人，深谙"会通"之术，事无大小，理非长短，无碍才得入"空"境，且不乏活脱。如此看来，"君子远庖厨"，视脍刀之法为小技者的见识，就有些狭促了。

食风的奢靡，早已司空见惯，但食中的真味清气，不会因此增减多少。二十世纪六七十年代，长安城人家的厨事中馈，已简单得可怜，人们囫囵着吃饭，在有限的供应中，百分之七十的主食均为红薯、玉米等杂粮。

我的胃肠不好，源于那时候吃了过量的红薯，现在见了胃仍会发酸。粗玉米粥，却不曾厌烦过，每每喝来，浑身经络似乎都觉着通透，辅以自家腌制的"雪里蕻"，调足辣椒，吃起来，自有食味别声的意韵，倒不觉着日子的苦焦和艰难。

我们家人丁足，熬粗玉米粥通常用老大的一口铁锅，由我二姐前一夜用清水洗净再浸上，第二天早上去学校前放在炉灶上，以封着的文火煨着。学校离我家极近，课间操时，我二姐跑回来，将炉门打开一道细缝，往锅里放一勺碱，搅匀，等到放学，正好开锅，再敞开炉门，让武火猛滚一阵，出来的粥，见汤见米，甚是好喝，有十足的清气和正味，只是现在没有这样的口福了。

长安城中人是不懂得食鱼的，只是到了上世纪七十年代末期，店铺里有了青岛冻带鱼，人们才知道了鱼的味美，而在此之前，沟汊河道中的虾蟹鱼龟，都成了客居的南方人的盘中餐。我的一位同学，上海人，父亲是"东亚饭店"的炉头。他家人食螃蟹的方法，极其细致讲究，有一整套的专用器具，钩、叉、刀、勺，都是极细的铜制品，串在钥匙链上以备用。还有一种特制的小锤、小钳，不轻易示人，只在食蟹钳和蟹腿时，才拿出来，用后又放在一只木盒子里。剩余的蟹壳，也不弃掉，而是用蒲叶包着，另有他用。

我是个急性子人，参加工作后去江浙出过一趟差，正值菊黄蟹肥时，主人曾招待我食过一次大闸蟹。有小时候见识过的经历，我尽量将吃蟹的过程拖长些，细致认真。然而，我却不及南方人有耐性，无法将蟹吃得干净，还弄得满嘴鲜血直流，只好捂住，早早离开。

赤油重酱，珍禽玉食，在今人的眼中是好东西，食中之水似乎是不足挂齿的，又无色无味。偶翻古人所述的食单、食谱、小养，对水在食物中的特殊功用，不仅重视，而且极其讲究。人可以一日无谷，不可以一日无水。在此类论及饮食的文字里，水论独成一章，并置于起首。

雨水性甘凉，可以滋养人体生理上属阳中之阴的部分，量轻味淡，烹茶可除胸肺之热，熬粥也不会稠。元明时期的贾铭先生，活过了百岁，朱元璋曾向他询问颐养和长寿之道，他讲过：立春这天的雨水，性有春升始生之气，妇人饮了，易得孕。入梅的雨水有毒，喝了会生病，用来做酱，易熟，忌讳做酒做醋，用来擦洗衣服，可使霉斑脱掉。立冬后10天被称为入液，到小雪时就是出液。这期间的雨水被称作"液雨水"，百虫喝了会藏匿起来，适宜做杀虫药饵。腊月的雪水不易变质，用它浸泡五谷不生虫蛀,洒在宴席桌上,苍蝇就自动不会来叮爬。屋漏水有毒,误食会生肿块。冰雹水味咸性冷,若酱味不正,放几滴能恢复原味。水的气味,随着一年的节气变化而改变,这是天地气候互相感应而形成的。寒露、冬至、小寒、大寒四个节气这一天的水,适宜浸造滋补身体的丹药、丸药及药酒。

清代的王士雄先生,对露水有精深的研究,在《随息居饮食谱》中写道:水稻头上的露水能养胃生津;菖蒲叶上的露水可清心明目;韭叶之露,凉血止噎;荷露,消暑怡神;菊露,养血息风。

水是饮食的基本构成。水好食才有味。没有水在味蕾里的运化作用,再珍贵的食料,再聪明的庖厨,也无法烹制出真味。水还是食中的元素。元素便意味着不可或缺。

今年初秋,我进秦岭,在南麓的广货街上的一家馆子里吃饭,其中的油煎小河虾,翠亮如玉,味道鲜美,不可言喻,做法又极其简单,只在过油后,调些许椒盐。循着山涧的泉溪,但见这家馆子的屋后,溪水清可见底,鱼虾自在游翔,让我品尝感受了食味中的水声。想必世间真味,便与这山溪的水声有关了吧。

短章六则

柯裕棻

灯笼事

台北元宵多阴雨,年年不例外。中午天还晴着,黄昏时又满城飘起雨丝。每年在烟雨蒙蒙中点灯、祭拜、烧纸、吃元宵。衬着雨丝,一切都幽幽。

也因为是这样湿冷的天,每年的户外大型灯会活动像是强颜欢笑,意欲遮掩台北的灰与寒。白日里那些大型花灯极萧索,天光下丑态毕露,拙劣、僵硬、呆板,死寂样。湿答答淋着雨,很是凄清。妖异的是,晚上一点灯,它们便五彩斑斓活了过来,像是谁向这些大型物体吹一口妖气,它们得了这气,就机械式地绕圈、转动、欢欣翻滚,有音乐有灯光变换,可是无灵魂。有时一想起它们白天的模样,便不免对眼前这绚烂欢乐感到些许恐怖了,几乎是三昧水忏,莫忘诸相无常。

但元宵雨确实另有悠远意境,倒不一定要朗朗明月高高悬才是正月十五的气象。烟雨中看见小孩挑竹棍子拎小红灯,圆球样,绿玉小流苏一摇一摇,远远走过来,雨淋淋,那灯火分外楚楚可怜。我实在说不清,雨中的灯火为什么特别清亮又特别孤独,也许因为那是众水包围的一点火苗……

元宵黄昏，老庙里的人忙着搬大供桌和金纸炉，摆置牲礼，堆放金纸，悬光明灯，也有人扫地、排椅子。庙口搭了台子，背景是荧光绿荧光粉红荧光橘的山林景色，还镶了闪闪烁烁的小霓虹灯泡，这实在让人摸不透它即将上演的戏码。有个烫电棒头看起来很佻挞的男子在台上试音，各种可能的气音都一再对着麦克风测试，认真得令人讶异他竟对一台戏这么讲究。

庙的另一面墙上悬满已经猜过的灯谜。这些灯谜非常文雅，都是适可而止的传统幽默。灯谜是一次性的游戏，满墙的机锋机智像免洗碗筷，一旦谜底揭露，就全都失去价值，不能再用了。所以它们现在看起来就只是"喔这样啊"，不会再有绞尽脑汁的尖叫兴奋和失望，没什么新鲜感了。

提红灯的小孩踏着濡湿黑亮的街道漫地乱走，走上河堤。淡水河静谧异常，黄昏河岸烟雾四起，将暗不暗的河边上没人——庙口戏马上要开演了，众人都张罗祭祀祈福做戏的事去了。这孩子仿佛自己也惊讶红灯笼的艳美，两眼睁睁看着灯笼，又把灯笼举高给过路的人看。一路走，高高低低像蛾扑飞，看上去不像是他提着灯，倒像是灯笼收了他的魂，领着他走。

我想起小时候很喜爱的一只金鱼灯笼。那是廉价红塑料制的，就是个模子塑出来的立体肥金鱼，有鱼鳞凹凸，鱼眼画得圆亮可爱，鱼尾巴部位的塑料极薄，所以很软透。我喜欢它只因为那种薄红塑料透着烛光看起来红艳艳，晃悠悠，看久了觉得自己不存在，整个人融进无边的夜黑，魂都被摄进那红灯里去，化成条红金鱼在人世暗夜的大缸里游。

那只金鱼灯笼后来被烛火烧融，我懊恼不已。大人于是给我另一个不知哪里买来的缀流苏的宫灯，俗得不得了。这灯五角形，漆木架子绷着白色仿绢，五边绢面上各印五个人物，是常见的水墨画红楼人物图。我当时还不知道《红楼梦》的故事内容，以为她们是历史上的伟人，像廿四孝那样的。这灯上人物描边的笔势很刚劲，每个人都棱棱角角的，不像《红楼梦》而像是革命先烈，连林黛玉也像花木兰似的荷着大锄子，胭脂太红，一双剑眉星目像要去砍谁。这宫灯实在没法摄人魂魄，点上烛火它就模模糊糊发亮，像在祭奠那五个刚烈的女人。

元宵灯不知看过多少，我也就只记得这两只灯而已。

火炭催花

酸菜白肉火锅的餐厅在巷子拐弯里，天冷的时候，远远从巷子口就闻见炭火的气味，淡薄的烟气很香，我想是因为那炭烧得通透火红，不呛烟。我闻见炭火气就莫名高兴，这气味是雀跃滚烫的晚餐联想，肉汤，滚丸子，烫豆腐。

刚过去的冬天凛冽，而现正过着的春天也还莫名冷着。我觉得比冬天更冷，因为这一春是先潮暖了几天，南风将水汽蒸进每一个微小的罅隙，惹得满屋子润糕糕的，然后再狠狠地降温。这就不是料峭春寒了，这分明是要把人冻成冻豆腐，不留情面，凄厉得很。

本来春天不适合吃酸菜白肉锅这样上火的东西，但实在太冷，所以入春以来和朋友们去吃了两次，一伙人吃得又暖又肥。吃罢了也不下桌，懒懒围坐一起胡聊，伸手烤火，满屋子火炭气十分热闹，谁也不急着走到外面的湿寒里去。

我喜欢看红炭表面的白灰飘飘，炭芯子红一阵暗一阵，仿佛它也有生命，呼吸着，心情起伏，滚烫的焰，静，却又热，许多感情憋着含着。焖一整晚，它就在那炉洞里一点一点化成灰，一段说不出口的感情。

这巷子里的住家都围墙高耸，夜里过了九点就分外安静。尽管馆子里人那么鼎沸，一走到外面来，还是台北常见的清冷寂寥居家小巷，门户紧闭，路灯青白，铁门银灰，黑柏油。

有人惊呼："这花是怎么了？这天气，开了满枝！"我们就围过去看花。

馆子隔邻的人家围墙里一大株白杜鹃，一蓬一蓬花开得不可收拾，从高墙内哗啦哗啦水银泻地似的泼过墙来。冷夜路灯底下看花团锦簇，极不真实。这杜鹃开得比校园里那些都早，也更繁美。杜鹃长这么高，应是有些年岁，花骨朵极密，气韵苍苍。

我们也不管手发抖，纷纷拿出相机来拍，怎么拍颜色都不对，焦距也对不准，周遭夜色乌沉，白花青森森，怎么拍都模糊，像梦里才会见到的幽冽花魂，又像个什么缓缓现形的精魅。我觉得那白杜鹃像是心羡人间烟火，动了凡心，所以兴味盎然趴在围墙上，荡着脚看来往路人，姿态妖艳钩人。

真的是火炭催花了，是日复一日的温热炭气让它不知寒了吧。

我想起一则野史，说武则天性子很急，为了逼牡丹在隆冬腊月开花，特别要人拿火炭到上林苑去烤花，炭火蒸腾，花叶焦炙，逼得那牡丹花神让步，叫满园牡丹都错以为春天已到，就纷纷开了。我从前觉得即使是温室栽培也难骗过花草树木的季节本能，我以为天地花草各自有时，如今看来，这传说还略有所本。

繁花美景遇上了，人花相照面，都在彼此眼中活了起来。恐怕过两日，就什么也没有了。一伙人赞叹一番；也无可奈何，花带不走，只得看了又看，看了又看，记在心里。

打　扫

前阵子母亲到台北来小住几天，回去之前对我说："你这地板干净得吓人，别太辛苦了。"

每次母亲来的前两天我就开始神经质地打扫住处，我焦虑厨房是不是够干净，碗盘是否排放整齐，地板有没有灰尘，衣服是不是乱扔，浴室有没有头发。书房虽满地是书，至少也得堆出个形状，做出仿佛乱中有序的样子,不乱得太离谱。我其实不知道为什么自己这样在意,因为母亲已经很多年没抱怨过我生活混乱了。

我想离家在外的子女都明白这样的心情,一方面高兴妈妈来了有好菜和老家的土产,可是一方面又担心自己离家之后的恶习原形毕露,仿佛自己将日子过得这样散漫,也就无能成为更好更努力的人——仿佛那满地的书,满架的衣服和凌乱的厨房,都令人惭愧地泄露了生活的辛苦甚至人生的失败。

从前母亲来的时候常帮我整理屋子,有时洗碗,有时整理到处乱放的书报和档案,一叠一叠四方方的放好。她总会做点什么,有时没什么好收拾,她也会把衣服重新折一折放齐。母亲知道她做这些会使我焦虑,但她又看不过去,忍不住要做。她的脊椎不太好,所以看见她东擦西抹我就发急,一急就口不择言:"你别擦了,一会儿你背痛又是我的错。"她总说:"你既然知道我背痛还弄得这么乱,当然是你错。"我们常常为了这种小事吵架,我总觉得她在嫌我,她也觉得我在嫌她。

有次她看见我跪在地上一格子一格子抹地,阻止我说:"你别擦了,免得以后像我一样背痛。"我也不知是哪来的气,突然恼了,顶嘴说:"不都你教的?"母亲没说什么,坐在沙发上看我擦地。一会儿,又忍不住说,唉,别再擦了。我不答话,默默将那一块区域擦干净。我知道我在负气,但我不知道为什么。

后来这些状况渐渐少了,因为母亲的腰背不行,蹲站都困难,也就不怎么帮我整理,而我因为多年独自生活,养成打扫的习惯,屋子大概能维持一定的整齐,所以最近几年她来我这儿,几乎都没有不愉快。

但她还是偷偷帮我整理。有次我发现她修剪了阳台的竹子,而且重新依日照程度排列那些盆栽。另有一次,她回去后我才发现放碗盘的柜子整理过了。我也知道她偶尔会偷偷擦抹流理台或瓦斯炉。我有时就笑说,幸亏我们家没有儿子,要不然,嫁进来做媳妇的见你这样子,不知要多紧张呢。母亲就说:"我又不是嫌你脏才擦的。"

这次母亲回去后，我查看厨房和阳台，植物已经浇了水，此外没有整理的迹象。我有点儿高兴，我想我真的打扫得很干净了。但我又有点儿担心，不知道母亲是不是因为背痛，所以没有帮我收拾。

就在这种莫名其妙的矛盾里，我打开冰箱拿母亲带来的家乡水果。一看我立刻又觉得输了，而且我默默笑了起来——也不知是什么时候的事，母亲将冰箱内部整个儿擦洗了一遍，干净发亮跟新的一样。

金棉袄

每年入冬前，总会有高人从雁鸭还是树莓或者云图的形状判断这一年是暖冬或寒冬。说暖冬的时候我总是有点儿失望，虽然我知道暖和一点儿的日子才好，可是冬天若是连件毛衣都穿不了，还是让人怅然若失。而且台湾冬热古怪，风是冷的日头是烫的，不是夏天痛快的热，感觉太不真实了。

今年听说是寒冬，果然十月底就冷，清早起床时透过帘子看见日影稀亮，那光线干凉又闷昽，世界像蒙着一块毛玻璃，仿佛连日头也要穿毛衣。这种晴朗的冬日早晨就该配上热白米粥和红心咸鸭蛋，一锅稀饭滚滚的，把厨房玻璃窗都蒸上一层雾气。三口作两口呼噜呼噜吃得一头汗，然后匆匆披上围巾出门去，冷风迎面扑来，舒爽。

只要天一冷，我就想买棉袄。我问母亲想不想也要一件，我在永康街看见一些很美的丝面袄子，有菖蒲紫和胭脂红。其实我知道问也是白问，她自然说不要，她不喜欢任何传统形式的东西。

我又问，那么小时候怎么老给我做棉袄穿呢，我还特别记得有件金棕色的棉袄，滚深棕细边，同色盘花扣，什么花纹也没有，单单在前面斜绣了一株写意的复瓣大菊花。我还记得那金棕绣线颜色深浅不一，所以菊花瓣浅金暗金错杂，像水墨晕染。棉袄布料很滑，我喜欢它暗暗发亮的光泽，穿上它我就觉得自己是一尊古董鎏金瓶，还飘着檀香味。

那时我有一把藤做的小圈椅,大人常常让我独自搬了那圈椅在院子里玩。院子里有金黄大菊花,盛开时花朵像小孩的脸那么大。我穿金袄子坐在菊花边晒太阳,觉得我和它们是一伙的。

母亲听见我还记得那衣服,得意笑说:"喔,那块布呀!忘了是谁送的。我嫌那暗金颜色老气,一直放着不知该做什么,那朵花绣在前面,谁穿都像老太太。后来给你做棉袄,没想到还不错,给小孩穿就不显老。"又说:"那块料子很好,想想做小孩衣也可惜了,现在要那样的丝布都不知哪里买了。"母亲很愉快地聊起那块布。果然女人不论隔了多少年,都还能记得当年喜欢的布料,当年在意的衣服,聊起来像是在回忆一个老朋友。

从前另有一件棉袄我就不那么喜欢了,淡粉红的小碎花棉布,车着菱格形的纹线固定夹层棉絮,布面被我磨蹭得很软,摸上去不像是衣服倒像是棉被。这棉袄舒服归舒服,我觉得它很憋酸,像戏里的丫环穿的,小名叫莲花之类的。母亲大概也不怎么在意这件衣裳,她一直以为那块布真的是做了棉被了。

现在偶尔看见棉袄,心里虽喜欢却没办法穿。不知怎的,我长大后外形不适合传统衣裳,穿上棉袄看起来极不协调,怪里怪气像洋人拜年。母亲说:"你整天穿牛仔裤乱跑,野惯了,突然披棉袄,就像狼突然披上羊皮一样。"我觉得她说得有理,便嘿嘿嘿笑了,这一笑,又更不适合了。

荒芜之歌

近半夜的街上除了大型清扫车缓缓拖过,再无人车。街灯澈亮,空明中那车轰隆隆一路远去的噪音分外寂寥,像老人夜里止不住的痰咳。

我等的公交车班次不多,站着也是徒劳,所以就坐在透明亭子里,伸长双脚百无聊赖地等。久久，几辆公交车闪着别的号码，哗哗然灯火通明地来了。青白的灯下司机远远便盯着我，等我举手或起身，车速稍稍慢了下来。我虽看不清他的脸，却可以感觉那观望的目光，我微微摇头，隔着这样远，他竟也看见了，于是就毫不犹豫地加速开走。车里的垂吊把手一劲儿摇呀摇，车厢亮晃晃空荡荡。空的公交车总是很仓皇，恍若一去不返的人生机缘，朝着我不知道的路径和风景而去。

超级商店的补货大卡车慢慢儿滑到公交车亭的斜前方，停下，开门，卸货，又蠢又笨恰恰挡住了我等车的视线。原来稳稳坐定的我开始不安，心里悬着，但除了继续在这亭子等，也没有别的方法了。

我隐约听见那卡车前座放的广播，音量不大，一个谁讲了几句话，一段喧哗的广告，断断续续几截旋律，歌词模糊。我依稀分辨得出那曲调，在脑子里慢慢串了起来，我不知道是谁的歌，也不知曲名，可是这零落的曲子竟钩起了莫名的荒凉感。偏偏我怎么也想不起那词。

我仿佛被这谜样的曲子魔着，我的精神陡地绷紧，所有的感官凝为听觉，被那若有若无的音律牵着绕着，在这样一条夜街上全心倾听，竭力思索这模糊的印象。它在如此恰当的孤独时刻召唤我，我却懵懂不解。而一旦电台放完这曲子，我将彻底错过。

啊，我等的车现在千万别来。千万。

我努力回想，逐渐想起某种欲雨的黄昏天色，滚滚浓紫的雨云，蜿蜒的北海公路。

某年夏天我别无选择必须搭朋友夫妻的便车往滨海某铁路小城。这对夫妻沿路不断拌嘴吵架相互讥讽。我在后座初始感到难堪，继而试图劝解，再而千方百计岔开话题，后来我就放弃了。我不敢想象他们的每一天，我关闭自己，尽是沉默看着远方的天色，祈祷这一切快快过去。

在那黄昏的蜿蜒公路上，我们一面担心远方涌来的海上乌云，一面仓皇急驶，间歇还有他们的怨怼言词。

啊，即使翻车也无所谓了，我绝望且倒霉地想。

后来，在一座簇新而荒凉的火车站前我们稍作休息。那车站极庞大，白得闪耀，兀自在郁郁山海之间发光，空无一人。这先生下车去找厕所，我和妻子坐在车上，我们都忽然感到疲惫不堪，和我较熟的这妻子突然说："哎，我们来听一点儿什么吧。"

她扭开收音机，找寻恰当的电台波频。听了一圈都不满意，她焦躁反复地说："怎么去那么久？你在车上等，我去看看。"说着便下车去了。

我任由电台停在她选的频道上，摇下车窗来吹风。电台放着一首陌生的歌，旋律很好。我的耳朵忽然清醒了，我仿佛忽然听得见了，仿佛在此之前我是聋的。我静听着，等着，这是谁唱的呢？曲子放完应该会介绍歌名歌手吧。

歌还没唱完，那妻子匆匆回来，怒道："快！马上就有一班往台北的车，你陪我走吧。我受够了！"她从后座拿出自己的袋子，也将我的袋子递给我。

那先生气冲冲在后面骂说："唯女子与小人难养！"两人又吵了起来。那妻子呼地跑进车站里去。

我又烦，又想笑，又悲哀。带着抱歉又责怪的脸色向那先生点点头，走了。

那曲子就这样没听完，悬了这许多年。这一夜又听见，还是没听清，我等的车就来了。

青青河边草

趁着天暖我在春雨欲来的河边行走。我慢慢走遍它的低缓流域如一个写历史的人翻阅晚近的史册。支流在青灰盆地张开如叶脉，我从浩荡出海的河口踌躇起步，怀疑自己的可能，逆着逝水，往上游走去。

有时我也停下来察看远方的山势和这方的河岸，沙洲淤积的形状和河面的波浪。当然我也担心雨云堆积的速度使天空如一幅水汽过于饱满的宣纸。我疑惑不见任何水鸟，又或者这样的天气和时候水鸟也就是缩成一球在不知哪里的草丛里盹着吧。在适于昏睡的荫凉早春，河岸寂静，春水悠悠。

沿岸某些曾经繁华如今萧索的街镇上，百年地标仍在。我从河岸往上看，难以相信那庙曾经临河，或那街道曾经泊船。这是真的吗？我们失去一条河的生活仅需百年吗？需要多少水从山谷中源源挹注才能使水势往上高涨几米？那水面是何等滔滔，这条河是何等不驯且汹涌呢？而那水的声响，那河水不舍昼夜的声响也与此时此刻我耳所闻大不相同吧？

作为一城之命脉，与作为一城之沟渠，河流景况自然今昔不同。而作为一条河，既然继续流淌，谁也阻挡不了泥沙的淤积——散步堤下一片青草蔓延开来，沿着堤底一线丛生，绿得又嫩又柔软。啜着春天的河水它们青翠平静不知愁，经过一个冬天的酸寒如今终于放手欢乐生长，草叶抽长的声音在汩汩河水中沙沙沙，沙沙沙，甚至舞动了起来。一只我不认得的雁鸭自草中慢慢走出。它谨慎踩着松软不结实的土壤，看这边，又看那边。我疑心它也许也瞥见我了，并决定忽视我（受到漂鸟的忽视我满心欢喜）。

再走几步便是码头，孤船拴停，似乎已泊在此地很久。这码头夏季游人和雁鸥唠唠聚集，冬日则荒置。低水位的冬船怯怯倚着渡头的梁子，野渡无人，有一种睡得过久的困倦神情，像是从斑驳恍惚的梦中醒来，青黄不接，怔忡不明所以。

我缓步前行直至河流的汉弯口停了下来。此处野风浩大，使人心里莫名惶急——也许要降大雨吧，我担忧——退意一旦萌生就再也走不下去了。堤防总是这样的界外状态，它的这一边是市街和楼房，日常节奏安然循环，走着精细的小刻度；那一边就是洪荒，拍子是自然的律动，那劲势强大而勃发，它的每一拍都抵着承受的边缘，它一换拍，另一边的日子就濒临溃散的危险。走在堤防上是走在天地默许的慈悲边上。

结果这天雨水在云里踯躅未定，迟迟没有下来，只吹了半天风。

半夜突然落雨，沙沙沙，渗进松软不结实的梦里。睡着睡着，仿佛在河边，众水围绕，充满声响。翻过来是水，翻过去也是水，睡得载浮载沉，雨确实是渗进梦里去了。于是我在梦里顺着青草，瞬间走完这青青流域。

致父信

麦家

父亲：

你好！

知道我才去看过你吗？

一个时辰前，母亲、大哥、大姐、二姐、小弟，我们都去了。今天是农历九月初三，是你仙逝一周年的祭日，我清早六点钟就起了床，六点半出门。我必须趁早，赶在塞车之前出城。现在城里的生活越来越不便，人越来越多，路越来越堵，天越来越低。当然，最那个的是，人心越来越乱，连吃进嘴巴里的东西都不安心。我现在吃的蔬菜都是自己种的，肉食大多是乡下送来的，没有就尽量少吃，甚至不吃。不吃饿不死，吃了担心死，民以食为忧哪！父亲，这些我想你一定都知道的。你现在应该什么都知道吧，你去了天上，超凡脱俗了，地上的事，人间的事，都瞒不了你的，是吧？

父亲，时光过去真快，眼睛一眨你离开我们已经一个周年。说是离开，其实这一年来我感到你比以往任何时光都贴近我们，母亲几乎无时无刻不在想你、念你，有你爱吃的要给你留一份，天冷了念叨你的衣服够不够，一到大热天，就往家门前的水泥地上泼凉水，好像你还坐在那儿纳凉。母亲说，你是火性子，顶怕热，吃了夜饭总是要去溪坎里拎一桶水泼在屋门前，等热气散尽，你就优哉乐哉地躺在靠背椅上，跷着二郎腿,摇着大蒲扇,吸着烟,一支接一支,谈着天,数着星,快乐如神仙。我们家在山边上,入夜后蚊虫多得要死,但是很奇怪,蚊虫从来不叮咬你。母亲说,是因为你吸烟太多的缘故,血是苦的,尼古丁的味道,蚊虫都不要吃。

母亲总爱把你说得神乎其神。记得小时候每次挨你打,母亲总是安慰我说:"这样好了你又长大了一点。"笑话!哪有这道理?可母亲就是这么说的。为了让我信服,她会不厌其烦地把道理画圆说透。"天下哪个孩子没挨过打?""孩子都是被打大的,就像婴儿都是哭大的。""不是说人是铁饭是钢嘛,哪块好铁不是铁匠师傅一榔头一榔头敲打出来的?""当爹的不打你以后出门就要被外面人打,爹现在打你一顿以后你长大了就可以少挨人打。"听,母亲说得多么头头是道,神乎其神哪,年少的我一度被她迷惑,挨了你打心里还在默默感谢你呢。

可是那一次,就是那一次,你把母亲用心编的"神话"打破了。父亲,你该知道是哪一次,是我12岁那年,我在学校跟同学打架,三个人打我一个,老师还拉偏架,把我打得鼻青脸肿。我气得要死,夜里不回家,堵在一户同学家门口,等着他出来,准备跟他决一死战。你知情后,提着一根毛竹抬杠赶来,我以为你是来替我报仇的,激动得朝你扑上去,哭诉自己莫大的冤屈。结果你当着同学父母的面狠狠地扇了我两个大耳光,把我已经受伤的鼻梁都打歪了,鼻血顿时像割开喉咙的鸡血一样喷出来,流进嘴巴里,我像喝水一样,一口口喝下去都盛不下,往胸脯上流,一直流到裤裆里。要不是同学父母及时阻拦,你还会用竹抬杠打我的是吗?我看见的,你已经举起抬杠要朝我劈下来。那根抬杠跟你的手臂一样粗,劈下来我死定了,不死也废了,不是断手就是跛脚,不是驼子就是瘫子。

父亲,你怎么会这么狠心!

父亲,你怎么能这样打我!

父亲,你错了!你知道那天我为什么跟同学打架?因为你!他们骂你是"反革命"、"牛鬼蛇神"、"四类分子"、"美帝国主义的老走狗",骂我是"狗崽子"、"小黑鬼"、"美帝国主义的跟屁虫"。总之,什么难听的话都骂了,我为了捍卫你的尊严,一打三,临危不惧,视死如归。我觉得自己是个英雄,你却把我当浑蛋,当猪狗。父亲,是的,虽然你以前多次打过我,可这一次真把我打伤心了。我心窝里插了一柄刀,怎么也拔不出来! 你该知道,就是从那以后,我变了,变成了一个孤独的孩子,不爱出门,不爱出声。在家里,我像把笤帚一样任人使唤,却总是无声无息;出了门,我像只流浪狗一样,总是缩着身子,耷着脑袋,贴着墙边走路,躲着热闹和欢喜场面。母亲因此给我取了一个绰号,叫"洞里猫"。悲痛让我握不住一滴眼泪,我蔫了,尿了,废了。我成了个哑巴、聋子,我把自己完全封闭起来,不跟人玩,不跟人交流。我只跟自己交流,天天写日记,像个城里有志向的孩子一样。其实哪是志向,我是心里充满了痛和恨,找不到地方发泄,在日记里发泄呢。我至今记得,我写的第一篇日记就是发誓以后不再喊你爹。我说到做到——你一定记得——从那以后,我再也没有喊过你爹。直到1993年,我结婚了,带着新婚妻子回家,才跟做贼似的含糊不清地喊了你一声爹。

父亲,说起这些,我心里还是痛。曾经是只为自己痛,现在……也为你痛,为你和我一起痛。痛得我浑身发冷……算了,还是说些别的吧,说说我们是怎么怀念你的吧。我刚才说了,母亲天天都念叨着你,要遇到逢年过节,那就有她忙乎的。她总是提前几天请人给你念佛,织纸钱,包白袋,准备好吃的;到了日子,不由分说要我们都回去,给你做法事,陪你过节日。今天是你的大节日,一周年,母亲一个月前就通知我,要我取消任何事情,必须回去好好给你张罗一个隆重的祭祀活动。今天我回到家,见母亲一脸菜色,疲倦得很,但眼睛还是非常亮,眉头挂着喜色。她是不是觉得今天可以会到你呢?

父亲,你想想,有这样一位母亲在,你哪能离得开我们? 离不开的,你去了哪里都在家里。在我们眼前耳边。在我们嘴里心里。父亲,你可能不知道，这一年中母亲曾多次把我当作你，冷不丁见到我总说：我以为是你爹回来了呢。父亲，你真不该这么早走，你走了可把我们母亲掏空了，害苦了，整惨了。她已经没有自己的生活，她活着就是想你，无时无刻不在相思你、念叨你。父亲，说真的你让我很羡慕，有这么好一个老伴，不论去了哪里都把你放在心坎上。父亲，要我说，你这辈子真活得挺值挺值的，至少有一个人完全在为你活，你活着她寸步不离你，死了照样天天守着你。

今天，我们给你送去了很多东西，五大包的纸钱，烧了一小时才烧完。天凉了，山风神出鬼没，刮得纸灰满天飞。母亲说这样好，飞得越高越远，你取得越多。这些纸钱用的都是上好的嫩竹纸织的，焚烧后灰烬白白的。母亲又说这样好，越白净说明你在阴间活得明白清爽。我们还给你捎去好多吃的，有甜米果、纸包糖、苹果、蜜饯、柿子，都是你最爱吃的。以前你经常念叨死亡，对死亡不屑一顾，是因为对我们子女失望吗？

我想，至少我是让你失望的。外人看来我功成名就，有我这个儿子是你的福气，我一定给过你很多荣耀和温暖。可事实上很长一段时间，我给你的都是气恼，是冷漠，是对立，是敌意。说真的，父亲，那一次你真把我打伤心了，打坏了，良心道德都坏掉了，连老子都不认了。我恨你，是那么清晰，那么铭心，那么久久不息。35岁以前，我一直把你当仇人看，我对你只有一个念头，就是要离开你，要用不敬来反叛你、惩罚你。所以，17岁我离家上学，有意走得远远的，并且不给你写信——整整十多年，我写信抬头总是只写母亲，不提你。我这是故意的，我要报复你！每次探亲回家，我给母亲从穿的买到用的、吃的，就是不给你买一盒烟、一袋糖，以致母亲都看不下去，常以我的名义偷偷送你香烟、衣裳。结婚那么多年，我也从来没请你去我家做过客，甚至，我把姓名都改了……想起这些，父亲，我真觉得自己是个浑蛋，怎么能这样对待你？你是给我生命的那个人，纵然曾经粗暴地打骂过我，我又怎么能如此深刻地记恨你,报复你?

我羞愧!

还是别让我羞愧,说一些我孝顺你的事吧。我已记不得具体时间,应该是1999年,这年春节你摔了一跤,差点去世。当时我自己也做了父亲,孩子一岁零九个月,第一次回去看你们。说来没人相信,不可思议,孩子第一次回去看爷爷奶奶,这么大的事,我首先是拖了又拖,拖到孩子快两岁才成行;其次是我居然没有陪同,只让孩子和他妈回去。这件事足以说明我和你僵持的时间有多长、程度有多深。也许我做得太过分了,老天爷看不下去了,要造一些事来教训我。第一件事就是你摔跤,和死亡会了一次面;第二件事是,你摔跤住院的事给小家伙留下太深的印象,从老家回来后他经常在我面前咿咿呀呀地说:爷爷,摔跤,打针,哭……一而再,再而三。他仿佛是老天爷派来的使者,不停地刺激我、催促我,回去看你。终于有一天,我悄悄地回去看你了。这是我第一次专程为你回家!也许是你死亡的钟声敲碎了我的愚顽,也许是我为人父的辛苦唤醒了我的良心,也许是老天爷……总之,从那以后,我才开始和你缓和关系,我坚持每个月给你打一个电话,一年回去看你一回,还同你约定了一个旅游计划。我想让你生前把东南西北几个大城市都走一下,看看外面的世界,也尽尽我的孝心。可你突然发病了,最后只去了北京上海,广州香港成都西安都没去成。这事我现在都还在后悔。其实还是我不坚决、不抓紧,拖沓了,松怠了。我要知道你后来会得那个病,我一定会放下所有事情,陪你去走完这几个城市。所以,我现在常对人说,尽孝一定要趁早!

2008年,汶川大地震,你知道那时我还在成都,但已准备调去北京工作,3月份新单位已经调走我档案。就在我即将去新单位报到之际,我身边发生了那场大地震,有几十万人经历了生死离别。有一天我去灾区走访,看到那些悲痛的老人,我哭得不行,因为我想起了你——每一个老人都是你哪!那一年你已经81岁,可我还从没有在你悲伤的时候安慰过你，没有在你卧病不起时像你曾经抱过我一样抱过你，没有为你洗过一次脚，没有为你剪过一回指甲……没有，没有，我没有为你做的事太多！就在那一天，我毅然决定不去北京，我要回来陪你度过最后的岁月。尽管我以最快速度重新办理了调动手续，当年8月就调回到杭州，但我怎么也没想到，老天爷会这么惩罚我：当我回到你身边时，你已经认不出我！你得了老年痴呆症，连母亲都不认识了。我后悔回来得太迟，也庆幸自己在你最需要我的时候回到了你身边。

　　父亲，我现在变得越来越宿命，有些事我无法理解，比如你我之间最终也没有一个完美的结局，我总觉得这是命。说真的，自从你病倒后我特别怕你死，我要赎罪，我要补错。我欠你的太多，我要还给你。三年里，每个周末，不论在哪里，不论有多忙，我都会赶回去服侍你，喂你吃饭，给你洗脚，抱你上床，给你按摩，陪你睡觉，大声呼喊你。母亲说，你偶尔会有清醒的时候，我这么做就是盼望你某一刻清醒过来，看到我在服侍你，知道我在忏悔，在赎罪，然后安慰我一下，让我知道你最后原谅了我。你不能说，对我笑一下也行，我需要你一个认可，哪怕是一个象征性的认可，一个一笑泯恩仇的笑容。事实上，三年里，除了母亲，我陪你说话的时间最多，可你对其他亲人都清醒过、笑过、说过话，就是不给我机会。有一天，你出奇的连续清醒了几个小时，母亲紧急地给我打电话，我紧急地赶回去，想赶在你清醒时看到你，和你说说话，看你对我笑一笑。可就在我进门前几分钟，你突然又回去了，回到那种一成不变的蒙昧状态，见了我毫无表情，一声不吭，像一块石头对着一根木头。那一天，我趴在你怀里失声痛哭，你一如既往地无动于衷，在我的眼泪和哭声中睡着了。我的天哪，为什么不给我这几分钟！我想只要我早回去几分钟，看到我那么悲伤地哭泣，那么泪流满面的样子，你一定会替我擦去泪水，安慰我你已经原谅了我。那样就好了，完美了，我今天也就不会这么难过了。

　　父亲，我现在真的很难过，真的难过，太难过了。父亲，你一辈子给了我很多,我想最后再要一点,要你一个清醒的笑容,一个确凿的认可,一声安慰,一声原谅,一个父子情深的拥抱。可你没有给我,父亲,你就那么走了,没有给我一点点,连一个轻浅的笑容和抚摸都没有。父亲,你是给不了还是不想给我? 父亲,给我吧,给我吧,你无法想象,这对我意味着什么? 我将永远对你有一种负罪感,一种羞愧。父亲,给我吧,我恳求了,今天晚上就给我,在梦中,我等待着……

驴叫是红色的

刘亮程

一、红色

驴叫是红色的。全村的驴齐鸣时村子覆盖在声音的红色拱顶里。驴叫把鸡鸣压在草垛下,把狗吠压在树荫下,把人声和牛哞压在屋檐下。狗吠是黑色的,狗在夜里对着月亮长吠,声音悠远飘忽,仿佛月亮在叫。羊咩是绿色,在羊绵长的叫声里,草木忍不住生发出翠绿嫩芽。鸡鸣是白色。鸡把天叫亮以后,就静悄悄了,除非母鸡下蛋叫一阵,公鸡踩蛋时叫一阵。人的声音不黑不白。人有时候说黑话,有时候说白话。

也有人说驴叫是紫黑色的。还有人说黑驴的叫声是黑色的,灰驴的叫声是灰色的。都是胡说。驴叫刚出口时,是紫红色,白杨树干一样直戳天空,到空中爆炸变成红色蘑菇云,然后向四面八方覆盖下来。那是最有血色的一种声音。驴叫时人的耳朵和心里都充满血,仿佛自己的另一个喉咙在叫。人没有另一个喉咙,叫不出驴叫。人的音色像杂毛狗,从人的声音里能听出村里各种动物的叫声。人是复杂的东西,身体里有一群动物,还有一群像拖拉机一样的机器。

拖拉机的叫声没有颜色,它是铁东西,它的皮是红色,也有绿皮的,冒出的烟是黑色。它跑起来的时候好像有生命,停下来就变成一堆死铁。拖拉机到底有没有生命，狗一直没弄清楚，驴也一直没弄清楚，拖拉机突突跑起来像是活的，一停下又死了。驴跟拖拉机比叫声，比了几十年，还在比。

驴顶风鸣叫。驴叫能把风顶回去五里。刮西风时阿不旦全村的驴顶风鸣叫，风就刮不过村子。

驴是阿不旦声音世界里的王。驴叫尽头是王国边界，从高天到深地。

不刮风时，驴鸣王国是拱圆的。驴鸣朝四面八方，拱圆地膨胀开它的声音世界。驴鸣之外一片寂静。寂静是黑色的声音，走到尽头才能听见它。

如果刮风，王国变成椭圆形，迎风的一面被吹扁，驴叫被刮回来一截子。驴脾气上来了，嘴对着风叫。风刮了千万里，高山旷野都过来了，突然在这个小村庄，碰到敢跟风对着干的家伙，风也发威了。驴叫和风声，像两头公牛在旷野上拉开架势，一个从遥远的荒野冲过来，一个从低矮的村子奔出去。两个声音对撞在一起，天地嘎巴巴响，风声的尖角断了，驴鸣的头盖碎了。仍顶住不放，谁也不肯后退。

但在顺风一面，驴叫声传得更高更远。驴叫骑在风声上，风声像被驴鸣驯服的马，驮着驴鸣翻山越岭，到达千里万里。声音王国的疆域在迎风一面收缩了，在顺风面却扩展到无限。

下雨时驴不叫。阿不旦村很少下雨。毛驴子多的地方都没有雨。驴不喜欢雨，雨直接下到竖起的耳朵里，驴耳朵进了水，倒不出来，驴甩头，打滚，都没用，只有等太阳慢慢烘干。这时候驴会很难受，耳朵里水在响，久了里面发炎，流黄水。驴耳朵聋了，驴便活不成。驴听不到自己的叫声，拼命叫，直到嗓子叫烂，喉咙叫断。

所以，天上云一聚堆，驴就仰头鸣叫。驴叫把云冲散，把云块顶翻。云一翻动，就悠悠晃晃地走散。民间谚语也这么说：若要天下雨，驴嘴早闭住。

　　聪明的狗会借驴劲。狗不想走路了跳到驴车上,卧在主人身边。狗坐驴车驴没意见。狗若像人一样爬上驴背,驴会惊了。但狗有办法让自己的叫声爬在驴叫声上。驴叫时,狗站在驴后面,嘴朝着驴嘴方向,驴先叫,声音起来后狗跟着叫,狗叫就爬在了驴叫上,借势蹿到半空。然后,狗叫和驴叫在空中分开,狗叫落向远处,驴鸣继续往高处蹿,顶到云为止。驴跟云过不去。天上云越聚越多时,就像一群黑驴压过来。雷是天上的驴鸣。驴不敢顶雷声。打雷时驴都悄悄地。驴端拶耳朵,把雷鸣装进来,等云开天晴,驴朝天上打雷。那时从地到天,都是驴的声音,驴的世界。

　　驴叫就像一架声音的车,拉着村子的所有声音往天上跑,好多声音跑一截子跳下来,碎碎地散落了,剩下驴叫孤独地往上跑,跑到驴耳朵听不到的地方。

　　人喊人时也借驴声。从村里往地里喊人,人喊一嗓子,声音传不到村外。人借着驴叫喊,人声就骑在驴鸣上,近处听驴叫把人声压住了,远处听驴叫是驴叫,人声是人声,一个驮着一个。

　　往远处走村庄的声音一声声丢失。鸡鸣五更天,狗吠十里地。二里外听不见羊叫,三里外听不见牛哞,人声在七里外消失,剩下狗吠驴鸣。在远处听村庄是狗和驴的,没有人的一丝声息。更远处听狗吠也消失了,村庄是驴的。在村外河岸上张旺才家的房子边听,村庄所有的声音都在。张旺才家离村子二里地,村里的鸡鸣狗吠驴叫和人声,还有开门关门的声音都在他的耳朵里。他家的狗吠人声也在村里人的耳朵里。

二、出事

　　我走到阿不旦村边时突然听到驴叫。我好久听不到声音,我的耳朵被炮震聋了。昨天,在矿区吃午饭时,我看见一个工友在喊我,朝我大张嘴说话,挥手招呼,我听不见他说什么,就朝他走过来,到跟前才隐约听见他在喊,"阿不旦、阿不旦,广播里在说你们阿不旦村出事了。"他把收音机贴到我的耳朵上,我听着里面就像蚊子叫一样。

"你们阿不旦村出事了。"他对着我的耳朵大喊,声音远远的,像在半里外。

我从矿山赶到县城,我母亲住在县城医院的妹妹家。我问母亲阿不旦到底出啥事了。我看见母亲对着我说话。我说,母亲你大声点我听不清。母亲瞪大眼睛望着我,她不相信自己的儿子出去打了两年工,变成一个聋子回来,她着急地对着我的耳朵喊,我听着她的喊声仿佛远在童年。她让我赶紧到医院去治,你妹妹就在医院,给你找个好医生。我说去过医院了,医生让我没事就回想脑子里以前的声音。医生说,那些以前的声音能把我的听觉唤醒。我喊着对母亲说。我听见我的喊声也远远的,仿佛我在另外的地方。

母亲不让我回村子。她说事情过去一周了,她前天回去过,村子都戒严了。我说,我还是回去看看我爸。母亲说,那你回去千万要小心,在家待着,别去村子里转。我啊啊地答应着。

乡政府街上停着一辆警车,警灯闪着。街边的小摊铺照旧在营业,驴车三轮车来来往往,除了那辆警车,看不出这里发生了什么。

我从县城坐中巴车到乡上,改乘去村里的三轮摩托。以前从乡里到村里的路上都是驴车。现在也有驴车在跑,但坐驴车的人少了。驴车太慢。

三轮车斗里坐着五六个人,都是阿不旦村人,我向他们打招呼,问好。坐在我身边的买买提大叔看着我说了几句话,我只听清楚"巴郎子"三个字。是在说我这个巴郎子回来了,还是说,这个巴郎子长大了。还是别的。我装作听清了,对他笑笑。车上人挤得很紧,我夹在买买提和一个胖阿姨中间,他们身上的味道把我夹得更紧。我从小在这种味道里长大,以前我身上也有和他们一样的味道,现在好像淡了,我闻不到。可能别人还能闻到,别处的人还会凭嗅觉知道我是从哪来的。没办法,一个人的气味里带着他从小吃的粮食、喝的水、吸的空气,还有身边的人、牲畜、果木以及全村子的味道,这是很难洗掉的。三轮车左右晃动时,夹着我的气味也在晃动,我的头有点晕,耳朵里寂寂静静的,车上的人、三轮车、车外熟悉的村庄田野,都没有一点声音。

到村头,我跳下车,向他们笑了笑,算打招呼。我站在路边朝村子里望,看见村中间路上也停着一辆警车,警灯闪着。路上没有行人,也没有驴车,也不见毛驴,也没驴叫。往年这季节正是驴撒野的时候,庄稼收光了,拴了大半年的驴都撒开,聚成一群一群的。那些拉车的驴,驮人的驴,都解开缰绳回到驴群里,巷子和马路成了驴撒欢的地方,村外大麦场成了驴聚会的场所,摘完棉花的地里到处是找草吃的毛驴。驴从来不安心吃草,眼睛盯着路,见人走过来就偏着头看。我经常遇见这样偏着头看我的驴,一直看着我走过去,再盯着我的背影看。我能感到驴的目光落在后背上,一种鬼鬼的好像来自另一个世界的注视。我不回头,我等着驴叫。我知道驴会叫的。驴叫时我的心会一起上升,驴叫多高我的心升多高。我的耳朵里有一个声音的瘾,只有驴叫能让我过瘾。

今年的毛驴呢?驴都到哪去了?村庄没有驴看着不对劲,好像没腿了。在我小时候的记忆里,村庄是一个长着几千条驴腿的东西,人坐在驴车上,骑在驴背上,好多东西都装在驴车上,驮在驴背上,千百条驴腿在村庄下面动,村子跟着动起来,房子、树、路跟着动起来,天上的云也一起动起来。没有驴的阿不旦村一下变成另外的样子,它没腿了,好像村庄卧倒在土里。

我母亲说我是驴叫出来的。给我接生的古丽阿娜也这样说,母亲生我时难产,都看见头顶了,就是不出来,古丽阿娜着急得没办法,让我妈使劲。我妈早叫喊得都没有力气,去县上医院已经来不及,眼看着我就要憋死在里面。这时候,院子里的驴叫开了,"昂——叽昂叽昂叽"——古丽阿娜给我学的驴叫像极了。一头一叫,邻居家的驴也叫开了,全村的驴都叫起来。我在一片驴叫声里出生了。古丽阿娜说,驴不叫,我不出来。

我出生在买买提家的房子,阿依古丽给我接生,她剪断我的脐带,她是我的脐母。我叫她阿娜(阿姨)。我在阿娜家住到3岁,她把我当她的孩子,教我说维吾尔语,给我馕吃,给我葡萄干吃。那时我父亲正给我们盖房子,我看见村里好多人帮我们家盖房子。我记住了夯打地基的声音,"腾、腾",我母亲抱着我坐在一边看。我记得他们往墙上扔土块和泥巴,一个人站在高高的墙上,一个人在墙下往上扔土块,扔的时候喊一声,喊声和土块一起飞上天。抹墙时我听见往墙上甩泥巴的声音,"叭、叭",一坨一坨的泥巴甩在裸墙上又被抹平。声音没法被抹平,声音有形状和颜色。

我小时候听见的所有声音都有颜色,鸡叫是白色的,羊叫声绿油油的,是那春天最嫩的青草的颜色,老鼠叫声是土灰色,蚂蚁的叫声是土黄色,母亲的喊声是米饭和白面馍馍的颜色,她黄昏时站在河岸上叫我,那时我们家已经搬出村子住在了河岸,我放学在村里玩忘了时间,她喊我回家吃饭。我听见了就往家走,河边的小路是我一个人走出来的,我不走大路,我有一条自己的小路。我几天不去村里学校,小路上就踏满驴蹄印。我喜欢驴蹄印,喜欢跟在驴后面走,看它扭动的屁股,调皮地甩打尾巴,只要它不对我放屁。

我的耳朵里突然响起驴叫。像从很远处,驴鸣叫着跑过来,叫声越来越大。先是一头驴在叫,接着好多驴一起叫。驴叫是红色的。一道一道声音的虹从田野村庄升起来。我四处望,望见我们家烟囱,望见树荫土墙里的阿不旦村。没有一头驴。我不知道阿不旦的驴真的叫了,还是,我耳朵里以前的驴叫声。

三、声音

在过去的二三十年里，阿不旦村被几次大的声音震动。一次是五年前，据说一个坏人跑到村里，呜呜的警笛声包围了村子，警笛声像带尖刺的铁丝网，在空气中来回拉扯，一层层密布。狗都躲在窝里不敢出声。牛也害怕得往圈里跑。鸡扑打着翅膀朝柴垛里钻。只有毛驴不害怕，几头驴跑到路上，"昂叽昂叽"叫起来，驴的昂叫冲破警笛的呜呜，把警笛声盖住了。驴叫像扔原子弹，一声尖利的蘑菇腿直插空中，然后，声音在高空爆炸，黑云般覆盖下来。开警车的武警愣住了，好多警笛突然哑了。

"什么东西在捣乱？"省城来的警官没听过这种声音。

"是驴在叫。"当地警官报告说。

"快去管制了。"

几辆警车朝驴叫处开去。

毛驴的主人吓坏了，赶在警车到来前，把自己的驴牵到手里，当着随后赶来的武警，打两棍子驴，嘴里骂着："牲口毛驴子，你啥时候叫不行，专门在警车来的时候叫，和警笛比高低，不想活了吗?这也敢惹吗?"驴转过身，噗，对警车放一个屁，屁股一扭一扭走了。

那次，武警没抓到那个坏人，可能就在驴叫的工夫，逃走了，或者隐藏得更深。警笛在村里村外响了三四天，走了。

另一次是枪声，就在这个11月的早晨，村里突然响起枪声。

在这以前，还有一些声音惊动过村子。记得石油卡车第一次开进村子时，路在颤抖，路边的白杨树在抖，房子在抖，靠近路的许多屋墙上裂了缝。这和好多年前，第一台链轨拖拉机进村不一样，那是二十世纪八十年代初,大集体要结束时,阿不旦村有了一台旧链轨拖拉机,是从当时的大队机耕队淘汰给村里的,老村长额什丁派玉素甫到大队学习了一个月。那时玉素甫还是二十来岁的小伙子,瘦高个子,不像现在这样胖。

有一天,玉素甫开着链轨拖拉机进了村子,驾驶室没门,前面的窗户也洞开着,一脸尘土的玉素甫坐在里面,眼睛盯着路,手脚忙乱地操纵着拉杆和油门。人们只感到地在颤抖,听见一个哗哗啦啦的东西来了,拖拉机上每个东西都在响,链轨在响,铁皮的外壳和驾驶室在响,排气管在响,后面拖着的五铧犁在响,机器里面更像有一堆烂铁碰撞着在响。人们耳朵里全是铁的声音,把铁匠铺的铁全敲响,也没这么多声音。

拖拉机在村里搁了两年,没咋用,经常坏在地里。不坏的时候也不好使,耕的地深一沟浅一沟,还要人费好多工夫平地。这台拖拉机在包产到户的前一年春天,坏在一块苞谷茬地里,这次是彻底坏了,机器不转了,请了大队的师傅,机器扒开检查了一番,说这车早该进大修厂大修了。村里没钱大修,拖拉机就扔在地里,用一辆胶轮拖拉机拉,拉不动,又用几十头毛驴拉,也拉不动。拖拉机在地中间停了一年,人们绕开拖拉机把苞谷种在地里,苞谷一天天长高的时候,拖拉机就看不见了。秋天,苞谷掰了,秆割倒,拖拉机又露出来,已经变成一个秃秃的铁疙瘩,除了底盘和机器壳,其他能拆的,都被人拆光,连链轨都被拆了,只剩下压在轮子下面拿不动的几块。这台哗哗啦啦开进村的链轨车的部零件,一部分在铁匠铺叮叮当当地敲打声里,变成坎土镘、镰刀、炉钩、锅铲子。另一部分散落在人家院子里,后来被收废铁的人收走。

那以后村庄沉寂了几年,被链轨车震裂的墙慢慢愈合,被链轨压坏的路慢慢踏平。然后,小四轮拖拉机把一种"突突突"的声音带进村子。玉素甫家最先买了一台,接着好几户人家买了小四轮拖拉机。小四轮的声音像驴放屁,"突突突"连着不停地放,不臭,就是有一股没烧尽的柴油味。人们像听惯驴屁一样很快听惯了它。这之后就是摩托车的声音，也是玉素甫第一个把摩托车开进村，一辆老旧的幸福250摩托车,声音忽高忽低,像驴吃草噎住了,又像驴发情时的叫,因为叫声没驴的大,个子和羊一般高,跑得跟狗一样快,村里人像接受一头牲口一样接受了它。把它叫电驴子。

还有什么声音呢？对了,天上过飞机的声音。也是链轨车被拆了不久的事,龟兹县建成了飞机场,听说是军用机场,后来也民用了。飞机到阿不旦村上空时,头朝下,一个大斜坡朝县城方向滑落下去。飞机的声音就像一个巨大的石磙子,从天上扔下来,在地上轰隆隆地滚,地上的所有声音都被碾碎了。

除了打雷,阿不旦人以前从没见识过从天上来的声音。他们认识的声音都是从地上往天上传。传得最高的是阿訇的喊唤,到达真主那里。那是无限高远但又时刻能感知到它存在的地方。

黎明前的鸡叫能传到星星那里。这是鸡师傅说的。起早的人知道,那时星空低垂,星星就挂在鸡窝上面。在鸡眼里,满天星星都是主人撒的苞谷粒。

驴叫声能碰到高空的云,驴师傅阿赫曼这么说。停在村庄上头不动的云,一声驴叫就惊动了,驴叫从下面直冲上去,小块的云被掀翻,大块的云被冲斜,云一倾斜,便飘飘悠悠走了。

还有,在链轨车开进村庄的十几年前,一个叫张旺才的人把一种呜哩哇啦的河南话带进村里。他是在阿不旦村落户的第一个汉人。几年后张旺才的媳妇又把一种听起来疙疙瘩瘩的甘肃武威话带进村里。他们有了一儿一女。他们的儿子张金,会同时说河南话和甘肃武威话,还会流利地说维吾尔语。那个张金就是我。

直到石油卡车的声音再次震动了村子,路边人家的土墙再次裂开口子,人们的耳朵又一次被一种声音灌满。它开来的时候,地在动,空气在震，一种轰隆隆的声音，沉重、巨大，不像链轨车的哗哗啦啦，它有两个链轨车摞起来那么高大，村里人担心桥被压塌，路被压塌，这个村庄，什么地方都可能会塌，谁都知道地下空洞太多。可是，石油卡车轰隆隆开过去，又开过来，什么都没塌。

肯定有什么已经塌了。被驴叫、鸡鸣、狗吠、牛哞、羊咩支撑起来的阿不旦的声音天空被震塌了。它的巨大轮胎从地上隆隆碾过，巨大声音从空中隆隆碾过。它过去时，人的耳朵里嗡嗡的、空空的，像什么从来没有过的东西丢失了。

还有什么声音呢？

好多年前，在小四轮拖拉机刚进村那时，有个爆苞米花的人来到村里，自行车后座上驮一个黑糊糊的炮弹一样的铁东西，在村子中间的热闹处停下，炮弹头支在铁架上，一头打开，装半碗苞谷进去，再合住，下面用喷火器烧，炮弹头手摇着转，一会儿，火灭了，拿起一个小锤，对着炮弹一砸。

"嗵"一声巨响。

全村人都听到了，狗从每个角落叫起来，接着是人的声音，嘈嘈杂杂围过来。驴也围过来，凡是能发出大声音的东西进村，驴都会围过来和它比声高。

"嗵"又是一声。

半碗苞米爆出一脸盆苞米花。

以后每当秋收完，苞米打下来的时候这个人就来了，爆苞米花的声音给好多人留下记忆，给艾布的女儿玉兔留的记忆最深，她害怕那个声音，害怕那个黑黑的炮弹一样的东西，远远看见了都害怕，不知道它什么时候会发出巨响。她从来没有走近爆苞米花的地方，那里围着大人和孩子，苞米花的香味对她有特别的吸引，父母下地干活去了，玉兔没有哥哥，弟弟小小的刚会走路，她一个人端半碗苞米，远远站着，那里爆一声她就往远跑一截,不爆的时候又前走几步。一直等到人们散去,爆苞米花的师傅看见了她,朝她招手,"过来,给你爆。"她吓得拔腿就跑。每当这时,就有一个男孩过来,帮她把苞米端过去,她躲在墙根儿,蹲下,双手捂住耳朵。

"嗵。"

她浑身颤抖,过一会儿,这个男孩端一盆苞米花递给她。

以后,小玉兔时常梦见那个骑自行车的人,后座驮一个黑黑的炮弹样的东西,在村子里走,她吓得到处跑,跑过一条林带,那个人又站在另一条路上,她手里端着半碗苞谷,那个人好像追着要爆她碗里的苞谷。她跑着就碰见那个男孩,接过碗,朝爆苞米花的人走去,她紧张地蹲在地上,捂住耳朵,等那个爆炸声。

我也在等。有好几个冬天我等那个爆苞米花的人来,等小玉兔端着碗出现。她的手冻得红彤彤,脸红扑扑,眼睛胆怯迷人地张望着。

村里的大人孩子围着爆苞米花的人,我站在后面,不时地朝后望,我知道有个小女孩站在更后面,她冻红的小手端着半碗苞米。我看见了,就走过去,她眼睛微微一眯,碗递给我。然后蹲下,双手捂住耳朵,等那个爆炸声。我把爆好的苞米花端给她时,她还捂着耳朵蹲在那里,她接过碗,抓了一把苞米花塞到我手里,笑笑走了。

在我无数次的回忆里我帮小玉兔爆过好多次苞米花,好多个冬天我都站在那里等。其实爆苞米花的师傅只来过一次。我只帮小玉兔爆过一次苞米花。

玉兔比我小好几岁,上小学时一个班,她一直坐在最前排,像个小兔子一样胆小又美丽。上一年级我坐她后面,二年级我长个子了,往后调了一排,四年级又往后调了一排。我在跟玉兔隔三排的地方停住,一直到小学毕业,似乎没再长个子。或者长了一点,但别人也在长,长得更高。小玉兔也长了点个子,但始终是班里最小的。大家都在长。她只是长得更加好看。她垂在后面的好多个小辫子总是缠绕我的眼睛。我和玉兔从来没说过话，那时在班里，男孩跟女孩不说话，一下课就男女孩分成两拨，各玩各的。不说话，眼睛却可以相互看。我的眼睛上课时绕在玉兔的好多个小辫子上，下课时停在她脸上，我感觉她的眼睛也在看我。不知道她是否真的在看我。也许从来没有。

我在班里给同学读汉语课文。老师的汉语水平不如我，老师就让我读汉语课文。我用汉语读课文的时候，玉兔从前排扭过头，眼睛黑亮地望。平常我在班里不说汉语，汉语是在家里说的。阿不旦村就我们一家汉人。

玉兔小学毕业就辍学了。那以后我在村里碰到过她几次，她长成一个好看的大姑娘了，我看着她，她依旧只是笑笑，一扭头走了。我从来没对她说过一句话，不知道她的声音是什么模样。我听到这个村庄的所有声音里，唯独没有她——一个叫玉兔的小女孩的声音。

四、聋了

我5岁时听见哗哗啦啦的链轨拖拉机开进村，好多孩子追着它跑，狗和驴也追着跑。我跑在最后面。链轨在土路上压出两条宽大整齐的履带印。8岁那年包产到户，从那年开始，坎土镘挖地的声音分散在四处的田地里，人声和毛驴的叫声也分散了，分得最远是我们家，家里的地分到了村外河岸边，父亲张旺才在河岸上挖了两间房子，一家人搬过去住，村里的房子原样留着。

我从那一年开始上学，村里没有汉语学校，母亲就让我上维吾尔语班，我小时候跟古丽阿娜学会了维吾尔语。我出生时听到的第一句话是古丽阿娜说的维吾尔语，古丽说，"巴郎子，巴郎子。"是说给我母亲王兰兰听的。母亲一直说我是驴叫出来的，当时外面的驴一个劲儿叫，刚出生的"啊、啊"地哭叫，声音没连在一起，跟外面毛驴的叫声一样。你一哭叫，院子里的毛驴不叫了，村里的驴也不叫了。母亲说。

我出生时家里还没有驴。父亲在我长到3岁时买了头半岁的小毛驴，好像几十块钱买的，小毛驴不贵，买大驴就贵了，要几百块钱，买不起。我跟小毛驴一起玩一起长。我5岁时毛驴2岁，可以骑人干活了，毛驴长得快，我一直没长过它，我小时候它也小小的，可它一两年就长大，等我去县城上完初中回来，毛驴已经老了。

我记得毛驴4岁时父亲张旺才让人帮着做了架驴车，父亲也会一点粗木工活。之前家里拉运东西都用古丽阿娜家的驴车。有了驴车父亲张旺才跟村里人能走到一起了，他的驴车加入到村里的驴车中上工收工。以前他是村里唯一的扛着铁锹走路的人，村里人下地都赶驴车，他没有。他靠着路边走。别人让他坐驴车他也笑笑拒绝。

有了驴车的父亲张旺才不一样了，他的驴车走在村里的驴车中间，这样的生活没过几年，包产到户了，家里的地分到村外的河岸边，父亲在分给自己的地里种菜，没几年就买了三轮摩托。那是村里最早的一辆三轮摩托。父亲很少把它开到村里去，他拉着自己种的菜开着自己的三轮摩托，往远处的石油工地送。父亲喜欢他的三轮摩托，他对毛驴没感情。他养了头犟驴，他本来就犟，驴比他更犟。我经常看见父亲跟毛驴犟劲。驴听我妈的话，也听我的，就是不听他的话。父亲张旺才买上三轮摩托的第二天就把驴便宜卖了，三轮摩托的好处使他很快忘了那头使唤多年的老驴。他卖掉它时我不在家。

我在村里的维吾尔语班上到五年级，每天从河岸边的家走到村里，上完课走回去。父亲张旺才很少到村里来。他不知道自己的儿子早变成一个村里的巴郎子，我在村里和那些巴郎子玩，说维吾尔语时脸部表情和动作跟村里人一模一样，走路架势也一样，我能流利地和村里人说话。父亲张旺才不行，他能听懂但说不好。母亲王兰兰也说不好。妹妹张银只会说不多的一些。我跟母亲说甘肃武威话，跟父亲说河南话，到村里就说维吾尔语。很小的时候，我就是家里的翻译。我还让村里好多孩子学会了河南腔加甘肃武威调的汉语。

小学毕业我去县城上了三年初中。上的汉语班。每个周末,我坐赶巴扎的驴车回家。父亲张旺才从来不赶巴扎,他种的菜也从不摆在巴扎上卖,他开三轮摩托卖给附近的单位和石油企业。他在村里好像也没有朋友,他的老家遭水灾,家里人都被水冲走,亲戚也没联系过。他个子矮,在村里时显得比其他大人都弱小。我感到村里一些人对父亲不好,有时欺负他。他夹在那些完全讲维吾尔语的人中间干活,他只会听不会说。

母亲王兰兰在村里的威信比父亲高。她待人热情,喜欢说笑。我经常见她跟村里的妇女一起说笑。她的甘肃武威腔维吾尔语夹杂着武威汉语,不时地在人堆里惹起笑声。

我觉得自己是阿不旦村的人,在村里出生,从小会说维吾尔语。父亲张旺才不是,他是外来的。我很小时就觉得父亲是一个外人,他一个人扛着铁锨在村里走,其他人都扛坎土镘。他一个人说别人听不懂的河南话。家搬到村外河岸后,他开始一个人到地下挖洞。我每天去村里上学,有时一天都不去学校,带着狗跟村里的巴郎子玩。他们不知道我没去学校。我在村里有一群朋友,玩饿了去古丽阿娜家要一块馕。我玩过那些孩子的所有游戏,去过村里所有大人不去的地方,听见所有只有小孩才能听见的声音。我比父亲母亲更知道村里的好多事。母亲偶尔来村里一趟,父亲自从搬出村子后就几乎没来过,他好像跟这个村子赌气,好像村里谁惹他了。父亲就是这样的一个犟人。不知道他在跟谁犟。

初中毕业后我帮父母种了几年地。父亲每天晚上下到他的洞里,不时地往河岸边倒一车土,多少年来河岸往里延伸进去许多,也不知道他把多少土倒进河里。我小时候对父亲的洞感兴趣,觉得好玩。后来就没兴趣了,我和母亲都烦他挖洞,他经常把地里的活撂下不管,钻进他的地洞里。我受不了他的古怪脾气,有一次跟父亲吵一架后,我就离家出走了,先在县上的一家饭馆当服务生,干了半年,又到矿山当了两年矿工。山洞里的打炮声把我的耳朵震聋了,我变成一个聋子。我回来时这个村庄的声音,父亲张旺才的声音,还有以往响彻村子上空的毛驴的鸣叫,都远得听不见。

十八个人的阅读，一个人的阅读史

芳菲

拿到《我的金鱼会唱莫扎特》这本书时，马悦然正好在旁边。这是他和夫人陈文芬的一个超短篇小说合集。他给我推荐其中一篇他本人很喜欢的《古文观止》：

《宇宙通讯》五月十五日报道中国作家协会极乐天分会昨天开研讨会，讨论《古文观止》在中国文学批评发展史上的地位。参加这场研讨会的一共有四百多位上古、中古和现代作家。一位自称为子厚先生的推荐韩愈作研讨会的主席。既然《古文观止》的内容百分之十出于韩愈之手，此议案用口头表决方式通过了。在群众中逍遥的一只花蝴蝶哈哈大笑。

我一边翻看，一边听他略带沙哑又还浑厚的声音说："《古文观止》和《唐诗三百首》是我最不喜欢的东西。你应该自己去找，发现自己喜欢的东西。不要被别人牵着走。这不容易。但文学本来就是不容易的。"

我脑子里闪过他对李锐、曹乃谦的欣赏，他是在为他的文学发现之旅自豪吧？快速读到小说结尾："研讨会散了之后，韩愈气昂昂地回家去作《祭花蝴蝶文》(未刊)"时，我笑了，忍不住开了一个玩笑："那您不觉得诺贝尔评委会做的就是和《古文观止》一样的事吗？"

马悦然愣住了，"这不一样。"他十指相抵支在下颚，陷入了短暂的沉默。

后来他认真地回答："我们只是评选出自己喜欢的作家。诺奖得主不是文学世界冠军。瑞典学院不会劝任何人去读诺贝尔文学奖得主的著作。"

十月二十五号下午，正在上海访问的马悦然夫妇到了上海中学，等待他们的是礼堂里一千多名学生。这有点让他们吃惊。因为他们想象中是一间不大的屋子，几十百来人坐在一起，花几十分钟时间，共同读一读诗。

和学生一起读诗这个念头，源于诺奖的一个传统。每届的诺贝尔文学奖得主在颁奖典礼的第二天，十二月十一日，都会到一所叫林克比的学校去。那是位于斯德哥尔摩贫穷移民区的一所有年头的平民学校，那里的学生来自世界不同地方，最多的时候这个学校里可以听到93种不同的语言——瑞典保护移民和他们的母语。每年十月诺奖公布后，这所学校的老师会帮助孩子们找这名作家的生平资料，了解他的作品，然后用各人的母语写成一篇小传。然后，等十一日这一天他们会用不同的语言来念给这位来访的诺奖得主听。据说，这个场景让不止一个获奖者当场流下眼泪。

那天在上海中学，朗诵会之前，陈文芬送给学生一个礼物——一枚印有瑞典国王古斯塔夫三世头像的银元。陈文芬解释这个礼物的意义：这个银元价值150瑞典克朗，每个星期瑞典学院的十八个院士会开一次工作会，结束后得到一个银元作为报酬。她说，希望大家对诺贝尔文学奖，除了知道谁谁谁获了奖之外，还能有更多的了解，知道这后面的瑞典学院。这个学院是由18世纪的瑞典国王古斯塔夫三世于1786年参照法兰西学院模式创立的，其主要职责为保持瑞典语言纯正。那时这位国王害怕革命(法国革命即将爆发)，他提醒大家注意到在遥远的东方，有一个皇帝(乾隆)，他运用智慧、哲学来管理自己的国家，他希望自己的国家也可以这样运行，而不是一定要通过革命。当时他重视文化的一个举措，就是设立了三大学院：瑞典学院，瑞典皇家科学院，瑞典皇家人文历史考古学院。其中的瑞典学院和瑞典皇家科学院自1901年以来,受委托管理诺贝尔基金,评选颁发诺贝尔文学、物理、化学、生物奖。

陈文芬说:对于瑞典人民来说,重要的不是给出一个奖,最重要的是让世界知道,瑞典有一个知识人群体和阅读传统。

——在马悦然夫妇的上海之行中,在所有公开演讲和私人会面中,这成了我印象最深的一段话。

怕是受这话的触动,我再次翻阅马悦然那部投入感情最多的中文作品《另一种乡愁》,回顾他学中文的经历时,忽然意识到其中有一种我以前忽略了的东西,那就是——内在的平静。1946年马悦然读老子的《道德经》,1948—1950年他得到一笔奖学金到中国四川做方言调查,在峨眉山报国寺住了一年,学会了至今还会说的四川话;之前,他的老师高本汉,曾于1910—1911年在山西等地做方言调查。在不到两年的时间调查了33种主要是北方的方言,用比较语言学的方法整理了他的方言资料后,拟定了隋末唐初文人的"普通话",所谓"汉语中古音"。回国后,以此为基础慢慢完成了他的四册研究巨著《中国音韵学研究》。这两名师生在中国调研的时间,先后对应了中国两个改朝换代的时间段,而他们身上体现的,却是一个完全内在的、平静的学问秩序。莫非,这就是瑞典的平静?

我想起两次世界大战中瑞典的中立立场和两百多年没有战争的历史。再以这样的眼光去看诺奖的百年史,发现它几乎就是一部十八个人平静的阅读史。十八个人安静的、面对内心又面向世界的阅读,就这样慢慢形成了一种影响世界的力量。

我问马悦然,当1901年第一届诺贝尔奖开始评选时,瑞典不过是一个工业很不发达的北方穷苦小国,而这个奖项的视野却一开始就是以"人类"和"进步"为坐标系,要评选出"那些为人类进步做出最大贡献的人"。对这个小国来说,这是不是一个很大的挑战?

马悦然说:"当时瑞典学院大多数院士不愿意接受颁发诺贝尔文学奖的责任。他们认为瑞典作为一个欧洲偏僻又比较穷的小国没有资格担当这个任务。可是1884—1912年期间任瑞典学院常务秘书的Carl David af Wirsén是一个非常固执的人,也可以算是那时文学界的一个霸王。他成功说服了其他院士。当然,瑞典学院接受颁发诺贝尔文学奖的责任对加强这个小国的自信起很重要的作用。"

我冒出想对马悦然做一个"十八个人的阅读,一个人的阅读史"访谈的念头,但随后很快回国又陷于颁奖前大量事务和学术活动中的他,没有足够的时间来完整地配合我了。于是,一些不完整的交谈、有限的了解,构成了这样一个杂感和记录混合的文本。

关于瑞典学院,关于瑞典的知识人群体和阅读传统,陈文芬曾经查阅瑞文历史资料,写过两篇关于瑞典学院的文章。这里我且当个文抄公。

她谈到了当时锐意革新且才华横溢的瑞典国王古斯塔夫三世和他的母亲,"这一对才华横溢的母子纵横18世纪瑞典皇家学术历史,并且对后世起到深远的影响。"古斯塔夫三世想将瑞典发展为欧洲人文学术最傲人的国家。陈文芬谈到他设立的瑞典学院、瑞典皇家科学院、瑞典皇家人文历史考古学院三个学院的同与不同:其他两个学院的院士是退休制,瑞典学院院士是终身制;两个学院冠以"皇家"名称,瑞典学院建制则凌驾于皇家之上,略去皇家之名;院士席位有十八个名额,重要的诗人作家与戏剧家、学者同列院士,共同维护瑞典语与瑞典文学的纯净。

这个超越于皇家之上的学院发展至今,有着独特经济来源:

> 不冠以皇家之名,以显示它是完全独立的。要独立就要有良好的经济作为靠山。史家认为,国王是强烈的爱国主义者,他不愿

意瑞典学院将来向议会伸手拿钱。国王送给瑞典学院两大财库，一是把《邮局内政公报》赠给学院——这是西方最老至今仍在印行的报纸。1791年瑞典立法通过，凡政府通过的法案必得在该报刊登广告，否则法案无效，广告费用稍高，等于是一种文化专营权。近年因纸张昂贵，只印十二份供公立图书馆藏，订户得从网上阅览。学院经营此报岁收约有一千二百万克朗。二是北方一条大河Torne的马哈鱼很多，渔获利润很高，其专卖权属于学院……几年前，瑞典政府眼红《邮局内政公报》的所有权，一度主张权利属于政府。瑞典学院立刻聘请最好的律师准备到欧盟打官司，要争个明白。讨论一年多以后，瑞典政府自知理亏再也不提此事了。

陈文芬说：

> (古斯塔夫三世)所留下的深远影响，是瑞典在社会主义福利国家之外，保有一种古典美好文化世界的终极理想。如果真有所谓的"瑞典模式"存在，应将他的功绩包括在内。

让马悦然被我《古文观止》的玩笑冒犯，我有点歉然。但这个玩笑激励他仔细分辨出诺奖评选立足于阅读感受，而不是热衷于推荐之间的差别，也不是没有收获。

他本人确实是一个好读者。六十多年来，他既读纸上的中国，从《道德经》、《左传》、《诗经》、《楚辞》、唐诗宋词，到《西游记》、《聊斋志异》，直到沈从文、北岛、李锐、曹乃谦、莫言；也读现实中的中国，经历了六十多年的中国社会变化，在中国有过学术研究和工作的经历，两任妻子都是中国人，还曾因岳父是"右派"而成为不受欢迎的人不能入境。他的文字记忆为上世纪四十年代的峨眉山留下过一个珍贵稀罕的形象：报国寺的小和尚们每天黄昏时分用清脆的童音、高高兴兴地唱起一部忧郁的经文，"是日已过，命亦随减……"他也看到了这些年峨眉山的变化，那时候，"山上有二百多座庙子，都是活的，有和尚、尼姑。现在，有很多香火，但没有和尚，有为旅游的人准备的索道。大变样了……"

我问他过了这么多年，中国究竟对他意味着什么，他说："自从1950年我把中国当我第二个祖国，六十年中虽然经历了一些不愉快的事，我还是没有改变对中国的看法。对我来说，中国是四川，是1940年代的峨眉山，是1950年代还保有美丽胡同的老北京，是我的中国亲戚们，朋友们，是我爱读的李锐和曹乃谦的小说里的主人公，是辛弃疾浩然之气的词……"

陈文芬说，她私底下问过马悦然，莫言获奖他最高兴的是什么，马悦然兴奋地做了一个手势："——乡巴佬获奖了！"

马悦然对"乡巴佬"有感情。这个词生活中的来源是四川的生活，文字上的来源是沈从文，马悦然在沈从文那里学到这个词，理解了这个词中的骄傲与沉痛，以致这个词成为他理解、接近中国文学的核心词。他说："对我来说，像沈从文，曹乃谦和莫言那样的乡巴佬有别的作家不一定有的、一种我个人很欣赏的天真，一种纯洁……阿城能写一些非常神奇的东西，但莫言除了这个，还能回到小时候，回到纯洁童年。小莫言就像峨眉山的小和尚。"

在这次湖南文艺出版社出版的六种"曹乃谦作品集"中，有一册是马悦然、陈文芬与曹乃谦讨论翻译及出版相关问题的书信集，《温家窑三地书》。马悦然信中一段话也许可为"乡巴佬"做注解，他说："曹乃谦跟苏童之间的距离有一亿八十万里之遥。乃谦的小说，无论主人公多么贫穷，多么笨拙，他或者她还保存着一种中国农民固有的人道之根根。苏童的小说《米》是我所读的中文小说中最悲哀的一部著作。书中的人，男男女女，都坏透了，好像都盲目地走到没路可走的深渊。"

"人道根根"，可以和"乡巴佬"互为参读理解吧！

这个老外，多么深地眷恋着中国乡巴佬身上的"人道根根"！

六十多年了，世界发生了多少变化，国际汉学界也变了——"越来越少的学者攻读上古和中古中国文化，越来越多的学者搞的是当代中国政治、经济、社会学等等。"马悦然有些惆怅——但即将在斯德哥尔摩举办的诺奖颁奖礼似乎还没变，它仍然源于十八个人的阅读，仍然沿用着226年来的规则和礼仪。

"国王古斯塔夫三世原来想学院应该有二十个院士，等于法国学院的一半。因为他觉得'tjugo'（二十）不好听，就把院士们的数目改成十八个（aderton）。瑞典学院的院士们的责任当然很重，荣誉也算比较大。瑞典学院可以算是一个文学或者文化性质的俱乐部。除了夏天以外，院士们每一个星期四开几个小时的会，然后到学院自己的饭馆去吃晚饭。开会的仪式跟226年前完全一样的，唯一能用的称号是'X先生'或者'X女士'。院士们没有收入，因此他们保留原来的职业。每次开会每一个参加会的院士得一块银元。开完了会，院士们把那块银元换成150克朗，等于150块人民币。那150块克朗也得上税！除了诺贝尔文学奖外，学院每年还颁发相当多的奖与奖学金。开会讨论重要问题时，院士们的意见当然不会是一致的。有时比较平静的讨论会变成热烈的争论。可是开会后，吃完饭的时候，气氛肯定是和睦的。"马悦然说。

在长夜漫漫、日照时间只有四五个小时的寒冷北欧，人们即将迎来十二月份整个北欧最重要的节日。有音乐会，演讲，宴会，好吃的和好玩儿的，有隆重的宫廷仪式。"这些仪式两百多年没有变……讲究的服装、明亮的灯光、好听的音乐，诺奖对瑞典人来说，是一个大PARTY。"陈文芬说："十点才天亮，下午两点就日落了。大家必须做点事情，来熬过长冬，也许这就正是阅读的时机。"

散落在一碗浓汤里的华丽绮梦

梅思繁

从家门口沿着雨果大街向东走一百米,有一家小酒馆。酒馆里早上卖咖啡羊角包,中午供应简易套餐,下午出售的茶点通常是巨大的冰激凌球配淡奶油。柜台上陈列着各种彩票,当天各大报纸和地铁公车票。每天早上七点多,清洁工,超市里的搬运工,各大工地上的水电工、木匠,一个个走进这家灯光昏暗的酒馆。要一杯浓缩咖啡,配一个烤得有点发硬,没有牛油香味的羊角面包,开始躁动又浑浊的新一天。

我常常中午去小酒馆买报纸的时候,看见旁边超市里卖肉的男人,正坐在窗边喝着滚热的洋葱汤。卖肉的身材敦实却也算不上肥硕,永远红润发亮的双颊透露着乐观无忧的性情。男人鼻子下留着棕色的,微微上翘冗长绵延的老式胡子。他总是点同样的7.5欧元套餐,头盘洋葱汤,主菜乳酪煎蛋,甜点巧克力慕斯。他喝汤时专注认真的表情,让站在旁边的我很是着迷。男人把免费的长棍面包撕成一小块一小块,拿一块扔进汤里,用勺子把吸满了汤汁的面包连带着汤盛起,然后"咕噜"一声吸进嘴中。嘴唇上福楼拜式的胡子,让人第一眼看上去,以为是个条件优越的布尔乔亚。可是他对洋葱汤的迷恋和不厌其烦,却暗示着他底层劳动者的身份与职业。

洋葱汤在欧洲大陆的普及和流行,可以追溯到古罗马时期。因为洋葱生长对气候条件要求较低,种植技术也相对简单,所以历来就是高产量的廉价蔬菜。把不值钱的洋葱切碎,和隔夜老面包一起扔进锅里,炖熟以后再撒上些乳酪,就变成了农民们的果腹之物。汤里面因为加入了面包,于是显得越发浓稠厚重。一大碗浓汤下肚,即使是饥肠辘辘干体力活的人,也多少觉得这汤水扎实饱塞,让后面既无肉也无鱼的饭菜显得不那么寡淡。

对如今的法国农民、体力劳动者来说,有鱼有肉的正餐早已不算是什么梦想。然而洋葱汤依旧在城市底层阶级和乡村中甚是流行,因为它平价快捷,毫无矫饰地瞬间就能填饱人的肚子。卖肉的眼前的这碗黄色汤水,既无绚丽梦幻,更没有华彩浪漫。他一口一口咽下的,是实在与平淡。汤汁虽然甜美,却终归不至于跌宕起伏,也不会有让人心神荡漾的味觉体验。

不是所有人都会像长胡子红脸男人一样,安然地坐在渗着油腻的小酒馆的桌子前,不高不低,不偏不倚,心满意足地吃着平淡无奇的浓汤的。

福楼拜的小说《包法利夫人》里,有一幕以洋葱汤为背景,铺展主人公爱玛和她丈夫夏尔晚餐的场景。

这顿以洋葱汤为头盘的晚餐,发生在爱玛和夏尔从安德维烈侯爵举办的盛大宴会归来后,包法利家阴冷潮湿的厨房里。爱玛回到家,因为女用人没有准备好晚餐而大发雷霆。用人于是在哭哭啼啼中,做了一顿洋葱汤加炖小牛肉的晚饭。经历了整整一天一夜的喧哗繁闹,包法利先生对终于回到了自己家中感到如释重负。晚餐用罢,夏尔拿出自己在回家路上捡到的两根雪茄烟,模仿着上层社交圈里穿礼服带领结的子爵男爵们抽起了雪茄。可是夏尔是不会抽烟的。他被浓烈的雪茄熏得面红耳赤,吸一口呛两下,咳嗽连连狼狈不堪。雪茄烟非但不令夏尔看起来像与爱玛共舞的那个子爵一般风度翩翩,优雅性感,反而将其乡村小医生粗鄙笨拙的本真面目暴露无遗。这顿由洋葱汤揭幕的晚饭,最终以"爱玛一把抓起放雪茄的盒子,重重地往大橱深处扔去"而收尾。

不会抽雪茄烟的夏尔,让爱玛看到,自己嫁的男人,非但不是男爵子爵,更永远不会拥有贵族的气质与教养。他吸不了雪茄,也不会穿着闪亮的皮靴,恣意地驰骋在高大的马匹上。而桌上那碗洋葱汤,则多少向她宣告着,她生于农民之家,住简陋倒也舒适的房子,吃粗糙倒也饱食的饭菜,过小镇平淡如水的生活,是命运早就为她预备好的,属于她的平常岁月。

可是包法利夫人爱玛,她既痛恨洋葱汤,也就自然要想方设法竭尽全力将"平淡"、"平凡"、"平庸"这些字眼儿,彻底地从她的生活中抹去。爱玛寻找的,是在华丽殿堂中飞扬的梦幻人生。她年轻绚丽的生命与肉体里,应该写满了爱的激情与动荡。她等待自己的婚姻生活,如同车水马龙的圣日耳曼大街一般,令人振奋又神往。结果终日面对的,却是如同小镇街景似的,单调平乏淡然无味的琐碎风景。《保尔和薇吉尼》里,赤着双脚在沙滩上,向薇吉尼飞奔而来的温柔保尔在哪里?一本又一本小说里描写的流光溢彩,闪着银器充斥着女人们优雅香水气味的舞会又在哪里?青春美好如花,可为何现实给予她的,只有这一碗黄色汤水,和一个在岁月流逝中,身形逐渐变得粗圆,喝汤的时候还会发出"咕噜咕噜"声的男人?

小说里用到过的那些词汇,比如"醉人的幸福"、"激情"、"陶醉",她在安德维烈侯爵举办的舞会中,第一次真正地被包裹在其中。青草环绕下的意大利城堡,餐桌边女士衣衫柔软的芬芳混合着松露阳刚的气味,盘子里巨大的红色龙虾,细长高脚杯里晃动的清冷香槟……爱玛盘起的发髻上,插着一朵新鲜玫瑰,娇羞地微微颤动着。被明黄色长裙裹着的身体,在人群与炙热的空气中,显得有点不知所措,又有点蠢蠢欲动。无名子爵拉着她的手,滑着华尔兹的舞步,从长廊的这一端旋转到大厅的那一头。晕眩中,眼前的灯光,交错的眼神,温热的呼吸,一切都令她坠入灵魂深处期盼已久的愉悦与满足中。爱玛旋转的身体里此时燃烧着的,是她追寻已久的一个梦。

她在这梦中沉迷翻滚时,早已经忘记了,自己曾经是一个喝着洋葱汤长大,脚下鸡鸭成群的乡间农妇。

爱玛的父亲鲁奥是当地一个颇有积蓄的农民。包法利夫人从小在父亲的农庄里长大,眼前的景致是四处乱跑的母鸡,温驯的马匹和飞扬在窗户外的蜜蜂。因为田里的作物收成丰厚,鸡鸭也算长得肥硕,加上爱玛又是家里唯一剩下的小孩,于是农民鲁奥学着布尔乔亚们的样子,把十几岁的女儿送进修道院接受"小姐"式的教育。就这样,爱玛这个普通乡村农妇也学着贵族小姐们的样子,画素描,弹钢琴,读沃尔特•司各特的小说。修道院的生活赐予了爱玛一件不同于大多数村妇的华丽外衣。她的谈吐姿态,没有了父亲鲁奥的粗蠢愚笨。她拿起针线做女红时的纤细矜娇,也完全能以假乱真地让人以为,眼前坐着的就是哪家的名门闺秀。短短几年"小姐"式的教育,为她打开了一道微小的窥视得到上流社会华贵精致生活的门缝。让她从此向往的不再是乡间野风与潺潺溪水,而是巴黎剧院里的人头攒动,卢森堡公园里的悠然漫步和生命中那不经意又摄人心魄的不期而遇。她不知道的,是从那门缝里瞥见的一切风景,要么只是表象,要么是如同海市蜃楼般的幻景。

于是她学着小说里的女主角们的样子,把额头贴在玻璃窗上,若有所思眼神忧郁地凝视着窗户外的风景。只是窗外那一片,既非摇曳着的诗意芦苇,也不是满墙忧郁的爬山虎,而是一片被掀翻在地的粗豆角。

于是她学着小姐们的样子,矜持娇羞地弯下柔软的腰肢,替与自己初遇的乡村医生捡起他掉在地上的物品。只是她白嫩双手捡起的,不是散发着男人气味的手帕,而是一条用来当马鞭的牛筋。

粗豆角、牛筋和洋葱汤是属于爱玛的现实。对一个学会了画画、弹琴、女红的农妇来说,这乏味、乡野、粗糙的现实是有些"残忍"的。夏尔这个乡村小医生,能给予爱玛的,就只有洋葱汤一般的实在和温暖。他才智平庸毫无野心，既听不懂歌剧也读不来诗歌。他每天清早出门，替人看病开药出诊，在农民们开的旅社里吃上些煎蛋，晚上能带回家摆上桌的，是洋葱汤粗面包和炖牛肉。可是爱玛等待的，是侯爵餐桌上的芦笋鹌鹑和菠萝。

"她迷恋大海只为那浪花翻滚波涛汹涌的一刻，她喜爱青葱只有当它们零星散落在荒凉废墟中时……"夏尔对她来说，如同一路往前的平行大道，一眼望到底，既无变化，更没有惊喜、梦幻和刺激。

于是她又学着小说里的女人们，滑入偷情与出轨的情节中，企图在谎言、欺骗和偷偷摸摸的情欲爱恋里，找到那能够令她灵魂舒展如沐春风一般的汹涌海浪。

年轻的公证处的实习生雷昂到底腼腆，缺少经验。爱玛与他，虽然互生好感，但最终也只是暧昧相望，惺惺相惜。而阅人无数的鲁道尔夫，不但拥有看似贵族的生活方式和外表，更对爱玛这样拥有布尔乔亚浪漫梦想的女人的渴求希冀了如指掌。他拥有自己的城堡，热衷于骑马打猎，长得更是英俊高大。与爱玛的天真痴傻不同的是，鲁道尔夫在开始追求包法利夫人前，早已经想好，将来如何把这个女人甩手打发掉。对结局已经预计设想好的男人，于是认真地投入爱情游戏中。他的步步为营不但让自己轻而易举地就达到了目的，更令爱玛神魂颠倒，以为自己找到了今生注定的灵魂归宿。

爱玛·包法利终于拥有了一个情人，终于走进了曾经绝望般渴求的激情、快感与幻想中。夜晚花园长凳上与情人并肩而坐，她的头轻靠在他的肩膀上，唇齿间倾吐着痴缠爱语；清晨踏着露水，她像一头小鹿一样地奔向爱人的城堡，清新如山花般出现在他的床前……她既无担忧也无恐惧地将生命与热情燃烧消耗在这场妖艳又虚假的爱情中，现实和那碗洋葱汤变成了她倒映在墙上的一片阴影，她既看不见也就无心顾及，全然地将其抛在身后。

从最初为了遮掩自己的出轨，而对夏尔不得已的欺骗，到谎言渐渐地变成一种习惯、偏执和需要，带给她难以形容的快感与刺激。好像在编造那一个又一个的谎话时，她同时也在抒写自己的理想人生，证明自己的存在同样充满传奇与色彩。她既是如小说中那般似梦似幻的女人，经历着司各特笔下露琪亚与爱德加撕心裂肺般的爱情，她的裙子、围巾、手套、花瓶、手提箱，一切的摆设当然也应该充满了审美和品位，才好配得上自己荡气回肠的爱情故事。她背着夏尔借债，一张期票到期再签一张，所有的期票都到期后她就抵押家具房产⋯⋯

当爱玛以为自己正像一只燕子一样，轻盈舒展充满陶醉地飞翔在她幻想的天空中时，她没有想到自己眼前的这片海市蜃楼，在某个时刻终将忽然消失隐灭，等待她的是烂泥一般的现实。

鲁道尔夫像扔一块抹布一样，将她抛在阴暗潮湿的角落里。早已没有了昔日腼腆神色的雷昂，让她所有的等待都坠入尘土。一张张无法偿还的期票、三千法郎，五千法郎，国家税务官的来访正式宣告包法利夫人的破产。

墙上昔日的那一抹阴影，瞬间变成了有身有形的现实。反倒是她，此刻变成了一个渺小的影子。这现实里既无《保尔和薇吉尼》的温柔甜美，也没有《拉美莫尔新娘》中的高贵与悲壮。有的只是堆积如山的债款，一无所知的夏尔和一碗一尘不变的洋葱汤。

既然生时终归无法绚烂如玫瑰，那么逝去的那一刻一定应该饱含诗意，叫人心伤神碎。爱玛于是选择吞砒自尽，也就是人们常说的服砒霜。她以为自己火热的身体会在瞬间变得冰冷，好像圣女般平和纯净地躺在床上，忧郁却美好地离开这污泥一般的现实。她不知道因为砒霜中毒而死亡，绝非一时三刻能了结的事情。剧烈的疼痛让她曾经娇嫩的脸孔变得面目狰狞，粪便一般的呕吐物从她昔日鲜艳的双唇中喷洒而出，可怕的缺氧与痉挛，让她昨日依然白皙饱满的双臂如死尸一般干枯发青。

当她终于像疯子一样在癫狂中死去的那一刻，人生最后一个华丽绮梦,也虚无地散落在那一碗汤水中了。

守灵之夜,夏尔被她恐怖的尸体吓得魂飞魄散。神父与药剂师郝麦坐在她的尸体边,带着清闲聊着家常,吃着奶酪佐着面包。

几个月以后,包法利先生坐在花园里的长凳上,被茉莉花香与满心忧郁侵袭着,悄悄地死了。爱玛的女儿被送进棉花加工厂,赚钱活口。鲁道尔夫英俊如旧,骑马打猎,谈情说爱。没有医生文凭的药剂师郝麦,顶替了包法利先生,如愿以偿地当上了镇上的医生。即将成为公证师的雷昂,娶了一位富家小姐。小镇上的那条河流依旧一天天,平缓地流淌着……

据说福楼拜曾经对一位亲密友人吐露道:"包法利夫人就是我!她源自于我!"其实,我们中间又有哪一个不是爱玛?满心陶醉,认真执着地追逐着,一片虚无与空荡。

不变的,只有餐桌上那碗不起眼的洋葱汤。

那天我站在雨果大街的小酒馆外,手上拿着报纸,隔着玻璃窗看着咽下最后一口洋葱汤的长胡子红脸男人。他用面包块把碗里的汤汁刮干净,然后放进嘴中,边满足地嚼着面包,边等着后面的乳酪煎蛋。

追忆韩素音(外一篇)

董鼎山(美国)

　　我近年来一直在记挂着韩素音进入老年后的境况。妻说也许已去世,我说她如去世,报上与互联网上一定有新闻登出。果然,11月6日翻开《纽约时报》一看,讣闻版登有大幅韩素音去世的新闻。她享年96岁。记得约半年前,在华美协进社一个聚会中,有人把我介绍给素音(朋友们称呼她为ELIZABETH)的女儿蓉梅,我问长问短,只知她在瑞士家里休养,身体不错,有人照顾。我告诉蓉梅,我亦曾遇到她的女儿卡兰(KAREN),多年前我把素音、卡兰与我的女儿碧雅合照的相片,题名为"三个混血儿"。当时素音以纽约市为家,与她当时的丈夫陆文星(印籍)同住。我与妻女常与她们相会,有时她会请我们到她家附近一家意大利菜馆用午餐,我也结识了卡兰之父西尼(已与蓉梅离异)。他一度曾在好莱坞从事制片工作。

　　给我介绍韩素音的是我们共同的知友冯亦代。1980年中国改革开放后,亦代与诗人卞之琳是第一批获准应邀来美讲学 (哥伦比亚大学)的中国文化人士。通过素音与我,他们也认识了当时美国文坛的名人如诺曼·梅靳,寇特·冯内格 (KURT VONNEGUT),伯纳·马拉麦德(BERNARD MALAMAD)等。曾在延安采访过毛泽东的英国名作家白英(ROBERT PAYNE)与我相识,我们曾在他的一所宽敞公寓中开酒会,将两位中国作家与纽约作家介绍相识,他还异想天开地把来自中国的作家称呼为"来自另一星球的客人",令我们好笑。不过,后来他因政治意见不同与韩素音绝交。白英于1983年逝世,遗嘱请我将他的骨灰撒在中国长江。那年恰逢我回国探亲旅游,在长江三峡游轮上将他的骨灰撒在他所自称的"第二个祖国"。

回述韩素音,她一生出版了许多小说、自传以及撰写毛泽东、周恩来两部传记。为她赢得世界声誉的当然是曾拍成电影的 "生死恋" (片名 LOVE IS A MANY-SPLENDORED THING,书名少了 "LOVE IS"二字)。这部自传体的小说情节特别断人心肠。读者都知道韩素音是个混血儿,母亲是比利时籍,父亲祖籍四川。她先在英国学医,后来在香港行医。A MANY-SPLENDORED THING是她的第二部小说,小说出版并改编成电影,成名后,她弃医而专心于写作,一共出版了11部小说(其中两部是用法文),7部传记著作,包括1976年的毛泽东传记,与1994年的周恩来传记,7部有关时论。由于她的时论著作多是同情或称颂中共革命以及建国后情况的,许多读者与评论家都批评她是替中共仗言 (特别是在"文革"期间)的说客。她最尊敬的人是周恩来。

无论风云变幻,她对祖国前途命运的看法始终未变。1982年时,她向《华盛顿邮报》记者这么解释她对中国局势的感想:"我恐怕许多人都不明了我的立场。不过我不在意,如果十亿中国人民喜爱我的作品、以为我做得不错,我真的不在乎几个外国人不能了解我。"

我可把自己算作为这"几个外国人"之一,因为到了后来我也不了解她。我深深记得三十余年前那个纽约文学盛会的晚上,散会后,冯亦代、卞之琳与我和韩素音一起进入电梯,恰巧白英也同在一部电梯上。他与我打个招呼后,满脸轻蔑地不理素音,弄得我非常难堪。许多年后我想,他们虽见解不同,白英虽是外国人,他仍爱他的"第二祖国",不然他不会要我将他的骨灰撒在中国。

断电绝水的五天

　　星期五傍晚六点钟,客室突然大放光明,寄住在我家的两个外孙女(分别10岁、5岁)高声欢呼,我俩老也参加欢呼,将整个公寓中的十几台小灯、大灯都开了。我们突然觉得解放了,从窗外向隔街房屋观看,也是大放光明。水龙头也开了,我们最惧怕的是无水供应。

　　在飓风来临之前,老妻聪明地将两个浴室的浴缸与洗脸盆都装满了水。我们四口(女儿可在工作处健身房淋浴)就是靠这些储存水过活:制咖啡、烧热水、煮饭等等(幸亏煤气炉还可运转)。最怕的是唯恐储存水不够冲洗马桶。

　　吃饭不成问题,妻子将储存在冰箱中的食物都用光。叫外卖根本不可能,附近餐馆均关闭,即使叫来,送餐者怎么可爬上十一楼来?

　　老妻照顾家务与外孙女(经常吵架),我则希望有时间读完积攒下的报刊,可是日间时光短暂,到了下午6时,即无日光,一片黑暗。我最苦恼的是不能看总统竞选电视新闻,又无法开动电脑。所幸者是电话未受影响,经常有国内外亲友来电话问好。四弟名山从重庆来电,他说水电断绝是现代生活中无法避免的困难。这句话令我想到幼年时代那些农人的生活:他们没有电灯,没有自来水,照样可以生存。

　　四弟是在国内电视新闻上看到纽约市下半城断电,才来电询问的,我告诉他,其实纽约大部分居民未受飓风影响,女儿碧雅照样步行(地铁与公交车停驶)前往电视台工作,有时还要加班。她的公寓也同样断电。

　　我们俩老一向惦念外孙女,现在她们来了,我反而觉得受了她们吵扰。老妻蓓琪更忙了,整天在厨房里烧水做饭,还要调解外孙女的吵闹。她也已八十出头,我担心她身体过劳。电梯停了,我们又不能出外散步购物,又不能携带外孙女去家门对过的儿童乐园嬉戏。

停电次日刚好是万圣节(HALLOWEEN)。公寓中一年一度的儿童庆祝会被取消了。聪明的外孙女要自组游戏会,在门上贴了一张自画的布告,由外祖母领着去同楼与隔楼邻居家邀请儿童来玩。平时很少交往的邻居也与我们认识了。他们因为我们年老,常敲门询问我们有何需要,很令我们觉得温暖。他们都有亲戚在有电的纽约上城或西边居住,可经常前往沐浴。一位家住曼哈顿西边的朋友邀请我们前往暂住,但我们不能爬楼梯,只好谢绝。

不幸的灾祸常引起邻居甚至陌生人之间奋勇相助,在美国,这是人之常情。此次飓风所引起的水灾特别影响到新泽西州的居民,有的整栋屋子被飓风摧毁,有的地库进水,深达五英尺。许多退休的老人突然无家可归,此种情形引起社区邻居极大的同情,纷纷出手相助。当地政府靠了国库的资助,也设置或开放了学校大厅,收容无家可归者。最后的两天天气突然转冷,我们都在家穿上厚厚的毛衣。入夜时,我盖着棉被也觉不够温暖,和衣入睡,有时服了安眠药才得安息。

朋友问我这5天水电断绝,最不便处是什么?我的回答,没有电,除了电梯不动、电视与电脑及微波炉打不开之外,并没有极大地影响日常生活;没有自来水则是最苦恼的事,不能烧饭煮水,不能洗脸洗澡。最糟糕的是:不能用抽水马桶。到了最后寒冷的两天,热水打不开,早晨不敢起床,晚上和衣而睡。正如我住在重庆的弟弟所说,这是现代生活的惩罚。

穷人（外一篇）

乔叶

1

也许，这世界上只有两种人：穷人和富人。——是的，没有不穷不富的人，所谓的不穷不富，毫无疑问，也一定是穷人。

2

去穷人家里，不自觉地，我都会觉得松弛，觉得舒服，觉得怎么做都没有什么不合适。这种地方，这些人，还会跟我计较什么呢？我这么想。但是到富人家里，我就开始谨慎起来，端正起来，不自觉地告诫自己，要配得上这里的东西，不要惹人笑话……那么多人们啊，生来都是势利的，都嫌贫爱富，轻贫重富，笑贫羡富。

"重要的不是物质的富贵，而是精神的富贵。""精神的富贵才能真正地征服人。"——这样的话不知道是谁说的，似乎是有道理的。但是到生活中看看就知道，它的底子是多么的薄脆。精神的富贵若没有物质的富贵垫着，有几个人能看得见？在这庸俗的人世，多少人都只是被物质的富贵征服，且很满足于被物质的富贵征服？简直是过江之鲫，数不胜数。

3

便宜,打折,赠送……如此这般的广告噱头,无非都是在拿价格说事,从而刺激人去买东西。多直白、粗陋,乃至恶俗。所以,那句话就显得很高明:"你,值得拥有。"如此婉约,如此雅致,如此珍爱地奉承着你,宝贝着你:你,值得拥有。——似乎你天然地拥有一张资格证,而这张证的获得和钱没有任何关系。在听到的一瞬间,你尽可以陶醉在这样的气氛里,理所当然地顺应他们的推断:我,值得拥有。那么,以此荡来:××别墅,你,值得拥有;××牛排,你,值得拥有;××手机,你,值得拥有;××鞋子,你,值得拥有……无边无际的句式复制批发,排山倒海而来。但是,很快,那点儿短命的虚幻的情境,随即就撞碎在那块坚硬无比的巨型礁石上:没有钱,你,如何拥有?

这是繁华盛世吗?我只看到:满眼皆穷人,举世皆穷人。

4

经常见到一些演说家,口若悬河,滔滔不绝,讲解产品、推销保险、宣扬理念、辩驳不同政见……每当听见口才太好的人说话,我都有一种被压迫感。如果他们的表达实在是好,我会专注地听,会沉浸其中。他们的肢体、声音、气色、表情、眼神,连同那些消失在空气中的词汇,这一切都构成一种奇妙的氛围,我很愿意暂时忘了自己。但是,只要从这个氛围中出去,我就会立刻清醒,迅速地把刚刚听过的忘掉。这些人,我想,这些人怎么就这么能说呢?怎么就这么会说呢?这是多么可疑的事啊!

还有那些喜欢诉苦的人,只要有自认为合适的场合和听众,就会喋喋不休地诉说自己的不幸。"不幸福是一种耻辱。"这是阿根廷作家博尔赫斯的话吧。那么,把这耻辱再展示出来,就是双重的耻辱。也因此，当听到某人不止一次地复述自己的不幸，尤其是当着两个以上的人进行复述时，我就会觉得这种复述已经带有相当的表演成分——是的，单独的一对一的讲述，总还是稍微私密一些；这种私密总会显得庄重，即使是表演也属技巧较弱，接近于本色出演。从这个意义上讲，那些沉默的人，对自己的苦难经常保持沉默的人，他们无声的包裹和承受，往往让我尊敬。在沉默中尊敬。

——那些能言善辩的人，那些习惯倾诉的人，他们貌似富人——语言的富人。而其实，他们都是穷人。他们把财富都抹在了嘴上，所以成了穷人。而那些沉默者，他们恰恰相反，虽然他们的富都变不成钱，甚至是刀子，只会刺伤自己，但是，他们都是富人。

"我不能接受那些把苦难挂在嘴上的人。"那天，在茶馆，我听到有人这么说，那个男人冷冷地呷了一口茶，"把苦难挂在嘴上，就是没教养。人可以很苦，但不可以没教养。"

5

很多次，在街头，我看见那些女孩的穿着，有的一望而知就是暴发户，把什么好东西都堆在外头：耳朵上，脖子上，手腕上，脚腕上，头发上……丰富到啰唆，华丽到繁杂，生怕别人不知道。是那种满当当的穷。

可是，多么奇怪啊，那些雍容的，优哉游哉的，满不在乎的，总是表现出生来就是在享受富贵的人，在我看来，也是穷，是另一种穷：苍白的，单薄的，不堪一击的，穷。

和那些富人在一起时，我总是一眼就能看出他们富下面掩藏的穷。他们压不住这种穷，或者是富：给灾区捐款的数目，衣服的牌子，去哪些国家旅行过，住过多么高级的酒店，见过多么显赫的人……这些必须得提，一定得提。"该露不露，心里难受。该烧不烧，心里发焦。"——露和烧，在我们豫北方言里都是炫耀之意。露和烧的人，都是穷的。

也许，真正的富，只有这种：在穷中历练过，历练得很多、很深，然后抵达了富。这种富，才是最扎实的，最经得起推敲的，最有神采和韵味的，富。

多么希望自己能抵达这种富啊。至少，也要离这种富越来越近，越来越近。

6

有时候，听朋友们讲童年，讲少年，讲那些不靠谱的事。讲着讲着，大家都猖狂起来，欢乐起来，没心没肺地大笑着。回忆过去，总有一种很富裕的感觉。回忆是多么奇妙的事啊，首先是那么安全，因为已经是过去式，当然安全。其次是那么乖巧，让讲述者有着绝对的控制权，可以对它选择性遗忘、删节，甚至跳过；也可以随便篡改、装修，甚至颠覆性再造。总之，它就是一团橡皮泥，任人按照自己喜欢的形式去重塑。还有，最重要的一点是，回忆时，人们总是富裕的。能够留下来的回忆都是人们大浪淘沙淘下来的金子，这金子可供人们去置换宝贵的充实和满足。

回忆，让人成为富人。要不然人们为什么喜欢回忆呢？

然而，只有回忆乐趣的人，又该是多么穷啊。

7

忽然想起小时候，在乡村，夏季时分，下雨天，我坐在大门口看雨。透明的雨珠从天而降，忽大忽小，忽疾忽缓，带着浅浅的一层灰气。更多的时候是不大不小、不疾不缓，就那么雍容华贵地下着，像是大户人家的雨——富的雨。

有农人从地里回来了，淋着雨。有匆匆走着的，边走边骂着雨；有慢慢走着的，哼着小调，就那么湿着头发和衣裳。我就觉得，那匆匆走着的人，就是穷人。那慢慢走着的,就是富人。而像我这种人,这么看着雨的,就也是富人。而也有那么一些人,看着雨却丝毫没有知觉的,就是穷人吧。

穷和富,原来是时时刻刻都能感觉得到的,也是瞬间就可以变化得了的。你看那从银行出来取着鼓鼓囊囊现金的富人啊,他愁眉紧锁,就是一个穷人。你看那开着三轮车卖完了菜回家的农夫啊,他双手泥泞,却俨然一个富人。

8

"很多中国人,不休息,节假日也工作,拼命挣钱,挣钱后也不吃好的,穿好的,而是要挣更多。挣了很多以后就买房子,小房子,大房子……"那次,在饭店,我听见邻座这么说。我回头看,说话的是一个外国男人,显然中文很好。他说话的对象是一张中国面孔,那男人彬彬有礼地笑着,点着头。

是啊,很多中国人——绝大多数中国人,他们就是这个样子的。就是这么努力,就是这么励志,就是这么勤劳,就是这么辛苦——就是这么穷。骨子里的穷。即使是富,也富得那么穷。

穷得太久了。穷得太深了。穷得不能再穷了。

什么时候才能富起来呢?

托尔斯泰的声音

2013年9月,我来到了俄罗斯图拉州的托尔斯泰庄园。这是我第二次来俄罗斯,听说此次行程里有图拉,我忍不住欢呼起来——上次我就想去图拉,可是行程里没有。我一直想去看看托尔斯泰的家,也想象过很多次他的家,不恭敬地打个比方:仿佛那是我阔别已久、魂牵梦绕的老家。

果然很熟悉，前世今生般地熟悉。俭素的地下室，静穆的书房，似乎还有着淡淡体温的楼梯扶手；透过窗户向外望去，还有那一大片葳蕤清朗的苹果园。只有一样出乎意料：那窄小得不可思议的床。我甚至觉得，如果躺在那床上，一翻身就会保不齐掉下来。

据说是为了禁欲。也就是说，床之所以这么窄，就是为了让人躺着不那么舒服。

"你以为都像你们呀，在豪华席梦思上翻来滚去、物欲横流的。要么人家怎么是托尔斯泰呢？"有朋友揶揄。

好吧，托尔斯泰就是托尔斯泰。这窄小的床也让我觉得亲切起来，正如他早年的放荡也让我亲切。相比于四面光八面净完美无瑕的神，我更爱犯过错误走过弯路做过蠢事的神，因为他来自于人，和我一样的人的肉身。《日瓦戈医生》里那段话说得甚合我心："我不喜欢正确的、从未摔倒、不曾失足的人。他们的道德是僵化的，价值不大。他们面前没有展现生活的美。"

走进一个很小的房间。窗帘低垂，阳光淡照。随行的翻译突然停下来，示意我们噤声："下面，有一份礼物，要你们用耳朵接收。"

礼物？用耳朵接收？

"你们要听到的，是托尔斯泰的声音——一百年前的托尔斯泰的声音。"她说。

很快，墙角的留声机被打开了。有杂音滋滋滋地传来，我的身体微微地颤抖起来。

一个声音出现了。

………

是俄语？英语？抑或是法语？都有可能，托尔斯泰精通十几种语言。可无论是什么语言，我都听不懂他在说什么。一句也听不懂。可是我一直微微颤抖着，泪水盈眶。我面朝墙壁，背对着人，不想让别人看到我的神情。不，我一点儿也不是为此感到难堪和羞耻，我只是不想让任何人打扰我，在此时此刻。

我听着他的声音。是的，这是他的声音。这是托尔斯泰，是他。这声音一点儿也不亢奋、激昂。它平静、沉厚、苍哑，甚至还有一些疲惫。听着听着，有孩子们稚嫩的声音出现了。翻译说："这是托尔斯泰在和庄园农奴的孩子们说话。"我终于确认：托尔斯泰说的是俄语。和这些孩子们说话，他当然要说俄语。

留声机被关掉，我随着人流向前走着，耳朵里依然回想着他的声音。快走出房门的时候，我回头看了看那台留声机——这是爱迪生1907年送给他的礼物。感谢爱迪生，不然我不会觉得如此满足——我最满足的当然是托尔斯泰的文学，不过虽然他的文学是他的灵魂精髓，虽然他的文学是那么伟大、那么慈悲、那么温暖，可是请原谅我这庸俗的人吧：在他的文学之外，我还是想亲近一下他身体发肤的那一切：他的房子，他的衣服，他的床，他的苹果园，他的墓地，他的照片和画像，他的鞋子，他的哑铃，他的钟表，他的笔记本，他的声音……所有这些都印证着他的尘世履痕，都印证着他和我一样的人的肉身。

也因此，我如此珍爱他的声音，不，也不仅仅是如此。他的声音对我的意义绝不仅仅是声音。他是一个怎样的人啊：他是父亲一样的人。在他死后，"俄罗斯人感到自己成了孤儿"，这是托尔斯泰研究专家安德烈的话吧。而高尔基也曾说过这样的话："只要这个人还活着，我在这个世上，就不是一个孤儿。"

他是俄罗斯人的精神父亲，也是我的——作为一个少年失父的人，这么多年来，我在物质层面早已经自足，精神上却一直都在寻找父亲。托尔斯泰是我最早确认的精神父亲，大父亲。

是的——相比于这个大父亲，很幸福的是，我还有一个小父亲。在认定了他之后，我请求他认养我的心灵。我对他重述了一遍高尔基的话，然后说："你对我的意义亦如是。"他沉默了一会儿，以最简洁的一个字作了应答："嗯。"

辑三

散文 海外版

Essay
Overseas
Edition

2013—2014 精品集

太鲁阁朝山行

余光中

1

一程朝山之行,前后三日。第一日中午飞到花莲,入市内领到一辆七人座Serena休旅车,正好坐满我一家七人:飞黄和姝婷留在康州大学,和去年一样,未来。

第一日下午匆匆驶入太鲁阁公园,天色已晚,不敢流连太久,便去订好的民宿入住。

夜色中,最先欢迎我们的,是犬吠。主人大声喝止。便换了一只黑纹的花猫来磨蹭客腿。后来主人告诉我们,他家一共有五只狗,五只猫,至于家人,也是五位。这才是真正的民宿:旅舍就是主人的家。

这家民宿是一排整齐的平房,朴素之中不失干净与舒适,最可喜的是灯光明亮,浴室宽坦。我们一家七人,分住三房,地板是陶砖,可以赤脚而行。那天风大,很冷。我们在外面的大草地上,仰见木星,虽极璀璨,却不闪烁。夜间大家在餐厅打一种"猜牌",其底牌均为名家所绘,多属超现实主义风格,意识乱流,动人遐想。主人的两个女儿,米妮观战,米琪发牌,十分可爱。

入夜更冷,深恐一床羽绒被不够御寒,又向女主人要了一床。不料羽绒被果然够暖,就备而未用了。熄灯后,天花板尚有微光,不致全黑。第二天还是大晴天,朝霞艳丽照进室来。这才发现,原来是天窗,十分惊喜。

早餐清淡简单,有大杯豆浆,来配芭乐、煮蛋、香肠、番薯、面包、生菜。大家一夜熟睡,清晨空气又纯净,更吃得津津有味。餐厅墙壁下有长窗,上有两排气窗,当真窗明几净,高轩自有逸兴。壁上大书"乐山"两字。我曾抗战时期迁蜀,曾居乐山七年,倍感乡情亲切。主人夫妻根据自己的心意念出,显然是取仁者乐山之意了。

主人名叫吴廷书,谦逊坦率,有古隐士之风。女主人也安详亲切,与主人天然默契。问吴先生乐山民宿的地理位置,他说属于"太鲁阁公园"管辖,但在辖区北境。我又问他治安如何,他笑答说,一向宁静。又问他一个蠢问题,是否也去外国度假。他说没有,要照顾"乐山民宿",简直没空。

早饭后我们收拾行李,装上休旅车。仰见半轮下弦月,莹白当空,朝阳虽已金艳,仍未减却清辉。只可惜市井之人忙得只顾红绿灯交眨,甚至只顾低头收看手机,把造化的神奇天机,竟然都错过了。

主人送我们到车旁,主客话别,有些依依。我问他的隐居究竟有多大。他潇洒地朝山坡上一挥手,说一直到山顶。顺着他的手势,我瞥见的是满坡的竹林与杂树,几只雨燕正斜斜向上飞去。后来核对地图,推想这一带应该是在清水山下。

2

第一天因为暮色逼人,匆匆来去,第二天上午就专程深入,去探太鲁阁的肺腑和关节。这一探,简直是探险,不仅路窄而弯,下临深谷,而且危石绝壁当空,雨后或逢地震,落石岌岌难防。小落石毋是大落石的前兆,毒蛇、毒蜂更是屡见。同时海拔愈高,气温愈低,氧气稀薄,气压降低，易患"高山症"。因此园方沿途设站，为行人发放白漆钢盔。我们错过几站，被迫只凭血肉之躯、赤露之顶去试运气。

车到锦文桥，红柱高擎的牌坊下，车队首尾相衔，东西横贯公路便从此西去，而潺潺夺路的立雾溪，上下游落差一千公尺，日夜不休，正向东泻来。从此西去，海拔愈来愈高，地势愈来愈险，岩石愈益托大，天空愈益缩小，正是古代画家梦寐以求的奇景绝胜。光有石还不算，得有活水来激发太古原始的静趣。王思任的警句："天为山欺，水求石放"用来形容太鲁阁险中寓美之奇，再真切不过。此情此景，令我又想到我少年时顺流而下的巴东三峡。不过此际正值岁末，雨水不多，立雾溪也不可能慢慢顺谷而下，所以倒可以想象成一串岸促水浅的三峡：当然太鲁阁不闻砧声，也无猿啼，更不会有船夫逆流而拉纤，但是三峡也不会像太鲁阁这样把绝壁凭空凿出了一连串的隧道。有些隧道是传统的首尾贯通，有些在向溪流的外侧仅以疏疏的水泥立柱支撑：贯通的该是山的回肠，侧空的就是山的肋骨了。

似乎还嫌山客的眼睛不够忙，隔着中间的洞谷，对面的大幅绝壁，不仅来龙去脉，或纵或横或斜迤，暴露出元气沛然的大斧皴法，更赫然开出了岩洞，大小不一，深浅有异，就是所谓的燕子口了。可让燕子像乌衣武侠一般出没的水帘洞，我在巴西的伊瓜苏大瀑布曾见识过，其数却不如太鲁阁之多。

"山从人面起，云傍马头生。"李白的名句忽来唇边，尤其是上一句，最切合太鲁阁了。东西横贯公路是向造化争地，硬讨过来的一线文明，像一条陆上的运河，通车而非通船，贯通了台湾海峡和太平洋。自其虚者而观之，则又像一条曲折的腰带，系在多少皱褶的峻坡甚至绝壁上；若用地图思考，就成了一道几何美学的等高线。

为了打通中央山脉重重的关节，穿越花岗岩顽固的帝国，当年与石争地，牺牲了多少开山的壮士。"地崩山摧壮士死，然后天梯石栈方钩连"！今日安枕在豪华的游览车上，旅客向荣民的亡魂默祷致敬。其实道旁虽有低栏防护，毕竟逼近危崖，只见峰回岩转，不知轮托何处。何况头顶岌岌的落石，一时失衡，就会祸从天降。真是一程过瘾的自虐。

东西横贯公路是一把刻骨的雕刀，绝情地指向陡坡的筋骨挑剔出来的穴道。"山从人面起"虽为修辞之夸张格，仍不足状其逼迫，因为有些段落的山壁不但逼人脸颊，而且低压在人头顶，不但是绝壁，简直成了倒壁，咬牙切齿，极尽威胁之势。

那天我们受尽威胁。峰回路转，穴闭洞开，惊多于喜。往往一个突转，阴阳乍变，和骤遇的山貌打一个照面，车中人不约而同猛发尖叫。我们把自己都交给车，不，交给开车的佩珊。就这么，一路探到天祥才回花莲。

3

第二天我们投宿的是花莲市西南方寿丰乡的葛莉丝庄园。其地不在海边，也不在山上，却不乏园林之趣。半下午我们入住其中，英国式的下午茶已端上遮阳伞蔽荫的圆桌，在等待饥渴的高雄客了。一人份包括一块肉桂香味的松糕，一块爽口甘津的柠檬糕，和三种花茶。肉桂糕嫌韧。我吞下了柠檬糕，并佐以薰衣草茶，情调有点像我译过的《不可儿戏》。

庄园大而平坦，水汽沁人的明媚池塘曲折成趣，却容得下两个岛。岛上、塘边树荫绿意不断，白鹭栖息其间，禅意悠悠，一只鸭子往来其间，也俗得可爱。我们两代人：为政和珊珊、幼珊、佩珊、季珊，再加上两个男人（大女婿栗为政和我），终于懒慵慵地或坐或卧，憩息在原色木板铺成的看台上，只等时间到了，去镇上晚餐。

吉安乡、寿丰乡这一带土地平旷，暮色来时，近山巍巍，半已昏暗，但远峰峥嵘仍在受日，不甘沉沦，仍在近山环翠的疏处，露出半顶俯窥着我们。这种野趣，城里人当然是久违了。民宿在台湾各地兴起，一方面固然因为羡慕西欧工业之余犹能享受田园，另一方面在本岛残山剩水的环境里，深愧对不起皇天后土，又渴望重温田园的孺慕，穷中作乐，不，富而不乐，民宿成风，也算是一种怀古悔过的挽歌。

理想的民宿，该是整洁、朴素、自然、健康、方便，而又亲近造化。若是过分舒适，刻意装饰，甚至山珍海味，亭台楼阁，就太五星级了，其罪反如豪宅。

我们在葛莉丝庄园的民宿，颇有亲近自然的风雅品味。设备近于日式：玄关脱鞋，床低近地，纸窗拉门，石池入浴，木架踏脚；后门推出去是窗明几净的水榭敞轩，可以在水光中品茗下棋。池中颇多锦鲤，夜里偶闻扑刺。

游客有好几家，车辆散停于落羽松间，松针满地，踏之簌簌有声，视之锈红有色。此行就地租车，但真正掌方向盘的，仅幼珊与佩珊：她们轮流开车，不在方向盘后的一位，就调整卫星图，或负责核对地图。美、加回来的三位：为政、珊珊、季珊，既无台湾驾照，又无应付机车经验，就免役了。至于我这位老爸，年轻时曾经带了全家纵横北美洲，近年只开近途，这次就算要抢方向盘，显已不孚众望，遂被架空了。

飞越密西西比

毕飞宇

2006年8月,就在我来到爱荷华的第二天,在一个酒会上,我认识了本·瑞德。这个年轻的美国人出生在加州,念小学的地方却是北京。在一大堆说英语的人中间,突然冒出来一个"京片子",我的喜悦是可想而知的。本·瑞德是个纯爷们儿,说话直截了当,他说他来参加这个酒会只有一个目的,问问我这个"爱运动"的人"想不想开飞机"。我刚刚来到美国,人生地不熟,好不容易逮着一个会说北京话的美国人,我怎么能放过呢。我想都没想,说:"当然。"老实说,我并没有把这句话当真,我是中国人,拿什么话都当真,我还活不活了?

第三天还是第四天,是上午,本·瑞德来电话了,问我下午有没有时间。我说有。他说:"那我们开飞机去吧。"我没有想到事情来得这样快,心里头还在犹豫,嘴上却应承下来了。还没有来得及摩拳擦掌呢,聂华苓老师的电话却来了。我兴高采烈,告诉她,我马上就要开飞机了。聂华苓老师的反应大大出乎我的意料,她不允许。她的理由很简单,我是她请来的,"万一出了事怎么办?"她的口气极为严厉,似乎都急了。我为难了。飞还是不飞? 这还成了一个问题了。

我的处境很糟糕,无论我做怎样的决定,都得撒一个谎,不在这一头就在那一头。可我得决定。我的决定很符合中国文化:在兄弟和母亲之间,一个中国男人会选择对谁撒谎呢? 当然是母亲。先得罪母亲,然后再道歉。

——我哪里能想到呢,小小的、只有6万人口的爱荷华,居然有四个飞机场。这些机场既不是军用的也不是民用的,它们统统类属于飞行俱乐部。事实上,许许多多的美国成年人都是飞行员。我对本·瑞德说:"你们美国人就是喜欢冒险哪。"本·瑞德却不同意。他说:"我们其实不冒险,我们很相信训练。"

我终于来到飞机的面前了,严格地说,这只是一架教练机,总共只有两个座,一个主驾,一个副驾。很窄,长度也只有4米的样子。飞机的最前端还有一个四叶(也可能是三叶)螺旋桨。

当然,我坐在副驾上。机场上空无一人,我们的周围更是空无一人。就在发动之前,本·瑞德大喊了一声:"前面有人吗?"无人回应。本·瑞德又喊了一声:"后面有人吗?"还是无人回应。——本·瑞德的这个举动无厘头了,明明没人,你喊什么喊呢?可本·瑞德告诉我:"必须大声问,规则就是这样。"我想了很长时间才把这个无厘头的问题想明白:"看"是一种纯主观的行为,它与外部并不构成对话关系。所谓"规则",它是针对所有人的,不可以有身份上的死角,不可以"依据"个人的"感受"。飞机终于升空了,为了奖励我这个远方的客人,本·瑞德首先做了一个游戏,他把爱荷华的四个飞机场统统给我"趟"了一遍。下降,滑行,再起飞。我很喜欢这个游戏,每路过一个机场,我们都像在汽车里头,远远地望着一排简易的建筑物,然后,汽车一蹦,上天了。

我给本·瑞德提了一个要求,我想去看看聂华苓老师家的屋顶,她老人家都不一定看过。我知道的,聂老师的家坐落在爱荷华河边的一个小山坡上,我们很快就找到了。飞机在聂华苓老师的屋顶上盘桓了好几圈。因为盘旋,飞机只能是斜着的,错觉就这样产生了,整个爱荷华全都倾斜过去了,房屋和树木都是斜的。很玄,是古怪无比的天上人间。——因为错觉,世界处在悬崖的斜坡上了,一部分在巅峰,一部分在深谷,安安静静的。只过了一分钟,世界又颠倒了,巅峰落到了谷底,而谷底却来到了巅峰。就像特朗斯特罗姆所说的那样:"美丽的陡坡大多沉默无语。"是的,沉默无语,世界就这么悬挂起来了,既玄妙,又癫狂,这可是怎么说的呢。——说到底,眼睛从来就不真实,我们的"视觉"从头到尾都只是一个习惯,习惯,如斯而已。因为飞机小,飞行的半径也小,没几分钟,我就晕机了。我说:"咱们还是走吧。"

本·瑞德把飞机拉上去了。借助攀升,飞机附带着飞出了爱荷华市区。现在,我可以好好地俯视一下美国的大地了。在哪一本书呢?反正是关于哥伦布的,我曾经读到过这样的句子——他来到了一块郁郁葱葱的大陆。"郁郁葱葱的大陆",多么迷人的描述,就这么简单,如诗如画,如梦如幻。在经历过惊涛、狂风、阴谋、反叛、饥饿、疾病、死亡和绝望之后,一本书再也找不到比这更好的结尾了:他来到了一块郁郁葱葱的大陆。

我要感谢小飞机的飞行高度,3600米。相对于我们的视觉而言,3600米实在是一个恰到好处的数据。1912年,瑞士心理学家爱德华·布洛发表了他的重要文献:《作为艺术因素与审美原则的"心理距离"说》,从那个时候起,"美是距离"就成了一个近乎真理的"假说"。是的,审美是需要距离的,讲故事的人就最懂这个:好的故事要么在"从前",要么在"多年之后","昨天"与"今天"的事,只适合"本报讯"和"本台消息"。可我并不那么佩服瑞士的心理学家,他的发现一点也不新鲜。我们的苏东坡在一千年前就这么说了:不识庐山真面目,只缘身在此山中。

我不知道"作为审美距离"的"心理距离"应当如何去量化,但是,转换到物理空间里头,作为一种俯视,3600米实在妙不可言了。大地既是清晰的、具体的、可以辨认的,又是浩瀚的、莽苍的、郁郁葱葱的。是的,郁郁葱葱。我知道的,这个郁郁葱葱可不是哥伦布的郁郁葱葱,它是自然,更是人文。准确地说,是康德所说的"人的意志",是大地之子对大地郁郁葱葱的珍惜和郁郁葱葱的爱。

我不会把一切都归结为"历史",但是,"历史"的确又是无所不在的。大地是什么?它还能是什么?它是历史的肌肤。那句话是谁说的?我怎么就忘了呢:"拥有辉煌历史的人民都是不幸的。"我就不说人民了,我只想说大地:历史越好看,大地越难看。

飞机到达最高点之后,它平稳了。本·瑞德突然给了我一个建议:你来试试吧。我当即就谢绝了,飞机上不只有我,万一出了事,那可不是闹着玩的。当然了,毕竟是教练机,如果换着我来驾驶的话,委实很方便的,连位置都不用挪。——所有的仪表都在我们俩的正中央,我可以看得清清楚楚;至于操纵杆,那就更简单了,主驾室里一个,副驾室里一个。只要本·瑞德一撒手,我接过来,其实就可以了。

本·瑞德没有坚持,似乎突然想起了什么,他对我说:"我们去密西西比河吧。"我问:"需要多长时间?"本·瑞德说:"大约一个小时。"那还等什么呢,去啊。

我们抵达密西西比上空的时候,太阳已经偏西了。大地依然"郁郁葱葱",可是,就在"郁郁葱葱"里头,大地突然亮了,是闪闪发光的那种亮。这"亮"把"郁郁葱葱"分成了两半。因为折射的关系,密西西比一片金黄。它蜿蜿蜒蜒的,慵懒而又霸蛮。我的记忆深处当然有我的密西西比,那是马克·吐温留给我的——商船往来,热闹非凡,每一条商船的烟囱都冒着漆黑的浓烟。可是,我该用什么样的词语去描绘我所见到的密西西比呢?想过来想过去,只有一个词:蛮荒,史前一般蛮荒。

蛮荒,史前一般的蛮荒。许多粗大的树木栽倒在岸边,偶然出现的沙洲上,傲然挺立着一两棵孤独的大树,浩大的寂静匍匐在这里。温克尔曼说,"高贵的单纯,静穆的伟大。"那是评价古希腊艺术的。我想说的是,公元2006年,一个如此"现代"的社会,它的母亲河居然是洪荒的,这是何等壮阔、何等瑰丽的一件作品。造就它的,不仅仅是"历史",也还有"现代"。我震惊于密西西比的蛮荒,原始、神秘、单纯而又伟大。

我对本·瑞德说:"我们就沿着密西西比河飞行吧。"可是,本·瑞德把话题又绕回来了,他说:"你还是试试吧。"我依然不肯。本·瑞德说:"你还是试试吧,说不定你这辈子就这么一次机会了。"

我要承认,本·瑞德的这句话打动我了。我开始犹豫。我想是的,本·瑞德的话也许没错,这样的机会不是随便就有的,我得把握。我的手终于抓住操纵杆了。本·瑞德撒开手,关照我说:"一旦出现问题,你立即丢开,什么也不用管。"

我终于驾驶飞机飞行了,我的注意力全部集中起来了。集中起来干什么呢?重新分配。驾驶飞机从来就不是一个"单一"的行为,你得处处关照。你必须时刻关注飞行的高度、速度、航线、本·瑞德替我翻译过来的塔台指令、舷窗外的前后左右。当然,最重要的关注还在手上:飞机的操纵杆可不是汽车的方向盘。如果说,汽车的方向盘只管左和右的话,那么,飞机需要控制的还有上和下。还有一件事我需要强调一下,飞机是悬浮的,它实际的飞行动态和你手上的动作存在着一个时间差,在你做完了一个动作之后,它要"过一会儿"才能体现出来。

我想我还是太紧张了,人一紧张,他的注意力就很容易"抱死",我太在意"推"和"拉"——也就是飞机的上和下了。是的,我害怕飞机处在突然攀升或突然俯冲的状态之中。上和下问题总算被我控制住了,可是,我再也顾不得左和右了。在我"左转"或"右转"的时候,我的动作都是临时的、补救的,过于迅猛、过于决绝了。这一来,飞机飞行的样子可想而知了。它摇摇晃晃,不停地摇摇晃晃。我又想吐了。飞行对健康的要求我想我是领教了。密西西比就在我的眼皮底下,可是,对一个一心"想吐"的人来说,他的眼睛里头哪里还能有"风景"呢?

任何事情都可以从两边说,这是"相对主义"具有超级生命力的一个重要缘由。因为拙劣的驾驶,我的飞行反而有趣了,一会儿在密西西比的左岸,一会儿在密西西比的右岸。可本·瑞德是镇定的。无论我的飞行怎么"玩心跳",他都心安理得,笃笃定定地望着窗外。老实说,我真的很想把飞机开回到爱荷华去,可是,不能够了。一个哈欠都可以让你吐出来。

在后来的岁月里，我时常回忆起我的丑陋的驾驶。我知道了一件事，集中注意力固然是一件不容易的事，可是，把注意力集中起来之后再有效地分配出去，生命才得以舒展，蓬勃的大树才不至于长成一根可笑的旗杆。我们把话题往小处说，就说写小说吧，写小说的"第一行为"当然是打字，你必须把你的注意力集中在语言上，可是，这不够，远远不够。你的身边还有许许多多的"仪表"呢，你得关注它们，你必须在关注语言的同时，时刻关注人物、人物与人物的关系、人物性格的发育、环境、人物和环境的关系、思想、思想的背景、情感、情感的背景、故事、结构、节奏、风格，甚至勇气。写作是一个大系统，在这个大系统里，我们的注意力可不能"抱死"，一旦"抱死"，你只能"摇摇晃晃"，自己想吐，别人也想吐。平稳的飞行看上去最无趣了，但是，这样的"无趣"考验的正是我们的修炼。再别说狂风暴雨了，再别说电闪雷鸣了。

我真的驾驶过飞机吗？老老实实地说，我没有。我"貌似"驾驶过一次飞机，那是因为我的身边始终坐着一个人，他离我最近。我始终感谢和我"最近"的那个人，他的镇定里有莫大的友善和信任，近乎慈悲了。善待这个世界，信任这个世界，许多不可思议的事情就这样变成了现实。

飞行回来的当天晚上，我来到了聂华苓老师的家，我把下午发生的事情都告诉了她。聂老师很生气，后果很严重！她张大了嘴巴，伸出了她的一根手指头，不停地点。聂老师的个子不高，肩膀也不好，胳膊抬不高的。我低下我的脑袋，一直送到她的跟前。聂老师的食指压着我的太阳穴，狠狠顶了出去。

汪星人记趣

高洪波

我曾养过六条狗,六个"汪星人",六条狗与我相伴时间全加起来也比不上第七条名叫"谷子"的牧羊犬。

谷子今年已经十岁了,换句话说,它在我家已生活了十年,十年一觉扬州梦,够长的。据说狗的一岁相当于人的七岁,如此说来,谷子今年七十整,资格显然够老够深,在人类社会,它已年近古稀了。

谷子刚进我家时才一个月大点,懦弱胆怯的模样,小可怜一个。在它之前我养过斑点犬斑斑,可卡犬库克,还有西施犬乐乐,腊肠犬豆豆,日本秋田犬大白,德国小猎犬克斯腾。当然,要说明的是这些狗不是同一时期在我家生活的,否则会让人误以为我是一个狗贩子,其实当时我家仅有一百多平方米的空间,除去人类生存需要,也仅够一只狗活动,注意:是正常活动,而不是剧烈运动。

谷子前面的六位前辈,好几位都是我家的匆匆过客,譬如乐乐,养了一个月后送给科幻小说名家郑文光先生,成为陪伴他晚年的最佳伙伴。后来我写了一篇怀念它的散文《小犬乐乐》,乐乐一点不在意。送走一年后,我与妻子去郑文光家做客,长大了的乐乐居然不认旧主人,抽冷子在我妻子手上咬了一口,害得她大过年去打预防狂犬病的疫苗,让防疫站的看门老头好一阵数落,很没面子。

还有腊肠犬豆豆,养了半个月后被小说家、电影导演兼猎人,同时是我科尔沁的乡党江浩看中,抱回家更一洋名"坎贝尔",一个美丽的世界名模,江浩心中的偶像,从此坎贝尔享受极高的待遇:乘车时坐在副驾位;吃饭时替江浩守定席位兼首尝各种美食;江浩每年都回内蒙古草原渔猎,坎贝尔勇猛猎兔追鸡,把一只腊肠犬的强势尽情发挥出来。同时由于江浩训练有方,坎贝尔居然能出门叼报纸取信件,充当了一名四条腿的邮递员角色,在小区内名声大振。

说到江浩,便不能不说另一位女小说家陈染,他们二位与我的养狗生涯关系密切,尤其陈染,曾把一只聪明的斑点犬斑斑交到我手里,从此演绎出来一个有趣万分的故事。

陈染现在饲养着一只叫"小三"的贵妇犬,她用深情的文字描写着小三的各种形状,表达出女作家对小动物浓浓的爱。小三的前辈斑斑,因为过于调皮和不服从陈染的管教,她无奈之下送给了同楼相住的我,同时还陪嫁有两桶皇家狗粮与一个童话中才有的狗的小木屋。

斑斑真的极其聪明,它出现在我家时正值美国影片《一百零一只斑点犬》全球热映,这部动物喜剧影片替所有的斑点犬做了顶级的广告,事实上斑点犬真的聪明,斑斑一来我家,就表现出非凡的才艺,它会坐,会握手,能热情待客。可是它害怕孤独,不能一个人在家待着,否则就会捣乱——最典型的一次是我们下班回来,进门发现满地是白色的卫生纸,仿佛大雪纷飞的场景,原来为排遣孤独,斑斑叼出所有能找到的卫生纸卷,然后在地上逐一拉开,形成十分怪诞的后现代派艺术效果,这就是斑点犬斑斑释放孤独的一种高超手段。还有一次更过分,斑斑在无纸可拽的状态下咬断了电话线,咬坏了电视控制器、音响控制器、电扇控制器,或许它无聊时想看电视节目吧?可后果却让人不寒而栗。后来,斑斑的顽劣一发而不可收,它对毁坏遥控器仿佛有特殊爱好,我不断地买,它不断地咬,不管放在哪里它都能找得到,我甚至怀疑斑斑是电器维修商派出的卧底,它让他们赚了我不少钱。

斑点犬的确是精力旺盛的狗,据说它的族群在原产地每天须跟在马车后面奔跑三十公里才惬意,这样一个活泼的犬种,在我家显然被囚禁得十分苦闷。于是我替它寻找到一个新主人,这个主人居住的空间够宽够大,更重要的是这个主人的女儿在北京郊区有一幢房子,足够让活泼的斑斑尽情驰驱。

这个新主人叫贺捷生,是位女将军兼女作家,更是一位好大姐,对小狗历来有特殊的感情。贺大姐爽快地接纳了斑斑,因为她自己家里已经有了三只狗狗,一时养不过来,暂时把斑斑托付给她表弟饲养。有一天,江浩听说了这个故事,自告奋勇说把斑斑交给我,带它回到科尔沁草原大显身手。于是我陪顽皮的电影导演江浩去找贺捷生大姐,并小心翼翼地提出了带走斑斑的想法。

贺大姐诚恳地表示理解江浩的好心,说斑斑真的是条好狗,你们可以带它回草原,不过我有三个要求,希望你能做到。

江浩点头,说您尽管说,我一定考虑。

贺大姐不紧不慢地说道:"斑斑这一年多以来养成了一些卫生习惯,一是要刷牙,二是便后要擦屁股。"说到这里,我和江浩愣住了,这是狗还是婴儿呀?可是还没完,贺大姐又补充第三个条件:"斑斑的眼睛容易上火,所以每天要点眼药水,就这三点要求,能做到的话,狗就交给你们带走。"

江浩听到这里连忙摆手,说贺大姐这狗您自己留着吧,我真的伺候不了。

斑斑就这样没有变成出塞的王昭君,快乐万分地留在了贺大姐身边,它挺争气,曾当过一次模范母亲,一口气生出十一只小狗,把每个孩子都照顾得非常健硕,是尽职而又聪明的超高智商的狗妈妈。

下面该说到另一条名贵的可卡犬库克了。

库克的身价挺高,花了四五千块钱(这在本世纪初是天价)才买到的,当然不是我买的,是库克的女主人,一个电视剧演员。由于女主人的男朋友不喜欢库克,我想这里面有几丝嫉妒的成分,所以在男朋友与库克之间,最终前者占了上风,这占上风的结果是金黄色的狗帅哥库克进了我家。

库克的确英俊非凡,一身金色的长毛,丝缎一样垂落在胸前,耷拉着的大耳朵,摇起来左右翻飞,让人垂怜万分。我牵着库克走在大街上时,不断有人上来打听价格,希望我转让,每到这时我和库克都变得高傲起来,我摇头它也摇头,库克只能摇头,不能摆尾,因为它注定没有尾巴,否则就不是可卡犬,尤其是英卡。众所周知,尾巴是每一只狗表达感情的重要标志物,库克的尾巴拇指大小的一截,但这一小截"尾巴"如果你注意观察,欢乐时也会微微颤动,这是每只狗的天性,哪怕秃尾巴的库克。

可惜好景不长,没多久库克凶狠的一面暴露出来,它爱咬人,而且出嘴极快,防不胜防,一天晚上我们一家人坐在沙发上美滋滋地看电视,为图舒服我脱了袜子,光脚丫看电视是每个男人的专利,孰料这脱下的袜子居然成为库克的私财,当我看完电视弯腰摸袜子时,它毫不客气地往我手上咬了一口,牙印深深,流血潺潺,我吃惊地叫出声来,库克一副无辜又无所谓的样子,看来它把守护袜子当成了一项责任和义务了!

没办法,只好连夜去防疫站注射狂犬疫苗,而且要一连注射五次,库克的无情让我好不狼狈。

库克最后还是交给了江浩,他自称一流驯犬师,没有驯不好的狗。

结果是可想而知的,狗帅哥库克白牙森森,一路咬去,先咬了江浩的儿子,接着咬他的邻居和朋友,而且绝不住嘴,越咬越欢,粗略统计,至少有七八个人被库克送去打狂犬疫苗,它才真正是防疫站派出的"托儿"呢!

转了一大圈,无人敢养的库克又回到它原先的女主人手中,女主人把它送回四川老家,而且库克平生首次坐上了飞机,在四川那块湿润快乐的土地上,据说库克旧习不改,仍然咬了一连串抚爱它的人,库克最后的结果不太妙,被安乐死了——库克事实上是条患有严重心理疾病的狗,只是所有人都被它英俊的外表所迷惑,这种心理疾病与它小时候的遭际有关,因为争宠,它常常遭男主人的殴打,这种人对狗的施暴严重扭曲了狗对人的信任,当我知道这一切时都已经晚了,"咬人大王"库克已走向自己的毁灭之旅,人宠爱过它,但最终它死于宠爱过它的人类之手,这很残酷!

人的一生可以抚养许多条狗,把不同阶段的爱施舍到不同的狗身上。但狗的一生却只能爱有限的主人,频频更换主人会让它有巨大的失落和被遗弃、被欺骗感,库克的命运就证明了这一点。

所以要慎重领养一只狗,这也是我和家人为什么把牧羊犬谷子一养十年的重要理由。

谷子是条母狗,小时候站立不稳,可怜又可笑,长大后却漂亮出众,敢情它也是"女大十八变"。现在,被我和妻子爱称"四腿毛闺女",又称"小区第一美女犬"。它有直立的双耳,漂亮而狭长的脸,这种脸型据说最适合上电视,背上是棕黄色的毛,胸前则一片雪白,四条腿又高又直,堪称亭亭玉立。应该说,最初的到来曾让我极不高兴,因为是女儿一意孤行从通州买回的。为此我板起脸,整整一星期对女儿施以"冷暴力",可最终谷子以自己的聪明与乖巧赢得了所有人的爱怜。

谷子让我刮目相看的是它的聪明,记得刚进我家时才一个半月大小,可这条小狗居然懂得争宠,和谁争?一本画报。

这是一本关于饲养宠物的画报,封面上是一只狗的头像,当我拿起这本画报阅读时,谷子会生气地扑过来,奶声奶气地叫着,又抓又挠,它显然把封面的狗当成了自己的竞争对手!

这个细节让我开心又纳闷,画报在手,谷子生气,又抓又叫,屡试不爽,当然谷子的聪明不仅表现在吃画报的醋,譬如我在为它购买项圈皮带时,顺便买回一条驯狗的皮鞭,所谓的"皮鞭",其实有些像古代道人的拂尘,一根木棍头上扎了若干细细的皮条,抽在身上丝毫没有痛感。我把皮鞭轻轻一挥，告诉小狗谷子道："这是你的训练工具，不听话就挨抽！"说完把皮鞭搁在沙发角落，谷子默默地走上前，小心翼翼地抽搐着鼻子，它的小鼻头又黑又亮，还湿漉漉的。

第二天早上皮鞭不见了，再看小狗谷子，伏在地板上，怎么叫都不肯起身，走过去细看，它居然把皮鞭咬成碎屑，同时用小小的身体藏起这堆碎屑，小眼珠亮亮地瞅着我，一脸无辜的样子。就在这一刻，我的心彻底融化了，小狗谷子用一夜的时光，用细细的乳牙咬碎了可能用来驯服自己的皮鞭，它的抗争是弱者的抗争，它的胜利是智者的胜利，可见谷子是一只多么有主意的狗呀！

就这样谷子进入了我家，不离不弃整整十年。十年来，谷子刨倒过我家花盆里的发财树，啃断过许多根木椅子的横撑木；谷子还拐回家一条松狮(痴情的追求者)；它曾在草丛中追逐野鼠，也曾在雪地里挣脱狗绳去寻觅自己的爱情；它因为追逐野猫而被栅栏旁的月季花刺豁了耳朵，也曾被不良人士当成碰瓷对象敲诈过钱财；它喜欢踢足球，或者说顶足球，守门的本事一流，当然咬破的足球也远远超过一打；我还目睹过谷子追逐野猫的壮举：野猫躲在树上，而它反复用肩膀撞树，想把野猫撞下来一起玩耍，谁知野猫一点也不领情！谷子只好悻悻而归。

现在一个时尚的网络名词"汪星人"，是聪明的网友给狗狗的爱称，转眼间，"汪星人"谷子已陪伴我们十年，这已经创了我家养狗的记录，谷子剩下的时间肯定不会再有下一个十年，这是一个伤感的话题。记得网上有过一个六岁小男孩，回答狗的寿命为什么比人类短而他不难过时，这样说道："那是因为人类需要用很长的时间来学习爱，而狗生来就懂得爱与忠诚。"这话说得真好！伴我们十年光阴的牧羊犬谷子，用忠诚与爱滋养着我们的生活，使我们呆板的日子里充满动感，在静寂中常升腾起欢乐！我有一方闲章"曾为十载滇云客"，用来纪念我在云南十载从军的经历，可见十年在人的记忆中是一个特殊的坐标。有时和谷子对视，在心与心的交流中，我好像听见这位"汪星人"自言自语，说自己也想刻一方闲章,叫作"乐为十载高门犬"。我问它喜欢青田石还是寿山石的章料,谷子举起自己硕大的爪子,说道:"这就是我的印章。"

牧羊犬谷子很幽默吧! 的确如此,它的每一步都印在我的心上……

闹钟

肖克凡

父亲一脚站在门槛里,一脚站在门槛外,急着要走的样子说,你买烟台产的吧,烟台闹钟厂早年是德国人开的,德国人做的东西,地道。

其实天津也产闹钟,金鸡牌的,厂子坐落在旧日租界,新中国成立后叫西藏路,我念小学时天天从那里经过。但是我要听父亲的话,因为他是我父亲,尽管他身穿蓝色再生布棉大衣,形象几近潦倒。

父亲的目光,原本炯炯有神,现实生活消耗着他的电力,渐渐转为黯淡。说过烟台闹钟,面孔清瘦的父亲放下钱就走了,骑着一辆半旧自行车。那时他刚刚跟我的继母复婚,又搬回去住了。他匆匆赶回家去,要生炉子做饭,还要去幼儿园接我同父异母的妹妹。他终日奔波劳碌,家里家外不拾闲。这是个顾家的男人。

后来邻居告诉我,父亲有些后悔地说过:"我要是不再婚就好了……"

我认为父亲过于自责。一个40岁的男人,不应当单身下去。只是他的再婚过于粗心,应当察觉对方的精神疾患。

我去买闹钟了。16岁的我被分配到工厂做工。那座工厂很远,我清晨四点半钟就要起床去上班,没人叫我是不会醒的。祖母耳聋,闹钟便成了更夫。

这么多年过去了,已然忘了哪家商店。只记得我说买闹钟,有着指导员表情的男售货员,瞟着柜台里的金鸡牌闹钟问我,你要哪种?

售货员当时属于国家工作人员,因为商店是国家的,商品也是国家的,售货员便三位一体了。我成为全民所有制企业工人,也是国家的。

我的目光透过柜台玻璃,有些忐忑地寻找着德国人的遗产。公元1970年末,无论是东德柏林还是西德波恩,距离我都很遥远。我能够脱口而出的只有两个德国人:卡尔·马克思,阿道夫·希特勒。

其实,还知道歌德、海涅、巴赫和黑格尔什么的,他们都没这两人名气大。这两人改变了世界,前者通过思想改变世界,比如《共产党宣言》说:"一个幽灵,共产主义的幽灵,在欧洲游荡。"于是信徒众多。后者也通过思想来改变世界的,比如《我的奋斗》,同时还用大炮和机关枪把思想发射出去,包括毒气室。

我对售货员说,我要烟台产的闹钟。他可能感到有些怪异,抬起目光打量我——这株体重51公斤、身高1.83米的"豆芽菜"。售货员肯定想不到,两年后这株豆芽菜还要疯狂长到1.88米,而且是净高。

那时男孩子长得太高,内心总是有些自卑。从众心理使你觉得自己跟别人不一样,不好。你若跟别人一样,就安全了。

还是跟别人不一样——我竟然提出要买烟台产闹钟。售货员颇为不解地问道,你要北极星牌的?

这时我才知道,烟台产闹钟是北极星牌的。我说是的,是烟台北极星牌的。

售货员从柜台下面找出一只闹钟。它孤苦伶仃的样子,与金鸡牌闹钟相比,显然是受到歧视。我从小也受歧视,当即喜欢上这只绛紫色的双铃闹钟,北极星牌的。

不记得这只闹钟多少钱,大概不超过10元。那时候的人民币确实是人民的币,不是富豪官僚的币。我付了人民的币,抱起纸盒里的闹钟,这是我人生16年来最大额度的消费。

售货员突然问我，你是七〇届的吧，买闹钟？我点点头。对方悻悻然道，你们这届命好，我弟弟六九届的去了黑龙江兵团。

我们确实命好。那时尚未恢复高中学制。北京的上海的七〇届初中生没有留城，通通上山下乡了。

我命好吗？据说我落生家里即请来相士，他捏起我小手儿看了看，说了声苦命的孩子，起身就走，颇有几分仙风道骨。父母当然希望听到吉言，便对此不以为然。人家说得果然灵验，我哺乳期便印证相士谶言。母亲当年勤工俭学，无意间为前政权机构工作三个月，这成为她的历史污点。我尚未满月，两个公安警察来到家里，当面严正通知我母亲"被管制"，成为新中国异己分子，工资从97元降为19元生活费。当时我正在母亲怀里吃奶。

这只是开始。相士谶言持续印证下去，经年不断，厄运迭起，一直到我买了这只并非主流的北极星牌闹钟。

不知为什么，我喜欢"北极星"三个字，它显得旷远而不可即。金鸡牌就太及物了，说来说去，一只镀了金的鸡而已。就这样，这只绛紫色的闹钟摆上我的床头。我晚间上满弦，它清晨准时震响铃声。这成为一个双方恪守的契约。我是青春肉身，它是金属诚信。耳聋的祖母看到有了闹钟，也睡得安稳了。

一个北风呼啸的冬夜，似有大手阵阵叩窗，好像夜风也被冻坏了，想钻进屋里暖和一下。我亲人似的将北极星闹钟抱在怀里，竟然睡着了。我安睡着。暗夜里有个身穿绛紫色衣裳的亲人，以它的金属之心，时刻关注着我。我沉入梦乡，梦见曾经暗恋的女孩儿，臂佩红卫兵袖标从面前走过，挺着发育成熟的胸脯。自从母亲接到被管制令，当即没了奶水。我未出满月便失去乳汁。我的梦境并非春梦，可能与母乳缺失有关。

于是，机械闹钟的金属声召唤，也包含着几分温情，鼓励我起床，鼓励我顶着冬季冷风，奔向远郊工厂上班。

工厂派性斗争犹存,难以恢复正常生产秩序。一天清早,一辆辆军车满载士兵驶进工厂,宣布实行"军事管制"。我自幼对"管制"二字极其敏感,心里紧张起来。一位解放军团长出任军管小组领导。车间也由身穿绿衣的军代表掌管。感谢亲人解放军。实行军事化管理,恢复健全基层党组织,工厂秩序很快步入正轨。

清早七点钟上班,晚间七点钟下班,谓之"七对七"。这是加长版作息制。我清晨五点走出家门,晚间九点钟回到家里。体验着"顶着星星走,顶着星星归"的疲惫生活。全厂取消每周公休日,大干100天。即使父母去世也只准半日假,工厂领导认为将亲人尸体送到火化厂,半天时间足够了。

青春期严重缺乏睡眠。每天清晨闹钟响起,我便痛不欲生,希望这是死刑的枪声,一弹将我击入万劫不复的长眠里。白发苍苍的祖母心疼孙儿,就低声教唆我装病请假。我随即鲤鱼打挺,翻身起床。故意旷工是严重的错误。祖母的溺爱反而起到警钟作用。我迷迷糊糊走出家门,游魂似的奔向遥远的工厂。我盼望恢复公休日,就像保尔·柯察金盼望共产主义来临,不包括冬妮娅。

我在铸造车间做工,天天开炉,铁水奔流,抓革命,促生产。三个月不休息,工人们出现生理与心理双重疲劳。我跟随"傻大个儿"师傅干活儿,他皮糙肤黑好像高大的枯树桩,我精瘦细长好像豆芽菜,两人水分明显失衡。

一老一小,两个身材超高的人,被人们称为"羊群里出骆驼"。我揣测"傻大个儿"也因身高而自卑。我将步他后尘,成为铸造车间新一代"傻大个儿"。

"傻大个儿"口齿不清,说话拖泥带水地问我,小肖你天天诊磨起房?

我知道他是问我:"小肖你天天怎么起床?"连日加班,他好像舌头也累坏了。

我说闹钟。他既羡慕又嫉妒地盯着我说，还闹钟？美死你呢。

我是个有闹钟的人。这在"傻大个儿"师傅心目中，也算是一种特殊身份。

工厂里组织青年突击队，发出"生命不息，冲锋不止"的号召。继续执行"七对七"作息制，青年突击队贴出"午间不休息"的倡议书，这样我午饭后伏案抱头小睡20分钟的光景也没了。

天生贪睡的我困乏到了极点。我祖母叹了口气说，毁人啊，从前割麦子也累不成这样。她老人家每天都拿抹布擦拭着我的闹钟。那绛紫色，被她擦得好似打了蜡。

晚间下班在公交车上，我酣睡过站，被载到终点站也没醒来。我再度乘车赶回家去，拐进小街时突然看见街灯下，站着个矮小身影。

冬夜寒冷。她老人家就这样站着，眼巴巴等待孙儿下班归来。我快步跑过去。你下班越来越晚了。祖母不是抱怨，而是心疼。

进了家门，祖母就催我喝下一杯热水。杯里，她给孙儿放了白糖。喝了糖水，我恨不得立即睡觉，伸手去抓床头闹钟。

床头没了闹钟。大男孩失去监护人，我慌忙望着祖母。她老人家小孩子似的躲闪着，告诉我闹钟摔坏了，不小心掉到地上。

您！我几乎失去控制。祖母拉开抽屉取出摔伤的闹钟。我忽地抢在手里，匆匆打量着。闹钟依然身着绛紫色衣裳，可惜玻璃钟罩摔裂了，两只钟铃歪歪扭扭，好像两颗委屈的头颅。我举起闹钟紧贴耳畔，听不到行走声，它的心脏停止了搏动。

北极星死了。那么遥远的一颗星星落在地球上，摔坏了。我想哭。闹钟停摆，没人叫我起床了。清沙组小李迟到3次，就在全车间大会上做了"检查"，还被撤销基干民兵资格。我累计两次了，事不过三。

祖母抚摸我的头顶说，宝贝儿啊，明天我去修理闹钟，安心睡觉吧宝贝儿，到时候奶奶叫你。

自从参加工作成了人，祖母便不再叫我"宝贝儿"。听到她老人家这样安慰我,又觉得自己成了大男孩儿。

尽管祖母承诺她是"闹钟",我仍然紧张得难以入睡,黑暗里瞪大眼睛望着屋顶。屋顶写着一串大字:迟到迟到迟到迟到……**蒙眬**间,我听到祖母的声音:宝贝儿,起床吧,起床去上班啦,宝贝儿。

我猛然醒来,下意识寻找闹钟。想起闹钟摔伤了,便扭脸看着祖母。

宝贝儿,现在四点半,奶奶保你不会迟到。祖母微笑着说。

平时祖母很少笑容。她从年轻时守寡,为避免是非便将自己塑造成为不苟言笑的小媳妇,极力削减女性温柔,故意走向冷硬。多年的艰辛磨难,女性笑容基本消失。年近古稀,祖母将慈祥的笑容给了她的孙儿。

您又不是钟表,您怎么知道现在四点半? 我很不放心地问她。

她老人家再次露出寡见的微笑说,放心吧,我就是我宝贝儿的钟表。

我接过祖母递过来的棉袄。棉袄是她在火炉前烤热的,使我温暖地穿衣。祖母烤热的棉袄,总是等于体温。我拎起饭盒走出家门,奔向24路车站。

祖母送闹钟去修理。亨得利钟表行师傅说下礼拜三交活儿。我面临没有闹钟叫醒的漫漫时光:五天。

你安心吧,这五天光景一眨眼就过去了。祖母依然努力保持微笑,安慰着她老人家的宝贝儿。

我还是想念我身穿绛紫色衣裳的好朋友。不知为什么,我经常把它想象成"哪吒"——这是个风驰电掣的精灵,可能因为闹钟能够发出金属的疾声呐喊吧。

我期待着,期待耳畔重新响起金属的闹铃声。一连两天清晨,我都是被祖母唤醒的。她老人家轻声叫着:"宝贝儿,起床啦。"我突然不愿意听到这种爱称了,似乎我渴望真正长大。

第三天凌晨,我被噩梦惊醒。梦里我迟到了,满头大汗地跑进车间大门，当头受到军代表的激烈批评。梦里的军代表是个年轻战士，操着湖南口音。

噩梦醒来，我急忙伸手拽亮电灯，发现身边空空荡荡，祖母不见了。家里没了钟表，我心情紧张地抓过衣服快速起床。棉袄棉裤没有经过炉火烘烤，穿起来凉飕飕的。

一旦没了祖母呵护，这个世界便是冰冷的。我害怕了，全然忘记自己是社会主义大企业青年工人，顿时成了无依无靠的大男孩儿。我盲目地跑出家门。

大街上没人。我漫无目的地向前跑去，看到增兴德饭馆亮着灯光。这是一家老字号餐馆，有着临街的玻璃窗。越跑越近，我看到玻璃窗前一个矮小身影，双手攀住窗台朝着饭馆里张望。

我看清这是祖母，就惊叫了一声。她转身看见我随即心疼地说，你起这么早干吗，现在才三点半……

我急切地扑到饭馆玻璃窗前，看见里面的挂钟指针走在3:35位置，心情松弛下来。

祖母已经奔回家了。凌晨天色里，她迈着曾经缠足的"解放脚"，快步走着，那么矮小的身影，一步一步撞开黏稠的夜色。

大红门副食店的守夜老汉好像认识我，他走出店门嘟哝道，这几宿你奶奶总跑到饭馆外面看表，你半夜赶火车啊？

迎着冷风，冬夜板结了我的泪花。跑进家门，祖母给我冲了一碗油茶面，说，这么冷你跑出去干吗？傻小子！快喝了暖暖身子，一会儿就该去上班了。

她老人家并不提及半夜外出看表的事情，脸上连微笑也没有了。多年后我懂了，她的故作严肃是提前防范我的询问。她不愿意我询问，是因为她根本就不愿意让我知道。

喝了热乎乎的油茶面，我走出家门，乘24路公交车到金钢桥，排着长长队伍，等候换乘18路。挤上18路公交车，乘坐16站到达北郊医院下车，步行15分钟走到工厂大门口，天色仍然不亮。我再步行8分钟，走进铸造车间。迎面是手持考勤簿的军代表。我不再害怕，大声跟小战士打了招呼，他操着湖南口音回应了。

我确实不再害怕，因为我有祖母。我想象着她老人家和衣而眠，一宿几次跑到增兴德饭馆窗外看表，确保四点半钟呼唤孙儿起床……

我可以没有闹钟，不可以没有祖母。我乐于听到她叫我"宝贝儿"了，我愿做她今生的宠物。

闹钟修好了，每天清晨重新震响铃声。公元1976年，我被工厂推荐去上大学，迁出户口离家3年。计划经济时期的大学食堂伙食极差，早餐是冰凉的馒头和玉米粥，每月凭票供应一次油条，挤得人山人海。只是每周六午餐有肉菜，给学生们解馋。

我回家无意间告诉祖母，有同学患胃溃疡退学了。祖母喃喃自语说，你们学校这么不厚生啊？

祖母就给我炸酱，带到学校打牙祭。酱里有肉丁，我们抹着馒头吃，小贵族似的。几个相好的同学吃肉不忘炸酱人，就问我祖母名字，然后小声齐喊：赵金琦万岁！

听到祖母受到如此爱戴，并且享受领袖的礼遇，我很是得意。

大学毕业，我返回工厂当技术员。可巧"傻大个儿"师傅退休。我猛然想起那只北极星牌闹钟。下班回家，我就向祖母打听。她老人家笑而不答。自从我大学毕业成了工厂技术员，八十多岁的祖母就多了几分笑容。

我还是想知道闹钟的下落，它毕竟是我往昔生活的重要伙伴。

它在你肚子里呢。满头银发的祖母谜语似的说。

原来，在我大学期间，家里这只闹钟又坏了，送到亨得利钟表行，人家说不值得修了。后来，祖母就把它卖给走街串巷收购旧货的了。

我听了感到有些遗憾。尽管我生活得意忘了昔日伙伴，还是心有不甘。

祖母坦荡地说,我用卖闹钟的钱,给你买了一盒午餐肉罐头,那年寒假后开学,让你带到学校去吃了。

这就是饱经风霜的祖母,她既有永生的坚守,比如终身守寡不再嫁,也有适时的放弃,比如将失去使用价值的闹钟变成午餐肉罐头。她老人家主持的物件大变身,让闹钟"住"到我肚子里去了。

祖母去世多年了,有时我还会在梦里,听到她老人家叫我"宝贝儿"。是啊,已经没人叫我"宝贝儿"了,只有远在天堂的祖母。

之乎者也出恭入敬(外一篇)

王鼎钧(美国)

我已经失学很久很久了。

那年代,在家乡,官立的小学逐步淘汰了私人的学塾。战争发生了,小学停办了,私塾又东一个西一个成立起来。"塾"是大门里面两侧的房屋,俗称"耳房",犹如人之两耳,是四合房建筑最不重要的部分,学而称"塾",自有"小规模"、"非正式"的意思。

私塾授课,教的是《老残游记》所谓"三百千千",即三字经、百家姓、千字文、千家诗,外加写毛笔字,高年级学长则攻读"四书五经"和唐诗。那时家乡父老对洋学堂里的"大狗叫、小猫跳"素不满意,认为能教孩子"补习"一些旧学也是补偏救弊。

楚头林正有这么一家私塾,又称学屋或家馆,有一位赵老先生在村中设馆授徒,是赵家的长辈。

父亲把我送进学屋、走了,我不知道他到哪里去了,后来听人家说,他去打游击。

私塾老师都是不苟言笑的人,不过赵老先生对我很和善,一则我是"客",再则我的作文比别人好一些。学屋里大约有二十个学生,由念"人之初"到念"关关雎鸠"的都有。我念《孟子》,算是中年级,若是编排之乎者也,我立刻显得很杰出。

念"人之初"的几个学弟常常挨打,他们总是背不出课文来。他们爱自己编的课文，"人之初，盖小屋，盖不上，急得哭。""人之初，出门站，新兴近，向城远！"新兴、向城都是附近的地名。那时我就想，也许课文应该照"盖小屋"那么编。"人之初，性本善"，我未入小学之前就读过，不懂是什么意思，现在小学毕业了，依然不懂。

念《论语》的同学，每天背诵都能过关，那是因为老师没仔细听。如果老师知道他把"何莫由斯道也"念成"癞蛤蟆咬了四大爷"，一定勃然大怒。

说来功课不重，我们读四书，一天只读两百字，上午受课(当地叫领书)，下午背给老师听，等于考试。一天除了写大字小楷，中午回家吃饭，整天念那两百字，一齐大声念，拖着长腔念，老远听得见，这就是"琅琅书声"。

按照正常的进度，老师对读《论语》的学生讲解课文内容，谓之开讲，学生上午听讲，下午讲一遍给老师审听，谓之回讲，如果回讲时讲不出来，老师重新讲解一次，第二天再回讲。倘若回讲一再失败，老师就对这个学生停讲，这个学生仍然天天领书，有板有眼地念那些有音无义的句子，乡人称之为"念书歌子"。

为了使"书歌子"容易背诵，学生常常自己在乱声诵读中"发明"它的意义。所以，书上写的是"何莫由斯道也"，他心中想的是"癞蛤蟆咬了四大爷"。书上写的是"皇驳其马"，他心中想的是"王八骑马"。

学生挨打多半是为了背书。背诵时，学生离开座位，站在老师的教桌旁边，转过身去，面向同学，这时全体学生一齐高声朗读，以为掩护，说也奇怪，这种伎俩从未被老师制止过。

从赵老师这里我第一次看见"出恭入敬"的牌子。这是一面木牌，约有巴掌大小，一面写着"出恭"，一面写着"入敬"。牌子放在老师的教桌上，"入敬"的一面向上，如果有人要上厕所，他得先向老师报告，得到许可以后把牌子翻过来，露出"出恭"，事毕回屋，再把牌子翻回"入敬"。这是防止学生借尿遁屎遁逃课的一个办法，以致"出恭"变成了"大便"的代号。

我还从赵老师这里知道"戒尺"本名"戒耻",意思是说,你如果被这个板子打了,那是你的羞耻,希望你知耻。又好像说,这个板子可以改正你的某些可耻的行为。"戒耻"的意义比较丰富,我很喜欢。

为小地方写诗

老师为我开了一门特别的课程。兰陵是个小地方,古代显赫过,后世文人留下一些诗篇,老师下工夫搜集了,他教我念这些诗。

首先是李白的《客中行》:

> 兰陵美酒郁金香,玉碗盛来琥珀光。
> 但使主人能醉客,不知何处是他乡。

《客中行》入选"千家诗",而"千家诗"是清代的儿童教科书,所以此诗几乎是无人不知。其实它不过是太白一时即兴之作,我从来不觉得有什么了不起。

刘长卿到过兰陵附近的芙蓉山,有一首《逢雪宿芙蓉山》:

> 日暮苍山远,天寒白屋贫。
> 柴门闻犬吠,风雪夜归人。

这种诗中的小品,读来也是不过瘾的。

清代的邵士途经兰陵,写过一首七律:

> 兰陵古道一天晴,山色青青马首迎。
> 美酒临觞怀李白,雄文佩笔访荀卿。

村村鸡犬同齿国，户户弦歌近武城。
停辔观风民物好，与农闲话劝春耕。

　　只有开头两句好，也只有前两句我一直记得。后来费了许多工夫查出全文，才知道我为什么老早就把它忘记了：粉饰太平，平直无趣。感谢上帝！我们不喜欢的事物，我们总是先予忘记。
　　明代的张和有一首《兰陵秋夕》：

碧树鸣秋叶，芳塘敛夕波。
漏长稀箭刻，楼回逼星河。
············

　　不抄下去了，诗中景象合乎黄河下游任何地方的秋夕，跟兰陵没有特别关系。有一段日子我很喜欢堆砌对仗，所以这些句子至今还能上口。
　　傅尔德的一首《兰陵晚眺》有点意思：

鲁中云物自荒荒，欲抚平原道路长。
朔气能连野火白，童山不待夕阳黄。
地分南楚怀丰沛，水灌西洳避吕梁。
历落异乡难日暮，秋风崩岸散牛羊。

　　想来想去还是李太白刘长卿写得好，"不知何处是他乡"、"风雪夜归人"何等耐人咀嚼！大诗人毕竟是大诗人。
　　老师不是这样说的。他说他有未了之愿，打算游遍天下为小地方写诗，"纵然写得不怎么好，人家还是忘不了你。"

舌尖上的陷落

丁燕

一

从超市出来，一排人，端着盒饭，就那么站着吃，用又短又细，握在手中像不存在的方便筷，往嘴里扒。肥肉片缀着一丝瘦，旋风般埋进口腔，青菜叶像残梦，被拢进齿缝。三张简易桌，连着长条凳，撑着太阳伞，坐着黄发工装女、母亲、小孩、中年男子。更多的人，不顾尊严，站在桌旁，就那么吃起来。

当我观察他们的面部时，我被吓到了。每张脸，在某一部分，保持了脸的原貌，但从整体看，像是临时拼凑起来的。他们举起筷子，朝嘴里扒饭，眼睛像空旷的通道，目光茫然。这种没有仪式感的进食，在我看来，丑陋而野蛮。他们旁边，是粗腰垃圾桶，内里的空饭盒、塑料袋，鼓胀溢出，馊味盘旋，落在每个人的头发上。看上去，那些人在端着盒饭吃饭，但却更像饥饿在上演一幕极端的画面。

抵达岭南后我发现，盒饭对此地来说，如此家常。

二

我总能在各个角落，看到白森森，被丢弃，尚残留米粒和菜叶的空饭盒,我总会下意识地闭上眼,希望再睁开时,已路过那些残骸。那些白色泡沫饭盒,格式统一,颜色统一,饭菜统一,人们进食的时间统一,丢弃饭盒的速度统一……统一性,通过盒饭,达到极端。盒饭肆虐,全靠"快":快速制作出大批饭菜,快速吃完,快速返回岗位,继续工作。

在南方,一切事物都像被强力挤压,再猛然弹出,携着股猛暴的冲撞劲。站着吃盒饭的人,耳边响着口号:"今天工作不努力,明天努力找工作";"周六加班是常事";"什么都缺,就是不缺人才"。某种闲适被恐慌替代;这种恐慌,是单个人的单个恐慌的总和。

在新疆,塔克拉玛干沙漠最南缘的城市,和田,正午的大街边,坐着很多老人和妇女,在他们面前,没有摆放任何货物,他们只是坐着,晒太阳,聊天,消磨时光。有位北京作家走过时,惊诧地质问:"他们,为什么不工作?!"这样的问题我无法回答,答案就隐藏在问题中。

在和田,从商场到馕坑,从地埂到出租车,到处都能听到歌声。在宴会厅,吃饭的人丢下筷子,到月台里跳上一曲后,回来继续吃;农家小院的晚餐,艾捷克、卡龙琴、手鼓奏响,混合着拉面、清炖羊肉、烤包子,一并吞咽。

和田留给我最温暖的时刻,是在木克热木家吃抓饭的那个夜晚。那个腼腆的维吾尔族女生,在广州广雅中学说起家乡时,眉宇间罩着淡淡忧伤:她是多么想家!当我抵达和田,给她打电话时,她说:"丁老师,您一定,要去我家!"

傍晚,出租车载着我,驶向体育场旁的住宅区:低矮平房逼仄,土巷弯曲,围墙裏泥,清真寺新月清明,夜色深蓝。出租车呼地开走后,我陡然紧张起来:这是我不熟悉的街区,我不熟悉的人群,我不熟悉的生活!

一阵凉风袭来,裹挟着南疆特有的味道:干燥的沙尘混合着沙枣和玫瑰的花香,可我却异常紧张,像突然掉进一册封面暗黑的古籍中,里面的插图距离我所熟悉的场景分外遥远,墙壁摇摇晃晃,清真寺忽大忽小,月亮像烛台上的亮光……所有的一切都变得怪异起来,像一支古代的歌队，从我的身体内部穿过……

啪嗒，啪嗒，暗巷里钻出个女孩，木克热木的妹妹，努尔比亚，小学六年级学生，十三岁！她梳两根长辫，尖下巴，深眸，虽衣衫破旧，但可想见，长大定是绝色美人。一张嘴，天空从深蓝变成金黄："丁老师，你好！"啊，流利的普通话——我的心尖震颤。我跟着这个女孩，像溺水者攀缘浮木，绕过迷宫式的岔路，推开木门，穿过庭院，进入里屋，脱鞋上炕，盘起双腿。大炕的绛紫色地毯上，铺着流苏边白色布单，形成桌面，玻璃小碟内，是葡萄、石榴、巴达木、葡萄干，从蓝地白花金边的茶壶里，倒出热腾腾的红茶，啜一口，浑身滚烫起来。

木克热木的父亲去挖和田玉，住在河岸边的简易土屋，一周回来一次；除了我，就是木克热木的母亲，她的两个妹妹。大炕旁的柜子上是台黑白电视机，正上演一部英国电影，字幕是汉语，配音却是维吾尔语。这是多么神奇的一幕——好像全世界(无论东方西方，南方北方)，都凝聚在这个点！

吃的是抓饭：椭圆形大白瓷盘里，一堆高耸的米粒，和平日所见白色不同，发着红光(因胡萝卜切得细碎，经焖煮，完全溶解)。女孩的母亲定要我吃肉，见我摆手，自作主张，拿过一块，放在馕(圆形面饼)中，用英吉沙小刀切成碎块，放进我的碗中。我吃一碗，又吃了一碗，喝了茶后，吃了第三碗。抓饭很特别，有着某种原始的温情，和我自己做的，截然不同。两个女孩依偎在母亲身旁，人手一只小勺，无声咀嚼，动作优雅。这家人被安宁护佑，显得贫穷而幸福，卑微而不可摧毁。

我提出要跟努尔比亚学维吾尔语，她笑眯眯地点头："好啊。"于是，我问她答，然后我将单词记在本子上。半个小时后，我会说，我需要开海斯(餐巾纸)，柯达克亚克西(酸奶很好吃)，拜客涩克(太热了)，满桑暗阿姆拉克(我喜欢你)，锅喜扬(吃肉)，尔儿子买都(没关系)……我发现"太好吃了"很难说，当我说出"依西力克"时，总不地道，后来发现，应是"依依西力克"。词语不再僵硬，陡然鲜活，像鱼跃入池中，有了强悍的生命力。

我是在不断重复"依依西力克"时，记住了那户人家的抓饭味。

三

首先是速度上的"快"；其次，才诞生了舌尖上的"快餐"。工业化的进程，同时伴随着"快餐"的普及。

快就是好吗？

我曾有过一次极其缓慢的旅行：莎车县——麦盖提县——岳普湖县——英吉沙县。每个县城的名字里，都有一个交相重叠的古代。我所走的路，当年的玄奘、法显、马可·波罗，用马匹或双脚走过。我坐着出租车，走走停停，穿过某个县，某个乡，某个村，行动迟缓。这是我一个人的旅行：拽着拉杆箱，挂着照相机，拿着采访本。临近春节，我低估了南疆的气温，穿了双低帮运动鞋，凉气自鞋底盘旋而上，周身寒凉。一路上，我要自己联系采访对象，自己选择住所，自己决定何时吃饭，在哪里吃……虽繁琐，但在如此折腾后，整个南疆大地，不再是地图上那片沉默的黄，它生动地跳跃起来。

离开莎车县朝岳普湖县方向驶去时，冬日田埂上有几团白雪，路旁白杨树上，缀着一丛乌鸦，车一过，乌鸦嘎嘎飞起，满天黑瓦片。毛驴车上的黑衣老人，腰间系着条翠绿腰带。两种颜色反差之大，有舞台效果（在伽师县，我曾见过几位刀郎艺人如此打扮）。树旁的清真寺小而古旧，院墙顶部呈绿色，而附近村民的大门，是深绿配朱红。路过艾里西湖镇，清真寺比路边看到的规模要大，但屋顶和院墙，依旧是绿色。路过荒地镇。这名字本身，就充满拓荒味。十字路口后，是片小果园。穿过墩巴格乡后，我彻底告别莎车县。

进入麦盖提县地界后，一排排钻天白杨在晨曦和冬日的灰尘中逐渐清晰，每棵树的半腰，都圈出个红箍，下半截刷成白漆。白杨树变密，树冠相对,搭成拱形。一辆大卡车停在路边,有人正在往车厢里装干草,树丛内有片房屋闪现,司机说,那是狱警住的。我不觉一惊! 传说中的"牌楼农场"就要到了吗? 这个新疆最大的监狱,真的就在眼前吗?

　　道路两旁有树环绕,路边陡然闪出个高大的牌子:喀什监狱。大门像大学校门,看不清内里设施,但路边突然出现了二十多个人,身穿囚衣,见到出租车,并不惊慌,有的在挖土,有的坐在路边抽烟,有的只是站着晒太阳……干警们着制服,坐在小凳上,远远地眺望。司机说:"能出来干活的都不是重刑犯,犯不着逃跑。"

　　之后的道路,为这一场景写下有力注解:从两排夹道的白杨树林驶出后,车立刻跌入荒滩。没有任何过渡:从生命的绿,到死亡的黄,就像跨了一小步,但前脚后脚,完全不同。铺天盖地的黄,一味地纵深下去,甚至连呼吸,都成了黄色。天地被彻底抽空,只剩下一丛丛枯草、一根根电线杆,然后,就是这辆移动的出租车,车上会简单汉语的司机,和我。黄沙是一个怪物,有嘴,有手有脚,能吞噬一切,之后,再即刻闭合。就连空气,似乎也被它做了手脚。这里似乎成了某种人类的边界。

　　进入岳普湖县,地貌十分奇诡,四周依旧是荒滩,但沙包上突然出现了芦苇,扎成小格。我让司机停车,抓起把沙子细看:不是金黄色,而是灰土色。用脚踩格子中的沙堆,板结成硬壳。要用力剁,才能让沙壳碎成几瓣。大片旷野后,闪出排房子,说是从塔什库尔干迁来的塔吉克人定居于此。屋子是统一修建的:三间砖房,外带一个大院子。可怕的是:这些成排的房子背后,就是戈壁荒滩,而农田还在荒滩之后。这里有水电吗? 有卫生所学校吗? 有商店电影院吗? 我像回到了古代——唐朝或者五代。

　　穿过阿其克乡时,街道冷清,人少车少,路旁为砖块修建的抗震房(这里曾发生过地震),地里浇灌了冬水,结成冰,泛着银白。毛驴车上的妇女,一手提用花头巾包裹的大盒,一手提塑料袋,装着鸡蛋。一闪而过的墙上写着:坚持食用加碘盐。英叶乡到了:十字路口拥挤,焕发出欢乐的俗世生活的景象。人多,毛驴车和摩托车互相交织,原来,有巴扎(集市)。从枯寂到喧嚣,反差实在太大,让我目光所及的这一切,像直接从荒地底下冒出来似的。时间不是纵向流动,而变成横切面:旷野的时间是凝滞的;巴扎的时间,则是流动的。清真寺,虽然不大,但却一个接一个。看到所学校:外墙贴着白瓷砖,从土黄中凸显出来,携带着锐利而迥异。

即将进入英吉沙县城:摩托车上妇女们戴着围巾,顶部别着圆柱状黑帽——这正是英吉沙特色。县城中心像个无名小站,严寒中,被一种古怪的煤烟气裹得严严实实。十字路口簇拥着低矮楼房,卖廉价的日用品和服装。农贸市场门口,挤着卖菜、卖水果、卖肉的人,烤鸡被涂成姜黄色,烤红薯散发着香味。

我下车,和司机告别后,随便选了个小餐厅,推门进入。桌椅皆为褐色,一台电视机高悬于墙,屏幕上洒满雪花,声音巨大,说着维吾尔语。跑来个男服务员,戴蓝色白边毛线帽,矮个,摊开油腻腻菜单,无声地望着我。我是从他的目光中,看出奇异来。抬眼环绕四周:无论吃客还是服务员,只有我一个人,是汉族。我如此孤单:一个女人,拽个皮箱,进入没档次的餐厅,而这餐厅里的服务员,根本不会说汉语,只愣愣盯着我。

我大力地喘了口气,希望菜单上能有图片。

然而,谢天谢地,我看到了汉语!

冒险点了鸽子拉面(我此前从未吃过!)。但我知道这里盛产鸽子;我知道拉面就是拉条子。即便鸽子再难吃,面总是能吃饱的。

然而,在漫长的旅行后,在这个边地小城,在这间破旧不堪的餐厅,我却吃到了上苍奖赏的美食:鸽子肉极细嫩,味道和羊牛肉皆不同,更鲜美浓烈;拉面极柔滑,是用心和面拉扯熬煮的结果;配菜极特别:白色的是恰玛古(类同萝卜),而绿色的,是恰玛古的叶片。肉、面、根茎、菜混在一起咀嚼,像分离的血肉重回到骨架上。

临了,喝了碗小店自制的酸奶。

一切都无法用言语表达:都刚刚好,恰恰好,就那么合适,就那么熨帖。

四

坐在南方的公交车上,从正在修建的街道经过时,道路被蓝色挡板隔成三行,灰尘腾腾,令一切事物都像是刷了层黯淡的油漆。那些被阻隔起来的商场,看不到门脸,但能望见红地白字的打折横幅。修路让商场门前混杂着砖头和石块,但有一片空地被清扫干净,开辟成卖场。钢筋衣架上吊挂着毛衣、衬衫、长裤、裙子。地上铺了大单子,摆着棉被,一个挨一个,乳白、粉红、淡黄,像里面睡着个隐形人。就在这些货物旁,马路被翻开内脏,挖掘机亮着大爪,身躯转动时发出沉闷轰响,和扩音器里的打击乐,黏成一片。

我从公交车的窗口朝外一瞥——也许,不过几秒钟——却像受到了某种深刻的伤害。

窗外的场景,不像是某个商场的门口,更像是座被废弃的太空站:耸动在灰尘里的人头,像漂浮的葫芦,无依无靠;穿着吊挂的衣衫,听着噪音,吸着灰尘,软塌塌地,即将坠入睡眠。

这样的衣服不能使人变得精神,反而会让人显得更贫穷。那些散落的线头、粗大的针脚、落伍的款式、不加衬里的布料……人穿上这样的衣服,只会更寒酸。

巴扎也是集市,但和商场不同。逛商场是为了买什么,而逛巴扎,更为玩耍。

在新疆,我已逛过大小巴扎上百次,规模最大的,当数喀什大巴扎;最让我难忘的,却是和田地区策勒县的小巴扎。穿过玉龙喀什河(出产和田玉的主要河流)大桥后,就到达县城。这个县总人口不过十几万,多为维吾尔族,自然环境恶劣,三面被塔克拉玛干沙漠包围,六级以上的沙尘暴一年要刮一百二十多天,因为干旱缺水,当地人饮用的,是昆仑山融化的雪水。

一路上,蓝色的"移动通讯特约代理点"的招牌格外醒目。这个城里人熟悉的标志,楔子一样,插入南疆乡村。阿尔祖药店具有本地特色:招牌上有个别致的绿十字。清真寺是和田加满清真寺的缩小版,浑身清凉。墙由土黄砖块垒砌而成,原色木门,两侧门楼的顶端漆成白色,高高地撑起一弯新月。路过一户农家,雕花木门涂成淡黄,古拙素朴。围墙不是泥墙,不是砖墙,是红柳枝扎起的笆子墙。

毛驴车扎堆的地方,就是巴扎(这个县的巴扎叫星期一巴扎)。平时,只是片空地,到了周一,才会被挤得水泄不通。毛驴车实在太多,便有专门的人管理:给车主发牌子。看管一辆毛驴车,过去的价格是两角,现在是五角。驴身上会盖着块色彩斑斓的地毯;驴车的铃铛欢快地响起,令周围空气一下子充满了金属的温情。

逛巴扎最大的乐趣是看。先是看人:看不同长相、不同服饰的人。在和田,不同县的人,衣着亦大不相同,尤其是男子所戴花帽,款式、颜色、图案的差别,就像一张名片,远远一望,便能猜出从哪来、从事何种职业、受人尊敬的程度。有些几乎绝迹的服饰,也有可能在巴扎上看到。我在于田县的巴扎上,见到老年妇女穿着难得一见的箭服(衣领上绣着箭镞图案)、戴小帽(类同小茶杯大小)。而策勒巴扎的特点,是那些走来走去的男人们,他们戴着的高筒黑帽,毛卷且密集,取材于当地黑羊。

除了看人,还要看货。无论吃的、用的、玩的,皆摆在露天,满目新奇。巴扎的货不像商场,总在固定的地方,农民会随时令而改变货物。花毯、花布上,堆着无花果干、葡萄干、杏干;筐子里是绿叶蔬菜;间或能看到长辫女孩在卖奥斯曼草(这种植物的汁液可养眉);还有卖木门、木箱、木柜、木摇篮的,黄灿灿一片;菜墩是截砍断的木头,鸡蛋埋在麦草里,葫芦切开,鸽子关在笼中,一只猫拴着链子,马鞭子、马辔头、马掌攒成一堆,闪着银光……

　　除了看,还要吃。空气中杂糅着刚烘烤的馕、羊肉、干果和莫合烟混在一起的味道。西瓜是最常见的、量最大的水果,壅塞在各种货物间。当地人习惯"以瓜代菜",因这里缺水,难产蔬菜。不管多穷的人家,午饭或晚饭后,都会吃上几牙西瓜。有位卖哈密瓜的老人,正在给破开的瓜去瓤,肉质金黄,相当诱人。瓜堆旁撑起张简易小桌,三把椅子。我坐下来吃了一牙,指间变黏糊:糖分太高。麻糖放在手推车里,卖糖人手起刀落,糖就变成碎块。往来的人们,先将渣滓放在嘴里尝,再买。卖羊肉的,在铁钩上挂个羊腿便可。长条炉子上,在卖烤羊肉串,肉块很大,小孩吃一串能顶一顿饭。

　　烤鸡蛋是策勒特产。一个裹花头巾的老太太坐在炉前,挥动炉钳,翻腾着一个个摆放整齐的鸡蛋。烤鸡蛋的原理很简单:在一个圆形铁皮炉子内放上烧红的炭火,在炉子上面钉上块椭圆铁皮,将鸡蛋置于火上烤。烤熟的鸡蛋发焦发黑,黏着灰土,但剥了皮,味道奇香。水果摊上摆着葡萄、苹果、梨和香蕉。策勒的石榴很出名,榨汁后,有甜、酸两种口味,甜的补血,酸的开胃。我买了杯甜的,一仰脖,咕嘟嘟灌下喉咙。

　　走到巴扎尽头,虽然两手空空,像一无所获,但却又体验到某种富足。我的鼻子、耳朵和眼睛里,全都装满了沉甸甸的绚丽离奇印象。我还想去别处看看,腿脚已瘫软。

五

　　我点了炒小鱼、炒茄子,菜装进饭盒的两个凹格中后,店主示意,让我摊开盒子,不由分说,将米饭扣过来!顷刻间,饭盒不再是有盖有底的完整体,而是,两个连体的白盘子。米粒松散,蔬菜慌乱,预示着某种狼藉。我举起筷子,却感觉别扭极了,像上衣反穿,或裤链没有拉上。而那些穿工装的女孩们,凝神屏息,专注咀嚼,根本没人在意这盖子。

在电子厂,一切皆被简化:青春、娱乐、餐具、生活……那些精致而无声的美,被缩小、淡化、粉碎,整个世界被浓缩成这个饭盒,让我看到这个场所里的这些人,这么多年,真实的生存状态。某种精细被摧毁后,看起来,人们是在吃饭,实际是在展示饥饿:那从食物里泄露出的饥饿感,过分得已忍无可忍,可人们必须得忍,必须让自己失去知觉。

那一次面对赛里木湖吃的午饭,让我同时吃到了两种美味:高白鲑和草原焖肉。

时隔那么久,当我写下这两道菜的名字时,舌底还止不住向上翻涌汁液。我绝非贪馋之人,只是,那顿午餐,将美景与美食融为一体,达到我饕餮生涯中绝无仅有的顶峰——超过我记忆中全部美味的总和!

环湖的山坡上,是牧人点点的白毡房。一户人家正在转场,羊群约有四五百只,走在最前面的,是骑大马的男主人,脚蹬铁质马镫,黝黑的脸上带着彪悍、健壮的微笑。他旁边跟着三头骆驼和一头棕牛。羊群踏起浮尘,形成白雾,将整个队伍裹在浓烟中,如出征士兵。

赛里木湖是一汪蓝——这是大自然景致中最完整、充沛的那一部分——湖水清澈如仙女之眼。凝视这样的蓝,只觉自己污浊滞重,恨不能跳进去,畅快地洗一洗。湖水的蓝是变动的:先是蔚蓝,后是青蓝,最后是青白。靠近岸的地方,是条银白带子。湖水极清,能看出水底石块的颜色和纹路,石块上趴着的一缕缕光斑,如蚯蚓蠕动。有些石块,恰巧竖起来,像探照灯般,反射出一缕强光。

车环湖而行时,我看到湖面闪动着几个白点。天鹅! 天鹅要在天气晴好时才会出现,且每次都是一对一对,极为忠贞。停车后,我跑下山坡,穿过草滩,直奔白点而去。湖边是片沼泽,实在无法前行,赶忙将镜头对准湖面,拉近……好极了,屏住呼吸,摁下去! 少顷,那对白色情侣张开翅膀,点击水面,飞跃起来。就在它们展开翅膀,即将离开,而尚未离去时,我喘着粗气,浑身颤抖,再次摁下快门。大地的空间无边无际,而人的空间却缩小了无数倍。人的地位,其实一点也不比天鹅、马匹和羊群更尊贵,而有时,它们反而比人类更富有生气。

湖边毡房,门打开,以蔚蓝湖面为背景,铺开餐桌,准备午餐。端来盘烤鱼,说是高白鲑,我吃了一惊。高白鲑的故乡在俄罗斯,这种冷水鱼,在别处很难吃到。从上世纪八十年代末,博乐人就从俄罗斯买来高白鲑的卵,经过孵化,养成鱼苗,到四五月湖面的冰完全消融后,投放进去。游进赛里木湖深处的高白鲑是否能成活?谁也不知道。头几年不打捞,任高白鲑自由生长。之后,才开始打捞。人们详细记录下高白鲑的体重:雄性平均两公斤;雌性平均二点二公斤。最大的一条,有三点六公斤。人们打捞上的高白鲑已达一百多吨,不仅本地人吃,还出口芬兰等国。

高白鲑打捞上来后,要直接速冻,否则肉会从刺上脱离。一般水浅的地方捞不上,要拉几公里的大网,才能网住它们。眼前这鱼块,是烤制的,已看不出鱼的模样,但入口后,皮肉细嫩,味道陡峭,是平时所食美味的几十倍。之后,端来清炖高白鲑。没下筷之前,仔细端详:体态颀长、稍扁、头小、背部青灰、腹部银白、头及鳃有小斑点。用筷子夹了入口,肉紧而韧,咀嚼后,满嘴留香。

草原焖肉端上来时,我以为是盘失败的煳锅焦肉。吃到口中,却被香味惊骇得要跳起来:我从没吃过这么香的肉! 几乎算得上奇香! 肉香直抵味蕾核心,而焦煳味,更让肉味达到极致。没有肉,比这种肉更像肉:味道完整醇厚,结结实实,无一丝泄露。

做这道菜的蒙古女人(面孔黧黑,眼睛细长)介绍说:要用现宰的新鲜羊肉(最好是一两岁的羊)做原料,且是草原上的羊(常处运动状);先在大铁锅的锅底铺满一指厚的羊尾巴油(别处很难寻到),其上放置大块的土豆、胡萝卜、青辣子、红辣子;菜上放置羊肉块,在肉堆上放菜,层层叠叠而起,最上面并不敞开,用卷心叶片将整个肉菜堆裹住,形成塔状物。燃料须用天山特有的爬地松。要用特大号铁锅做:锅底大,受热面积大,爬地松火候小,让劲慢慢使出来。炖一个小时后,肉菜逐渐烂熟。此间，一直不打开锅盖。肉塔顶部被菜叶包裹，肉味只在塔内循环，一点儿也跑不出来。靠着锅边的肉，慢慢发黄发焦，起锅后，滋味绝美。

一般人不敢做这种焖肉：不是生，就是煳。要将肉烧到焦黄而不发黑，火候很难掌握。这原是哈萨克人喜欢做的菜，在博乐县，被蒙古人发挥到极致。牧人居住地离水源远，提水困难，故用羊油铺底；蔬菜少，有的只是些易存放的土豆、胡萝卜；菜的块头要大，肉炖熟需两小时，菜太小，易熬烂。

做焖肉时，不放任何调料，只放盐。

六

某种陷落，正在舌尖进行：向下，一直向下⋯⋯

只有在某种特别的心情里，我才会想起新疆——以及那些残留在我身体内部的特殊感受。那感受和我现在所置身的场景，完全迥异，像一部老电影，逐渐地，某些画面遭到风化、侵蚀、摧毁，然而，在某个特殊的节点，又陡然复活。

像在岭南，泡在酒罐的蛇几年后揭开盖子，居然还能探出脑袋，张嘴咬人。

这一年

王严洁

　　一直是妈妈和朋友眼中的胖妹妹的我,生完孩子,才逼自己走上了减肥路。我瘦身了,胖妹妹成了白骨精。得意时,只有妈妈急得要命,打电话问,是不是生癌? 这个声音还在耳边,震荡的频率还没回到原点,向来壮实的妈妈却在2011年年底查出白血病,十六个月后走了。当大家在怀念一位叫程乃珊的作家时,只有我在想念妈妈,而非她的成就,更没有想借她的名搭一段顺风车。因为这种名利换不回我的妈妈,我宁愿用快乐换回个普通妈妈而非名人。这一年,当有人说他为我妈妈做了什么会成为印刷品时,我都拒绝一读。这一年,我还是以旧金山作为生活重心,假如没有丈夫的支持,我大概精神和肉身也都不在了。这副坚强的手臂让我的生活过得仍有水准,只是每次想到妈妈没有了,心里总有隐隐的痛。

　　妈妈一直是勤奋和肯吃苦的,显然和她的外表格格不入,当初我们在香港,平日都是上班族,忙于在各自岗位上加班。到周末,我忙着睡觉补充一周欠下的睡眠,妈妈就马不停蹄地写专栏。虽然她搞不清编辑的名字,但对什么时候要什么稿,她从来一清二楚。这一幕的印象太深,以致我这一年梦见的,都是回到香港,我下班去买菜,她在家里赶稿子。当时,我们同一屋檐下也是各自有各自的生活,错峰的作息叫我们养成每天会打电话到对方办公室的习惯,来确定彼此都安好。这个习惯一直持续到我去了美国,中间即使隔了太平洋,我们还是坚持每天通话几次。她回到上海后,会每天说自己参加了个什么活动遇到什么人,人家说了什么她又说回什么,我也会详细告诉她这一天美国家里发生了什么事。有次我说家里来了客人,但依旧不停地和她说电话,妈妈担心失礼,我说没关系,对方是聋哑人,妈妈哈哈之后无语。她那爽朗的笑声一直到去年病中。到生命的最后,她只会听而不再说,我知道她真的累了。以往普通白开水对白母女一聊就会变成气泡水的效果已成绝唱,一切已经被带走。

写作对妈妈是开心的,她可以顺手写出、娓娓道来的,都是家族内发生过的事。妈妈用自己的心感受到家庭内的种种,写出来娱乐了自己,赢得了掌声。纵然有些后来者意图用同样的手法,只是山寨货,经不起推敲。假想这一年来,妈妈在天堂做神,看着人间那么些人在试图变成某乃珊,而忘记做自己,妈妈一定在天堂哈哈大笑。换在以前,她定会第一个打电话给我,说告诉你个有趣的事。只是这条电话线彼此有号码和方向,但却无法打到对方。

记忆总是闪回十八年前。我坚持要去美国,妈妈则要回上海。我们都无法说服对方留在香港。妈妈坚持她的写作需要上海的土壤,否则无论如何都没办法生花。当她送我上飞机时,母女还一路在吵架,刀光剑影到了机场终于变成眼泪。妈妈忽然坚强地说:"有我在,你就不会有事。"这个话我当初不信由这个一直被认为是糊涂虫的妈妈说出口,而日后当我消沉时,常会想起妈妈的这句话,我会信她,没有她解决不了的问题。我在美国生老大时,特别紧张,第一次感叹假如妈妈在就好了。老公就开始开玩笑,你妈妈在,肯定要办一次签名售书活动,然后再上个电视采访,她还是忙她的,生孩子时你们还是就通个电话,当她来过吧。我的糊涂妈在得知自己当外婆之后,寄来贺卡,连自己外孙的名字也是写错的。我告诉她,她哈哈哈,我也哈哈哈。等我生老二时,她坦白地告诉我,她觉得老二没有老大可爱,她卡就省掉不寄了。这个率直的人就是我的妈妈,她的个性也是我最喜欢的。

妈妈和我在观念上总是有很多不同,以至于我们的文字是迥然不同的两种风格。每次她有新书出版,都会邀请我读一下,且叫我留言她的博客说书有多好,然后还热衷于替编辑向我约稿,追截止日。有时发现我不肯动笔头,会打电话给女婿,叫女婿盯稿。等我稿子到了,妈妈会托人放大电脑上的字,然后替我修改,事后还非常得意地告诉我那叫妙笔生花。我火冒三丈,电话里都是电闪雷鸣的用词。此后妈妈不再改稿,而是在聊天时问我手头在写什么,一听题材可以,马上说,你不用写了,这个素材我要了,肯定写得比你好,然后就用一个我们家里常说的笑话来掩盖自己的霸道——话说有个公公喝儿媳妇的母乳,儿子看了非常不爽,公公说你喝我老婆很多年的奶我都不介意,我今天才喝你老婆几口你就生气?妈妈把截稿的故事用"喝奶"来形容,说:我养了你那么大,没问你要过什么,问你要个素材你就生气啊?于是每次当我说在写什么时,我会提前问她是否需要"喝奶"?去年妈妈走了,不再会有人因为素材"喝奶"了。

妈妈已在天堂一年,我依旧在人间做人,和自己喜欢不喜欢的人打交道。回到一年前的上海,以为是人走茶凉,结果一切对我还是充满生机和希望。感谢妈妈当初的一路培养,令我很早就建立自己独立的有质量的社交圈,也幸好有这么个圈,在去年我最艰难之际,这群朋友伸出援手,黑夜中每人都扶了我一把,让我走出谷底。妈妈走后,好朋友们依旧巩固地存在。因为这个圈本来就不是来自我的妈妈,却因为妈妈我们走在一起。

妈妈一周年,听说朋友们要办一场妈妈周年纪念主题会。我感谢他们的有心。其实第一年或许只是去年的延伸,我倒是希望十年后,假如有市民自发为妈妈做主题纪念会,也许那才证明她对人的影响是深远的。

现在妈妈在福寿园,本来以为选了一块安静的福地,现在也不是那么安静。好在她喜欢热闹,可以在天堂重新组合一个作协创作班子。她人品好,可以堂堂正正站在上帝面前接受裁决。她应该在天堂对我会心一笑,女儿真的有点像我。用《圣经》里我很喜欢的一句作为正能量的结束吧:我已走出痛苦的阴霾,我不害怕,因为神与我同在。

我知道,因为妈妈就在上帝的边上。

美好的乡俗（外一篇）

穆涛

　　我的老家华北平原的乡村有一个习俗，假如有个少女不幸无常了，她的家人一定要设法找到一个同样早夭的少年进行合葬，不管其间寻找的过程有多么困难，这是必须办到的事。合坟前，两家人还要举行完婚的仪式，旧时的大户人家，这个"阴缘"的仪式是讲究排场的，就是平头小户，两家人的一顿"喜酒"也必不可少。针对这种"阴缘"的解释有数种之多，最流行的说法是，早夭的少女如果未结"阴缘"，就不会转世投胎重新做人，少女的魂魄虽说是不伤人的，但会郁结不散，而且在风清月高的夜里会发出鹭鸶一样逶迤忧郁的歌声。事实上这种声音只是回响在人们的传说中，真实的生活中没有谁听到过，或许也存在一种可能，就是家人在极度悲恸之下出现了幻听。我以为，"阴缘"的存在是一件没来由的荒唐事情，唯一的益处或许是可以稍稍安慰一下家人受伤的心灵。

　　我读中学的那几年正赶上破"四旧"，诸多正经的传统习俗都未能幸免，"阴缘"这类没名堂的事更在被砸烂之列，但其间发生的一件悲剧却让我觉得这"陋习"中竟也有美好的一面。

　　那一年的春天风调雨顺，气候宜人宜物。在那个年月里，尽管很少有人专心务农种田，但老天甘心作美，因而入了夏，庄稼就像农家生养的孩子，虽然父母不操心调教，却是一股脑儿地往茂盛里长。我的老家是棉产区,半腰高的棉田纵横连理,一大片缀连着另一大片,视力再好的人一眼望过去也望不着边际。就在这个节骨眼儿上,大田里突然爆发了棉铃虫疫情。棉铃虫是昆虫的一种,昼伏夜出,和蝙蝠有点儿类似,也热衷集体生活,小翅膀的颜色是黄褐色或黑褐色,外缘带有小黑点,让人看着极不舒服。一般的动物幼年是可爱的,棉铃虫是个例外,幼虫都可恨,细细绿绿的一条小肉虫,依偎着棉枝,胃口和蚕一样好,疫情严重的地段过不了一周到十天时间,棉田就会变成棉柴。疫情就是火情,老老少少都成了消防队员,我所在的中学也是全体出动"支农"。剿灭棉铃虫的办法是拉网式的喷洒农药,我们班里分到了四台背式喷雾器,一个简陋的塑料匣背在身后,左手按动压力柄,右手的喷头就像淋浴一样喷射。我们是初中年级,任务相对少一些,一天的时间内给60亩棉田淋浴。我记得天才麻麻亮,我们就赶到了距学校10公里外的"责任田"里,我的工作是技术活儿,负责配制农药,把农药和水按比例灌入喷雾器内。当年使用的农药叫"乐果",一种有机磷内吸杀虫剂,这种乳油样子的液体味道极难闻。当地的老农介绍说,味道难闻,对人的危害却不是很大。这种不负责任的说法当天就得到了回报,中午才过去不久,我们班里开始有两个同学出现眩晕、头疼的症状,截至夜里,全校有八个人被送到医院,其中有一位是物理老师。第二天早晨传来噩耗,一位高中女同学因抢救无效死亡。这位女同学姓王,人极腼腆,连笑都要低下头。我作为班上的代表,到王姓同学的家里去慰问。她母亲悲恸欲绝的样子我终生不会忘记。几个人搀扶着,却半瘫在地上,双手一下一下比划着,大张着嘴,却是听不到哭声。一个十六岁的花季生命就是在那个早晨舍下我们远远而去。

我们中学校长是个转业军人,常年紧绷着脸,一年四季穿着军用鞋,冬天是大头鞋,夏天是胶鞋。冬天男同学们都远远地躲着他,即使是这样还是有不少人被大头鞋踢过屁股。这位校长在那个悲伤的早晨之后消失了半个月的时间,最后从200公里外的北京通县赶回来,带回了一具因车祸而亡的少年尸体,和王姓同学埋在了一起。时间没过多久,这个校长被撤了职务,据说还关押过一段时间,罪名是封建余孽。

我离开老家多年了,当年的县城已经发展成为城市的一部分,连县名都不存在了。有一回和老同学走在街道上,一起回想当年千亩棉田的样子,感慨着沧海桑田的变化。我的同学被大头鞋校长踢的次数最多,大头鞋被撤职后就离开了教育系统,他的文化水平也太低,才小学文化程度,后来给一家公司做保安,再后来就退休了。因为那次"合坟"事件,他赢得了我们全校同学的好感。我和老同学一起到家里去看望他,他身患中风,眼神呆呆的,已经认不出人了,在他的床前,我和我的同学给他深深鞠了一躬。

茶喝完了

"茶"字的结构,是人在草木之间。

茶敬人,把人做了核心,是以人为本。其实字是人造出来的,这恰是人对茶的初衷。茶是俗物,是开门七件事之一,柴米油盐酱醋茶,茶是名角,唱着压轴的戏。茶也是雅者,别的店的伙计叫"小二",茶楼的伙计要称"博士"的。在来往的人情里,茶是桥梁,当下流行茶话会,推杯去问盏,盏中的是茶。君子之交淡如水,水是茶水,取的是净中滋味。茶还有彻底脱俗的一面,长在红尘之外,与高僧为伴,会心悟道,随形化物。那句"吃茶去"是和尚们辈辈要传的口头禅。"问茶"是和尚界的术语,"禅心如何尘中净"。俗嘴问茶问什么?不过价钱而已,问的也不是茶,是卖茶的。清代一个皇帝去难为一个方丈大和尚,问"名寺如何名利",大和尚端上一杯茶:"一滴是茗,片言是利。"皇帝老爷子龙颜大悦,龙手大把撒,赏赐了一河滩银子。高僧都是累劫中修成的罗汉,老和尚取悦皇帝的功夫真是着实了得。

和尚们不仅喝茶,史上不少名刹重寺也辟自留地种茶,小和尚采,大和尚焙,和尚的"级别"越高,茶的"身份"也越重。和尚们也好写茶,若有哪一个做闲学问的人多事,集一套历代高僧诗词大成,事关茶的不知要编出多少本。清代的李渔有两句料理和尚与茶的话,第一句是集苏东坡的诗,"欲把西湖比西子,从来佳茗似佳人。"第二句是他的自言自语:"和尚喝茶,不知是什么滋味。"

　　三毛说喝茶有三重感觉,头遍茶苦似生活,二遍茶醇若爱情,三遍茶淡如微风。三毛是文明作家,她说的雅,该得德艺双馨的。明代的许次纾话粗:"一壶之茶,只堪再巡。初巡鲜美,再则甘醇,三巡意欲尽矣。余尝与冯开之戏论茶候,以初巡为婷婷袅袅十三余,再巡为碧玉破瓜年,三巡以来,绿叶成阴矣,开之大以为然。"(《茶疏》)

　　三毛和许次纾说的是品茶,打的比方有轻重的分野,但传达的意思基本接近。由文生义,这两个人都可算作喝茶的行家。

　　平凹主编说,酒是茶之敌。这有些夸张,说的像和尚的话。喝茶是取自在,喝酒是找乐子,两件事是一根藤上的瓜,根是联系着的。往最大里说,也不过是脾气不和的两兄弟。脸面上不和,但心是通着的,每遇大事,或逢节过年,兄弟两个自会凑在一起。老话说,一个人不喝酒,但一个人可饮茶,禅关气清,静处可以通神。但这两件事都不宜独饮成癖。喝闷酒的是有狠手段的人(酒鬼不在此列,我说的是人),独自品茶的是高旷之人。在武侠小说里,一个人进门就锐声要酒的,是一种结局。进了门拎一壶酒去角落独饮的,又是一种结局。但最后占上风的,多是进门后招呼一壶茶上二楼的。无依无凭人自守,清风明月两袖间。

　　新茶上市时候,茶是不宜独饮的,几个朋友在一起共享着才好,趣味可以横生,选个像样的茶馆,比如瓦库吧,几个多日不见的朋友东拉西扯,南辕北辙了也不要紧,茶只入心不上头,脑子越喝越明。一壶茶喝到三巡,请客的那位就拉开门,悄悄对茶博士说,"茶喝完了,再上壶新的。"

火山下午茶

朵拉(马来西亚)

　　那边就是锡纳朋火山。Q指着酒店对面的远山,自山下一路跟着我们上来的微雨还在下着,远山茫茫烟雾袅袅萦萦缭绕,虽说云里雾里模糊不清,却有另一种动人的朦胧之美。Q提醒我们说,那烟雾是火山在冒烟呢。语气没有特别惊慌,就像在说着一桩平常闲话般悠悠然。大家闲坐在酒店咖啡厅,刻意选择坐外边,因为要观景。L说这地方风景如画,拍照回去可以看着绘制几幅。L给自己点咖啡牛奶,顺便帮我叫一杯。L还叫了炸香蕉。Q说好呀好呀,这里的炸香蕉特别好吃。L解释因为是格外肥沃的火山土,种香蕉不必放化学肥料,味道极其香甜。

　　这个下午茶有点奇特,凡和平时的规律性活动有所不同,都归类奇特。下午四点暂停工作,来杯提神的咖啡或茶,是每天生活的一部分。住在槟城,原是英国殖民地,英国人走了,留下他们平日的生活习惯。只不过喝咖啡配炸香蕉,则是全新的体验。英国人配下午茶吃的是叫玛芬的小小杯蛋糕,来到棉兰,才知道,原来印尼人的咖啡是配着炸香蕉一块吃。当年殖民印尼的是荷兰人,莫非荷兰人喝下午茶,是和炸香蕉一起?

　　到荷兰去看凡·高和维米尔美术馆的年轻律师菲尔回来说,荷兰人做事从容不迫,且还是超级乐天派,遇到任何事都不紧张。不慌不忙的荷兰人走了,在这儿留下的不仅是荷兰式建筑和荷兰人的饮食习惯,应该还有他们的乐观态度和缓慢的生活节奏吧?

今早启程时间,之前说好是八点,可是没有人紧张着急,大家都优哉游哉,到了八点,才开始准备,出门时已经十点,人人习以为常,都能接受,无人大惊小怪。"没有事情要赶嘛。"说得也是。不过是到马达山走走看看,纯粹休闲,应该带着度假的恬适心情,虽然来回路上一共要花四个多小时。

车子开动不久,午餐时间到,停在半途吃过午餐后继续前行,看看窗外深青浅绿的自然风光,聊聊华人在印尼越来越安定的生活处境,抵达目的地已是下午茶时间。所以,并非刻意到山上的酒店来喝下午茶,也不是特别安排面对冒烟的火山喝下午茶。在我们看起来有点惊险意味的火山下午茶,对当地朋友来说,对着火山吃饭喝茶,是普通平常事。

火山在冒烟,这景观其实不是第一次看见。全球最大的户外佛塔婆罗浮屠,在公元778年开始兴建,动用几十万名石材切割工匠和木匠,费时50至70年方才完成,竣工后被号称世界七大奇观之一。这长宽各123米,高42米的世界最大佛教遗址,落在印尼的日惹。2007年去的时候,导游艾力克开辆七人旅游车到梭罗机场接我们,一见面马上介绍的第一个景点,即是无论走到哪儿,只要一抬眼,它就跟在我们身边不离不弃的默拉比火山。他把我们放在住宿的酒店时告诉我们:"夜晚的时候,你们会看见山峰的火焰。"

夜游回来,我们真的站在酒店外边看火山顶上既绚红且带鲜橙色的火光,不只是细细闪烁,而是在高高低低地像烟火样喷射。上床时一边把被单拉到胸口,一边想到火山就在房门口,竟然有点困扰,久久无法入眠。仿佛才刚合眼,突然听到敲门声,惊醒时感觉床在左右摇晃,床头灯也发出咯咯咯的声音,似乎要掉下来了,我以为自己怎么头晕得厉害,原本惺忪的睡眼被叫门的女儿沉着的呼唤"妈咪,快起来,地震了"的声音惊吓,好像被泼了一桶冰冷的水一样,眼睛顿时睁大,急急打开门,随着门外正在迅速离开房间的住客,有秩序排着队走下楼梯,看到游泳池边已经有数百人在那儿大小声说话,这下才发现自己忘记穿鞋,却记得在睡裙外披上外套,还有,皮包紧紧抱在胸前,居然没有忘记。

艾力克隔天早上来载我们,他倒能够笑得出来,"放心放心,昨晚的地震,和默拉比火山毫无关系。"在日惹旅游的几天都非常愉快,可是,每天看着喷火冒烟的火山,心头总有一块乌云。

每晚睡前,都要想一想,半夜还地震吗?"地震,像那个晚上,是小儿科,没事的!"艾力克丝毫不放心上。他的态度打破我们对住在火山旁边的迷思,却无法驱赶地震那晚在心中残存的害怕和恐惧。三天后,他载我们经过一段崎岖不平的山路,去看默拉比火山。车子停在火山脚下,我们徒步走一段路,这一团人在艾力克看起来,既是老弱残兵,又以女性居多,太阳很大,阳光明媚,奇怪的是充满烟火味的空气竟然有点冷,风吹过更增添寒意,地上碎石处处,杂着生命力旺盛的正在努力茁长的青草,站在一堆残垣败瓦旁,艾力克说不要继续往上爬了,在这里看看就好。"这一堆破瓦底下有人,那是2006年5月默拉比火山爆发时,几个记者为了拍摄火山喷发的照片,来不及逃跑,就被熔浆埋下去了。"几间剩下半墙砖块的房子,一些木条靠在破屋边上,那土堆,艾力克说了外人也还看不出底下有人的痕迹,却在阳光下显现阴影,地上四处皆是烧黑的煤炭,周围一片凄清零落。和火山一起住的人说起火山爆发这回事,轻描淡写,似乎是司空见惯的事。

远远有几个驼着背的老妇,每人身上都驮着巨捆的牛草,从斜斜的坡路缓慢走下来,艾力克说她们每一天都得驮好几趟牛草,可是换取的费用仍不足以应付生活。"火山随时会爆发,人们不害怕吗?为何不搬走呢?"游客一提出这愚蠢的问题,答案即时便自己出现脑海:贫穷的住民,要叫他们搬到哪儿去呢?艾力克礼貌地微笑:"这里的人大多信仰印度教,可能有宗教信仰的支撑,让生死问题变得不甚执着。"

要不然,应该如何解释?

　　这时有几朵白云在火山上浮游,今日火山只冒烟不喷火星,那里是日惹默拉比火山,这里是棉兰锡纳朋火山,我们坐在锡纳朋酒店,看着火山闲喝下午茶。Q说:"离开马达山,回去的路上,我们还能够看到另一座叫西巴雅的火山,最近也开始在冒烟了。"

　　棉兰马达山上锡纳朋酒店的下午茶,炸香蕉的味道香甜不? 爪哇咖啡的味道香醇不? 在记忆中寻觅不着,最难忘的是锡纳朋火山在不断不断冒烟的画面,至今清晰如故。

森记的猫

陆蓓容

夜里从维港另一边看过去,港岛区流光溢彩,霓虹灯色从上环一路流到湾仔码头,在铜锣湾打个旋儿,漫过天后,便退潮一般暗落去,成了千万户普通住家窗口的一点温亮。这一片暗淡的高楼里有一栋英皇大厦,脚底住着一群猫。

猫的家是森记书店。每当俯身下阶,还没走到店门口,必有一两只先已跳到眼前。常常是黑的,满不在乎地踞坐在路中间,黑得人一愣神。蹲下身逗一逗,每换得一眼睥睨,或者干脆用屁股对着你,懒洋洋地甩一把尾巴,挪两步。走进店门,又常有三五只并排而立,站在齐肩高的书柜上检阅你。这里好像是它们的世界。人类成了货真价实的"外人"。

森记养猫的历史,与书店一样悠久。三十多年前旧主人移民他方,将书店盘给来自厦门的员工小姑娘。为捉老鼠,那时店里就有两只猫。星霜更迭,小姑娘仍做着店东,猫却越养越多,终于布满店中,大有反客为主之势。矮书架顶端都不放书,专停猫。你看书,它看你。等你看它,它却哧溜沾地,踮着脚跑了。想要跟着走,往往失败——斜刺里又钻出一只来,把目光截住。

拜猫之赐,这家店已极有名,许多背包客都特地来摸,甚至抱着蹭一蹭。大多数时候,猫儿们确实都在休息。店门口摆着一溜露天睡房,小毛团们各占一张床,蜷着身子不瞧人,呼吸沉静极了,只有胡梢低颤。有些睡得愉快,爪子抱住了脸。粉红色的肉垫露在外面,要使好大劲儿才能忍住与它抵掌的冲动。好多猫都瘦,一低头,半只脸都埋进了垫子里,不胜之态教人手足无措。

猫睡在床上,睡在杂志堆上,还睡在高书架顶上。进书店总要四处行礼如仪,在书架前转悠一圈。有时一仰头,但见一条蓬松的毛尾巴悬垂,面孔却向着墙不得见。过了一会儿再回原处仰头,猫已醒了,正把自己抻成一根长条。在天花板与书架有限的距离之间,压前腿,压后腿,然后用力打个哈欠。绝壁无攀缘,它们怎么上去的呢?对两足行走的动物来说,这始终是个谜。

说来惭愧,我竟没有在这里买过书。可是曾有一位好心的网友,两度赠书都放在店中,等我去取。我逛书店向来不敢打扰店主人,却因为这番因缘,终于有机会和店主陈小姐对立片刻时,听猫们的故事。

它们都是流浪猫。被她收留并养大。倘若身体健康,稍大点儿就会送给相熟的朋友;留在店里的全是老弱病残幼。我闻言惊呆了。她说到一半,想起什么,跑去抱起一只黑眼睛的黄花猫,特别严肃地对我说:"所有的猫都可以摸,但请千万不要逗它。"

为什么不能和它玩?我无辜。其实这只猫曾跟我亲热过。它一点儿也不矜持,格外爱黏人。伸手挠挠它下巴,会把整个肚子都敞给你。送鼻子给它,就还你一个湿热的小鼻尖。我不招猫,被它如此喜爱,简直受宠若惊,恨不得把心都掏出来。

很快得到解释:它看不见。因为孤单,特别渴望和人玩儿,感到人走了,就巴巴地往前跟。一个扑空,会从高处掉下去。我也曾看见它跌跌撞撞地从书架上往下跳,只以为平衡不好。哪儿能想到,岂有天生平衡不好的猫!伤心极了,第一次知道什么叫因为爱而远离。

陈小姐又指一只,说它也有病。半年前去时,曾特别喜欢它,以为是新生的小猫。也不怕人,尤其活泼好动,像个小男孩。拿相机链子逗,扑得可认真。捉定了，露出爪尖死死钩住，跳踉着不肯松手。半年后再相遇，以为是一只新猫，因为身量一点儿也没长——"这就是它的病呀，它长不大。"我不知道猫也会得侏儒症，只庆幸它还是那么喜欢玩相机链子，没有揣上一颗渐老的心。

　　也有些小家伙，看上去挺不错，聊起来也叫人不那么难过。有一只通体黄棕两色的长毛儿，下掩着四个雪白的爪子。平时从书架前走过，一侧脑袋总能看到它，稳稳地站在齐人高的猫爬架顶端，身后是一长排《老子》专著。它爱俯视瀛寰，双目琥珀色，盈盈秋水，看得人心里起波澜。"是山猫，爱爬高"，陈小姐说以前训练它爬架子，总是上去了就给点儿零食，"后来它就老是自己上去啦，我每次都说：'你自己上去的可不能管我要吃的！'"又有一只断了尾巴，看着可凶，也不亲人。我们以为并非善类，孰料她奔去捉来抱在怀中，一边亲一边嗔怒："这个没良心的！没良心的！"猫瘪着嘴，照旧老大不耐烦。

　　我只是喜欢猫，对品种一无所知。其实这里竟有许多名种。许多人养猫都不负责任，小时候万千宠爱，养到大了却弃如草芥，一丢了事。看她侧着身子指：这个很贵，这个也价昂，一时接不上话来。天行无常，贵贱都不长久，而她竟无分良窳一视同仁。扪心自问，恐怕我是做不到。

　　聊天时店中来客寥寥，无有进账。另一位店员坐在门首，眯眼抚弄几只猫。这里的书并没有明确的顾客群，只靠老友倾囊恐怕很难维持，然而新读者们又在哪里呢？"有很多猫的书店"，成了它固定不变的形象，虽然引人来观，却又能留下多少回头客，卖出几本书？

　　陈小姐似乎不太担忧。聊完天，她突然举起一只最小的灰猫，握住上身，教它整个儿悬垂着；皮鞋轻敲，地面笃笃有声。她双手摇着它，轻轻说：来，灰仔，变钟摆。嘀嗒嘀嗒，猫乖得一动不动，后爪紧缩，肉乎乎的小身子随人轻晃，毛尖儿在灯下滤了一层光。陈小姐笑得灿烂又得意，我们早已惊住，这是一颗怎样的少女心！

　　三十年来，她抱过多少猫钟摆？多希望书店长留在岁月嘀嗒声中。

我在廊桥上等你

陈霁

1

那年，因为迷恋摄影，我高考落榜，索性成天泡在嫂子的照相馆里，帮她打理生意。

这是一个初春的上午。生意清淡，我百无聊赖。

这时，一个姑娘出现了。因为街头冷清，她出现的第一时间就被我的目光抓住。她轻快地走在距我百米以内的拐角处，红衣，短发，像日本影星山口百惠，更像我想象中的那些名门闺秀。人在远处，我已经感觉到了她的清纯、优雅，甚至有几分高贵。

优雅。高贵。这是我在外国小说中经常读到的两个形容词，它们专门配置给名媛贵妇。但在我们这个叫塔水的川西北小镇上，它们却是太高档的奢侈品，让所有的女人都消受不起。成长在东倒西歪烟熏火燎的屋檐下，生活在粗声大嗓的环境中，粗衣粝食，柴米油盐，缺少文化的滋养。这样的土壤显然不适合优雅和高贵的生长。它们只能存活在小镇女人们的想象世界里。因此，现在一个气质有几分优雅和高贵的姑娘，风姿绰约地走在一个古老破败的小镇街头，立刻让我想到了一句唱词：天上掉下个林妹妹。

我在心里默默地喊:林妹妹啊林妹妹,你朝我这里走吧。

想不到,她真的朝我走来了。不,严格地说是朝我们的"真善美照相馆"走来了。

她是来照高中毕业证照片的。这就是说,她比我低一个年级。她一口纯正的普通话,也很礼貌。但是她的美丽让她拥有了绝对优势,这种优势在她不经意中成为一种压力,居高临下地压迫着我。我不敢正眼看她,语无伦次,额头冒汗。直到把她领进摄影间,我才慢慢恢复了镇定。

我让她坐下,依次打开顶灯、轮廓灯、脚灯和侧光灯。这些灯是我忠实的帮手。它们将她严严实实包围、控制。这样,我与她的地位就颠倒过来了。她像一个腼腆而听话的小学生,中规中矩地坐在我画的蓝天白云背景板前面,接受我的指挥。我左手晃动着一枚红薯样的小皮球,头钻进那一团黑布里,把笨重的座式照相机反复推拉摇移,像一个大摄影家。我还通过镜头大胆看她,肆无忌惮。我的目光久久地在她的鹅蛋脸上停留,一寸一寸移动,像占领军趾高气扬地巡逻。柳眉细长,丹凤眼出奇的清澈明亮。微微上挑的眼角,天然地带了几分微笑。她此时的微笑让我轻松,甚至让我感到亲近。我的思维也活泛起来,曾经读过的一首诗,像一只小鸟,在心头轻轻跳跃:

> 最是那一低头的温柔
> 像一朵水莲花
> 不胜凉风的娇羞……

开票的时候,攀谈几句,我知道了,她来自附近山中那个国防科研基地,名叫晓月。

哦,晓月。对她而言,这是一个恰到好处的词。

2

两个月以后的一个星期天,我已经与晓月走在了去廊桥的路上。

因为她对上次拍的照片满心欢喜,我就顺势鼓动她多照。我使足了力气,为这个爱美的姑娘拍了各式各样的照片:正面、侧面、半侧面;特写、半身、全身;顺光、逆光、侧光、侧逆光;高调、低调。这个星期天拍照,下个星期就取相片,然后再拍。拍照,取照片,循环往复,我与她的联系就得以持续。约她去廊桥拍照,这只是乘着惯性的顺流而下。

这时,我发现自己不可救药地爱上了晓月。我为此感到忐忑不安,有负罪感。因为,我像是一只最卑微却有自知之明的癞蛤蟆,垂涎于一枚高贵的天鹅蛋。然而我的爱已经在心中猛烈膨胀,并渴望释放。但是,面对晓月,照相机镜头差不多是我可以表达的唯一方式。选一个风景优美的地方,拍摄能打动芳心的照片,对我来说就是孔雀最优美的开屏。

廊桥距小镇不过几里地,与晓月家也不算远。这里是成都平原与川西山地的结合部。小镇还在平原,但前跨一步就已踏入深山。重重叠叠的大山触面而起,万千杂树植满沟壑。这时春意已浓,鹅黄、嫩绿和深黛汇成极饱和的绿色,将荒山大野涂抹得天衣无缝。但山体一不小心抖搂出一片裸岩,一段裂谷。那些石灰岩、花岗岩和海绵生物礁,以奇奇怪怪的形状,将嶙峋和粗粝夸张到极致。茶树河,我家乡小镇的母亲河,就从这一片嶙峋和粗粝中夺路而出。莹绿,碧澄,一曲蜿蜒的流淌美得让人心颤。路转峰回之中,廊桥出现了。它的出现,为这里的荒凉和寂寥加进了诗意的元素,使这深山里立刻有了古典诗词般的美感。

这是一座带桥楼的木结构风雨廊桥。严格地说是两座。因为河心还隔着一个巨大的石包,茶树河在这里分了岔,河心石包就现成地做了两段桥面共同的桥墩。600年的风雨,它已老态龙钟。桥楼边稀疏的杂草是它残存的毛发,层层绿苔是它满脸的老人斑。

深山古桥,缠绵流水,为我与晓月故事的展开做了最好的布景。鹧鸪声声,百鸟和鸣,撩拨着心绪,美妙而复杂。这里应该属于王维、李白、陶渊明,属于阮籍、嵇康、马致远。这是可以让他们的诗囊里增添精品的地方。这里更应该属于夏圭、马远、范宽、董源,一轴现成的山水长卷,意境高古而幽远。

我这是平生第一次单独和女孩子在一起。我的心情像这仲春的季节一样明媚。19岁的年纪让我充满激情和幻想。勃勃雄心、野心,还有一些见不得人的念头,都在这个季节里蠢蠢欲动。我想牵着晓月的手过桥,想背着她涉水过河,想让她攀着我的肩膀上树。然而面对她的美丽和纯洁无邪,这些我都不敢。我生怕亵渎和冒犯了她。我只有端起相机,不停地寻找画面和角度,把扣动快门作为神圣的礼赞。而晓月,因为是第一次到廊桥,意外的惊喜让她一直处于亢奋之中。河边捡石头,崖边采野花,桥上观飞鸟,一个个镜头都生动无比。

乏了,坐在桥头,我向晓月讲了一个关于廊桥的传说。

从前,这河边有两户人家隔河而居。河这边是远近闻名的木匠,对岸是这一带最有钱的员外。一天,员外雇请木匠父子过河去修缮庭院。员外的独生女儿见小木匠不但相貌英俊,心灵手巧,而且为人忠厚;小木匠见员外千金不但花容月貌,聪明伶俐,而且心地善良。二人一见钟情,私订终身。嫌贫爱富的员外知道后,一万个不愿意,但面对女儿的苦苦相求,又不敢把话一口说死,于是便向木匠父子提出,你们如果在明天鸡叫前在这河上架起一座桥,让我女儿可以天天回家,并且不被雨淋日晒,我就认了这门亲事;如果办不到,你们就一切休想!听了这话,父子俩愁眉苦脸。这事让鲁班知道了,他偷偷告诉父子俩,这有何难!我们一起努力,保证明天鸡叫前把桥架好。他连夜移来一座石岩安在河心,顺便从两岸拔起几棵大树搭向河心的石岩,然后三个人一齐在上面铺桥板,修桥楼,进展神速。哪知那员外见了,忙躲到桥边学鸡叫,引得两家人的鸡都提前叫了。员外千金听到后忙跑到河边,一看桥并没有合龙,绝望中便纵身从桥上跳入河中。小木匠为救她也随之跳了下去,结果双双殉难。后来人们为了纪念这对有情人,便将廊桥称作"情人桥"。

晓月说,你讲的不就是另一个《梁祝》吗?

我说是啊。古往今来,获得爱情是所有人的梦想。你看这河边,石崖上有流水冲刷的深深痕迹,断石上有海螺和鱼的化石。你手上这个石头也是树的化石。海枯石烂,古代人用它来说爱的不朽,多么到位,多么有力!

我看了晓月一眼。四目相对,她脸上微微一红。

3

现在,我不能不说到我的手了,右手。这是我最羞于启齿的事情。和我说手,等于是和癞子说脑袋。因为我的右手是残缺的。在我看来,残缺就是畸形,就是丑陋。

上帝有意作弄,把残缺的现实和唯美的取向同时放到我的身上。水火不容,它们不能不天天打架,企图将我撕裂。

也是在茶树河边,也是在廊桥下,我失去了右手的三个指头。那年夏天,高年级的同学二狗子,也就是镇上造反派头目许万恶的弟弟,带了几个大孩子去廊桥下炸鱼,我也屁颠屁颠地跟了去看热闹。二狗子点燃雷管的导火线,心虚,慌忙扔进桥下的深潭。看看雷管浮在水面没有爆炸,他就命令我去捡起来。我当时还感激他的委以重任,受宠若惊地奔过去将雷管捞起,还傻乎乎地向他们高高举起,大喊:快看啦,还冒烟呢!话才出口,我已被炸翻在水里。二狗子们马上逃窜,无影无踪。我只有自己从水中爬起,左手用衣服捂住刷刷喷血的右手,拼命往镇医院跑，直到在医院门口倒下。

出院时揭掉纱布才知道了问题的严重性：拇指、中指和食指一齐从手掌处不翼而飞。这一炸，也彻底炸掉了我的自信。出院后，我再不敢在众人面前吃饭，大热天也戴着手套，并且时时不忘将软塌塌的那三根手指拉直，捏圆，让它们看起来像是真的套进了手指那样饱满、实在。但我深知自己的与众不同，什么也无法阻止我精神的坍塌。自卑，像夏天施了化肥的植物，从断指处疯长，并且毒素一般在我的生活中弥散。

晓月从来不问我的手。明知是掩耳盗铃，欲盖弥彰，我也刻意掩饰。但她显然早就知道了我的残缺。她甚至还可能以她母性的情怀，对我报以充分的悲悯。

晓月出生于中秋之夜，又以月为名字，月亮因此成为我的图腾。她生日前夕，我独闯深山，从风雨的黄昏一直守候到皓月当空的凌晨，终于如愿拍到了一幅《廊桥晓月》。那么，当她接过带镜框的《廊桥晓月》并且知道了照片背后的故事时，她眼里的泪光，是爱的回应？还是惯性的悲悯？

4

我迫切需要获得一种高度，以便与晓月并行。

中国有的是穷小子与富家小姐的爱情故事。才子配佳人，男主角往往是穷书生。十年寒窗，金榜题名，终成眷属，是千年不变的公式。即使背信弃义，也是成功的男主角才有的权利。但我深知古代的传奇无法将我拯救。只有艺术上的成功才可以建立现实的平衡，让我可以坦然地伸出右手，与她相握。

夏天，我瞒着晓月，扒上了南行的火车。弥漫着煤烟飘飞着煤屑的货车厢里，我一路搂紧了我的摄影作品。这是一组很写意的植物照片，以象征的手法表达我的理想，标题就叫《我的追求》。目的地是广州。《中国摄影》杂志上登了消息，广州要办全国影展，征集作品。我要凭我的作品和勇气去撞开挡在我前面的那一道道紧闭的大门。爱情和艺术的双重意义，让我的出行变得崇高，理直气壮，奋不顾身。在一个个停靠站，火车一停我就下车，又重新打听前往广州方向的列车。我没有了羞涩，可以坦然地在站台上把作品一次次打开，又一次次重新包扎，像当年那些初入中国的传教士一样，讲着让人半懂不懂的关于摄影艺术的大话，在车站师傅们同情又狐疑的目光中走向下一站。钢轨像是从火车肚子里拉出的卷尺，闪闪发光，在我眼前丈量出广州之远，中国之大。

到广州已是深夜。中山一路。我牢记着报纸上的地址，打听。警察、小贩、清洁工、送菜的农民，他们同样以狐疑的目光把我送走。疙疙瘩瘩的川味普通话，鸟语般的粤语，这是我首次与家乡之外的世界对话。

这个夜晚我是幸福的。在凌晨到来的时候，我已经寻到了广东省摄影家协会门前。靠着那块让人温暖的牌子，抱着那些用报纸精心捆扎的作品，我酣然入睡。

还有意想不到的幸福在等着我。第二天早晨，我背后的大门哐当一声打开。开门的是一个还算得上年轻的工作人员，我至今还依稀记得他叫林星，应该是这次影展组委会的要角。在他的办公室里，几天以来我第一次喝上了热开水，并在他门外的水龙头上洗了脸。他显然被我的狂热打动。他收下了我的作品，并且和气地作了点评。虽然我后来并不清楚我那些作品的命运，但林星给了我一张复旦大学新闻系摄影专业班的推荐表。这样的推荐表，据说广东省摄影家协会也仅有两份。凭了这张表，我又故技重演，扒车赶到上海。笔试，面试。当1986年的盛夏到来的时候，我如愿以偿，接到了来自复旦大学的录取通知书。

我真是像老百姓所说的撞上了狗屎运。种一粒芝麻，收获的却是一个巨大的西瓜。

与晓月在廊桥作别时，我接到了她向我抛出的绣球——一支刻了龙凤图案的金笔。

到了上海可要给人家写信啊。晓月红着脸说。

5

我望了一眼身后的莫高窟,狠狠心,义无反顾地走过小桥,一直向南,走进茫茫戈壁。正前方是格尔木,它在遥远的荒原尽头,像晓月一样对着我微笑,招手。

这是1987年的秋天,系里给了我们半个月创作假。恋爱催生奇思异想,恋爱让人胆大包天。进入恋爱季节的我,决定只身横穿柴达木盆地,希望有沙漠、雅丹、雪山、草原和盐湖的柴达木给我前所未有的艺术发现。我更想以一次挑战极限的壮举,让晓月看到一个男人的强悍、勇敢和坚忍不拔。美女爱英雄,我要完成一个英雄的自我打造。

我觉得我的准备是充分的。行囊里有13个大饼,大铁壶里灌了十余磅水,再就是晓月送的笔记本,上面有她以娟秀字迹写下的深情赠言。唯一的奢侈品,是刚才在商店里买的一沓印有飞天图案的精美信封和信笺。

路程也不算远。我把军用指南针压在地图上,从敦煌滚到格尔木,测出的距离是400公里。在家时我曾经从县城安县经北川、茂县到九寨沟,有过一天走140里的纪录。那么,保守一点儿算,我至多8天就可以穿越柴达木。走在格尔木的街头了,我有理由认为,这不过是一次略带冒险色彩的浪漫之旅。

我觉得整个世界都背在我的背上。

天气很热,但我尽量强忍着不喝水。一直匀速前行,走一阵便拿出指南针核对一下方向。下午5点过,天气转为凉爽。太阳向西天滑落,橘子一样,橙红、鲜艳、明朗。一抹流沙静静地在地平线上展开,色彩金银般纯粹。一株孤单的杨树兀立在流沙附近,金黄的叶子在风中像无数金色的铃铛摇响。浅浅几株红柳尚在花期，现一抹淡淡的嫣红。流沙中我居然捡到一枚拇指大的锈铁。我想它应是箭头。是爱神之箭。它已在时光里疾飞千年，直指我的前心，让我幸福得要仰天长啸。诗意和美感源源而来，都在这荒漠之中被发掘。想象的触须在最自由快乐的空间里，像水中的八爪鱼一样朝不同方向飞舞，没有什么地方不可以抵达。

月亮初升，天色渐暗。我急忙放下行囊，铺开信纸，趁着最后的霞光，给晓月写信。我要让她分享我的发现、体验和感悟，让她看到被我夸张了的异域的荒凉之美，还要用绵绵思念将她层层缠绕。信写完，我已经沐浴在月光之中了。这时我看到月亮特别大，特别亮，还特别地亲切。这是晓月凝望的眼睛。

三天之后，我感到情况不妙了。戈壁茫无际涯，原计划可以喝十天的水已经喝了一半。剩下的这一半其实早都可以咕噜噜一气喝干。原先以为只是晒，没有想到如此晒法。太阳一露脸就火辣辣的。到正午，灼人的热浪在浮沙与砾石间滚动，如火焰的尾端，看得见空气在上面的颤动。汗水如淋浴般流淌。感觉中人成了烘房里的葡萄干，不，成了烧烤架上翻滚的烤全羊，嗞嗞冒油。视野之内除了少许芨芨草、骆驼刺别无生物。孤独无边，一丝恐惧袭上心头。似乎在月球、火星，甚至是在地狱行走。只有太阳落下，月亮升起之时才暂时得救。这时又可以找一个背风的地方坐下，写信。然后一边望月，一边手掰大饼细嚼慢咽。最后，套上全部衣服，仰面睡下。

真正的危机在第七天来临。这时我已经喝完了壶中最后一滴水。没有了水，我就是被敌人重重围困丢盔卸甲手无寸铁的战士，任由宰割。水只出不进，撒出的尿比浓茶还黄还稠。但是，点点滴滴，它们比金子还珍贵。我用镜头盖全部接住，喝下。

再后来，尿全部滴尽。嘴边开始裂口流血，我看见了死神鬼鬼祟祟的影子。记起课堂上老师曾说起撒哈拉沙漠里的贝都因人陷入绝境，口渴难耐,会把一根小管子插入骆驼脖子静脉处吮血。而此时,我只能痛苦地吮吸自己的血。我在心中发誓:为了晓月,我绝不能死。但渴到忍无可忍之时,我唯一能做的,就是将三脚架拉出一根,顺着芨芨草根朝下挖。水是不可能有的,草根也几乎没有水分,并且苦。但可以将头伸入这个坟墓似的深坑,吸一阵凉丝丝的潮气,这时明显感到快要燃烧的肺恢复了几分湿润,这样我就可以重新站起来,蹒跚前行。

第12个夜晚来临。没有了水,大饼在嘴里干燥得沙子一般。嘴角早已结痂。三天没有进食,已经没有了饥饿感。硬撑着为晓月写完了第12封信,折叠,装好,放入行囊,然后躺下,喘气。

指南针不知去向。目前已完全不知东西南北,只有无边的荒凉和恐怖。一躺下就是幻觉。父母、同学,还有一些奇奇怪怪似人非人的怪物,互相粘连、错杂、重叠,混沌一片地浮现。更多的是看见晓月。她在廊桥上时隐时现,一双始终微笑的眼睛。我使劲睁开眼睛看时,却是月亮。月亮变成两个、三个,变成了冰糖葫芦似的一串,在天边晃动。眼一闭,幻觉消失,感觉死神正把自己紧紧搂住,一步一步拽向黑暗深处。自己的魂魄正慢慢脱离身体,从一个个毛孔里丝丝缕缕地出逃。

尚有几分清醒的意识让我明白,我即将死在这个无人知晓的地方,没有任何人可以搭救。我瞟了一眼背包,它已与三脚架一起被我拴在那株红柳上。与它们拴在一起的还有我最后的奢望——希望有人通过它们发现我——一具干尸,一个客死荒漠的可怜人。

我的得救是在次日早晨。几声汽车喇叭响起,求生的欲望让我一个激灵恢复了神志。喇叭声是从沙丘的另一面传来的。但我已经无法站起,只有拼命以手抓地,爬,爬向沙丘。终于爬上去了,才知道一百多米远的地方就是公路,还有汽车!

但是,我一激动马上又失去了知觉,从沙丘上滚了下去。不知过了多久,我发现有人在动我,睁开眼睛才发现是两个军人在用水壶往我脸上淋水。我此时已经无法说话,只能指一指沙丘背后。又有三个战士立即朝那里跑去,找回了我的行囊。

这是拉给养的军车。官兵们将我抬到车上,打开一个水果罐头,让我小口小口地吃,要求我至少要用两个小时才可以吃完。但是,我还没有吃下一半,就重新沉睡过去。

后来到了西宁,从战士们那里我才知道我在车上睡了整整两天两夜。他们让我稍事休息,为我检查了身体,并且送了我一网袋水果罐头才让我上路。

我至今无法判定我为什么穿不出柴达木。或者说我可能根本没有走进柴达木,是第四天的海市蜃楼让我偏离了方向? 是我不会用指南针? 或者干脆这指南针就是坏的?

从敦煌出发,我到底经过了哪些地方,至今都是一个谜。与任务在身的战士们匆匆告别,我甚至没能准确知道我得救的具体地点。

在西宁,我可以自由行动后做的第一件事就是给晓月寄信,一共13封。邮局值班的大嫂反复说明最好是打捆邮发,可以节约7角2分钱。但是我坚持分别寄走,并且亲眼看着它们被逐一打上邮戳,送走。

我交出去的,是一个劫后英雄在炼狱里反复提纯的爱情。

6

我与晓月最后一次见面是在安县城里,1990年的夏天。

这时,是我人生最灰暗的日子。因为年轻和不成熟,因为过于单纯和冲动,我在临近毕业时卷入一起违反校纪的事件。敏感、自卑,让我过度高估了问题的严重性,因此我选择了不辞而别。尽管是复旦新闻系,尽管我专业成绩不错,还在学校举办了首个学生个人摄影作品展览,但上海、北京,原先属意于我的几家著名媒体,现在都不可能了。我只有灰溜溜地回家。能到县文化馆打工,也是多亏了县里认为我是难得的人才。

回来以后，晓月只字不提我离校的事，就像她从来不问我羞于启齿的右手。她凡是星期天都进城找我。拍照，一起欣赏照片，让我讲那些已经讲过多次的关于冒险的往事。

这天晓月是穿着军装来的。她们家早就是全民皆兵了，父母、哥哥、姐姐，后来又轮到了她。这是她第一次穿着军装来见我。只因她听我说她穿军装一定更漂亮，很想看看她穿军装的样子，她今天果然就穿来了。哪怕相貌平平，军装一穿也让人刮目相看，尤其是女人。今天，穿了军装的晓月当然更加光彩照人。我和她走在街上，满街的目光都被她带走。我想起了左拉的小说，《陪衬人》。我和她走在一起，在众人的目光中，我是衬托鲜花之绿叶？还是鲜花插上了牛粪？

这一天晓月很开心。还第一次要我陪她去看了电影。片子叫《牧马人》，一个知识分子和女盲流不对称的爱情故事。一切都表明，我们的故事正在进入高潮。

我爱情世界的坍塌恰恰是源自晓月的一往情深。

晓月说，爸爸妈妈早就想见你了，他们请你下个星期天到我家做客。

面对晓月一家正式的盛情邀请，我只能满口答应，并且还与晓月商量好了得体的礼物，见面的细节。我们约定，我们先去廊桥玩，然后一起去她家吃午饭。

晓月还沉浸在对爱情美丽的期许之中，万万想不到，我却举起了锋利的剪刀，要剪断每一根情丝。

她始终是我的一个神话。她就是我难以接近不敢冒犯的圣洁之神。我曾经努力用一幅幅照片和多次英雄般的惊人之举，去垒叠起一个可以与她平视的高度，填平我与她之间的鸿沟。我也曾幻想大学毕业后，以著名媒体专业摄影记者的身份，以一个护花使者终身的痴情付出，来求得与她分量的相当。然而我的努力功亏一篑，终于无法抵达那个高度。现在，更加深重的自卑，成为面对她时永远的不可承受之重。我觉得，爱不是追求就可以拥有的，关键在于你有没有拥有的资格和能力，能不能将爱呵护和养活。太多的董永和七仙女，太多的王子和灰姑娘，反而更加说明这类故事只是穷人在现实面前可怜的自慰。命运将我打回了原形，我还是那个一穷二白还少了三根指头的穷小子。残缺的右手，现在还要加上不光彩的退学，成为我的耻辱。艺术创作和先前那些冒险壮举，并不能成为尺幅足够的遮羞布。我曾经热切期盼坦然地与她握手，还幻想着像小说和电影里那些绅士一样，吻那双光洁美丽的手，甚至像所有的丈夫那样吻她任何一个部位。现在看来这只能是亵渎。

幸好，我至今还没有来得及拉她的手。

我也畏惧她的父亲。一个级别不低的老军人，一定有威严的面孔，挑剔的眼神，还可能像廊桥故事中的员外那样嫌贫爱富。虽然我家好像也有点"门第"，我的先祖李调元是翰林，大清乾隆年间曾经主持编修《四库全书》，在四川是纪晓岚式的传奇人物，我家至今还珍藏着他老人家当年一直使用的砚台。不过，算起来我已经是他的七世孙了。我家也曾经有钱，在镇上后门设厂，前门开店，是工商业兼地主。但是这带来的只有抄家、批斗，让我从小就走在见不到阳光的道路上。门第悬殊，属于不同的"阶级"。从认识晓月起，她就是一座大山，让我走不出她的阴影。

还有她的母亲、哥哥和姐姐，他们一定视我为异类。面对他们不屑的眼神，我无法自持。

也许，我几年来对晓月做的一切，只是一个精心构建的骗局。现在，真相即将大白。与其在她全家面前被当众撕下画皮，颜面扫地，想钻地缝而不能，还不如趁早抽身而退，与晓月的世界彻底切割。

晓月还在回单位的汽车上幸福着，我已经在文化馆那间陋室的桌上压了张字条，然后逃之夭夭。临行前，为了与晓月切割得干净彻底，我还将刚才晓月买的一袋苹果——我最爱吃的水果，毫不犹豫地扔进垃圾桶，甚至还将她的照片一张张剪碎——我要将晓月从我心中彻底腾空。

当晚，我在廊桥上坐了一夜。望着漆黑的天空，我泪流满面。我的情感的天空，也许从此是永远的月全食。

7

我在廊桥上等你。这是我对晓月的弥天大谎。

我是被突然降临的幸福吓坏了。我背负着不堪其重的爱情，自己绊倒在婚姻的门槛之外。

明知道那个星期天晓月在廊桥上的等待会等来什么。那一定是晴天霹雳的震惊，天塌地陷的绝望，撕心裂肺的疼痛，还有火山爆发般的愤怒和怨恨。但是我别无选择。我只有以漂泊来逃避一切。

我曾经在绵阳郊外的皂角铺火车站工地打过杂，在九寨沟附近的章腊一户残疾的老森工家帮过工，在湖南汝城钨矿堆积成山的矿渣堆上与那些老太太小孩子挤在一起捡过矿砂。此外，还有广州、昆明、西双版纳。不管在哪里，干什么，只要有一口饭吃就行。

后来才知道，我不在时，晓月也曾多次到我家，到文化馆，打听我的行踪。她最后一次到我家时，给我抱来了一个毛茸茸的玩具狗。她曾经说过，人要向狗学习忠诚。

经过几年的努力，我才发现爱情是杀不死的。并且，扼杀爱情，还使我陷入更深重的罪恶。于是我不再浪迹天涯，回家，开始了对晓月的寻找。然而，在绝密的军事科研基地，机构众多，关卡重重，一双双高度警惕的眼睛逼退了我一次次的打听。最终，有一扇大闸落下，将我与她隔离在了两个世界。

我在廊桥上等你。这是一柄利剑，既给了晓月致命一击，也插在了我的心上，永远无法拔出。

伤痛难以忍受，我便重新端起了照相机。镜头，是我更管用的嘴巴，是我唯一可以与世界从容对话的工具，也是救赎自己的唯一方式。我把自己的悲剧人生提炼成照片。从1997年我的照片登上《人民日报》的头版头条并获当年全国大奖之后，我被选派到美国纽约大学摄影学院留学。学成归来，我以更加纯粹的方式来续写我的故事。

人生之匆匆如荷花之来去。而荷花最能代表晓月的美丽与纯洁。《爱之旅》，就是我历时16年拍摄的12幅荷花。《青梅竹马》《淑女》《望穿秋水》《海誓山盟》《伉俪》《归去》……这是在虚拟中延续我与晓月的爱情，我是企图以一个光明的尾巴来照亮自己暗淡的内心，是又一次庄严的献礼，也是又一次深深的赎罪。

我更关注甚至还羡慕那些相濡以沫一往情深，但又在生活的最底层挣扎的寻常夫妻。《苦恋》，就是对他们的祝福和礼赞。这是另一个版本的《爱之旅》。

5·12大地震发生以后，我随第一支救援部队赶到已经成为死亡之城的北川。随后一本大型画册《撕裂的天堂》，由人民出版社迅速推出。它是我对灾难的记录，更是对人性的礼赞，对生命的讴歌。接下来，我以每年一本的速度推出我的新作，北京、香港，都是最著名的出版机构在推介我的作品。

第五届国际新闻摄影大赛（华赛）。捷豹杯国际风光摄影大赛。多个国际性的摄影赛事的大奖，我都榜上有名。

我的作品，与北川有关，与羌族有关，与天地自然和人性有关。但是最终，都与晓月相关。

关于晓月，我每天都在等待奇迹的降临。虽然，我永远不会指望，像那些年轻情侣那样，有一双温软的小手，突然从背后伸过来，悄悄地蒙上我的眼睛，让我猜猜她是谁。但是我仍然幻想，某天，街头会突然走来一个牵着孩子的女人，擦肩而过的瞬间，四目相对，一丝惊慌，一脸绯红，迅即消失在熙熙攘攘的人群；或者，某个时辰，我的手机突然响起，那个熟悉的声音传来,一阵发泄,几声喟叹,我尚不及反应电话已经压下,从此又重新在人间蒸发……

但是无论如何,我都坚信,晓月,怎样的滚滚红尘都难以改变她的风清月白。

我现在的一切,也许,她其实都知道。

她就在离我并不太远的地方,将我默默注视。那一双美丽的丹凤眼,依然清澈、明亮。

8

尽管是痴人说梦,我还是盼望时光倒流,让我有机会重新向她说一声:

我在廊桥上等你。

达古的春天

阿来

春天了。

这些年的春天里总想，而且总要回乡。

如今城乡疏隔，回乡是需要理由的，高原的春天便是我回乡的好理由之一。

高原的春天来得晚，在成都，所有春天繁花开过，眼看就是绿色深浓的夏天，家乡那边才传来春天的消息。达古景区的朋友打电话说，高山柳开花了；明天打电话说，落叶松和桦树发芽了。又说，你教我们认得的苞叶报春和龙胆都开了。所有这些消息，都在诱惑着我。当下就把几乎在车库里停了一冬天的车开到店里保养，换了新轮胎。我要回去看家乡的春天。

达古冰山在黑水县，在小时候时时仰望的那座大雪山的北边。大雪山的南边是我的家乡马尔康县。

新轮胎黑黢黢的，新橡胶的味道也像是春天的味道。

这回是"名家看四川"系列活动之一，请作家中的大自然爱好者，去达古冰山，多少有点帮忙发现与提炼景区丰富美感的意思。达古冰山不仅有壮美的雪山风光，更有从海拔两千八百米到海拔五千多米的地质景观与植物群落的垂直分布。

我决定不随团行动。但我对工作人员建议，午餐安排的饭食要有山里的春天——刚开的核桃花、新鲜的蕨菜。而且，眼前马上就浮现了那些石头建筑错落的村寨，高大的核桃树刚刚绽出新叶，像一团绿褐色云雾，笼罩在村寨上面。浅浅的褐色，是树叶的新芽。绿色是核桃树正在开花：一条条肥厚的柔黄花序，从枝头悬垂下来——那就是颜色浅绿的花。这个时节，村民们把将导致核桃树会结出过多果实的花一条条摘下，轻轻一捋，那一长条肥嫩的雄花与雌花都被捋掉了。焯了水拌好的，其实是那些密集的小花附生的茎。什么味道，清新无比的洁净山野的味道！而在那些不被人类过分打扰的村庄，蕨就生在核桃树下，又嫩又肥的茎，从暖和肥沃的泥土里伸展出来，一个晚上，或者一个白天，就长到一拃多高了。要赶赶紧紧采下来。不然，第二天它们就展开了茎尖的叶苞，漂亮的羽叶一展开，为了支撑那些叶子，茎立即就变得坚韧了。乡野的原则就是简单，取了这茎的多半段，摘去顶上的叶苞，或干脆不摘，也是在滚水中浅浅焯过，一点儿盐，一点儿蒜，一点儿辣椒，什么味道，苏醒的大地的味道！

这样一顿风味午餐后，他们还要去看色尔古藏寨。

好味道我都品尝过。而那古老的村寨——我自己就出生于与之相似到相同的村庄，至今仍在细细观察。我在一首叫做《群山，或者关于我自己的颂辞》的诗中写过，这些村庄，都跟我出生的那个村庄一模一样。我是说人、庄稼、房舍、牛栏、狗、水泉、欢喜、忧伤、老人和姑娘。

正因为这份稔熟，这些年，我从熟悉的乡野找到了新的观察对象：在青藏高原腹心或边缘地带走动时，会留心观察一下野生植物，拍摄那些漂亮或不太漂亮的开花植物。

从成都去黑水县城，将近三百公里，一路都沿岷江峡谷而上。春天是山里的融雪时节，所以江流有些混浊。水清时，比如秋天，站在飞虹桥上看在桥前汇聚的两路江水，岷江主流清澈见底，左边的猛河一样清澈见底，却水色深沉，因此猛河也被叫作黑水，连带着分布在这条河上下两岸的地方也叫作黑水了。这一带，海拔已经上升到两千多米，而且还是渐次抬升。山高谷深，山势陡峭。一路上，见有道路宽阔的地方，我就停下车来，爬上山坡去寻找开花植物。春天进到岷江峡谷已经有些时候了，公路两边人工栽植的洋槐正开着白色繁花。河谷台地上，那些石头寨子组成的村落，桃树已是丛丛翠绿。可是，河谷两岸干旱山坡上的灌丛仍然一派枯黄。但我知道，这些枯瘦的灌丛树里一定有早开的花朵。这一路，走走停停，上到山坡，又下到路上，果然遇见了好几种开花植物。两种蓝色鸢尾。一种开满细小黄花的带刺的灌丛，名字叫作堆花小檗。米粒大的小黄花一簇簇拥挤在一起，抢在绿色叶片展开前怒放。这植物的名字概括的正是其花开的繁密。小檗的根茎中可以提炼一种叫小檗碱的物质，也就是平常所称的黄连素。还有耐旱耐瘠薄的带刺灌丛沙生槐也开出了密集的蓝色花。爬得累了，我坐在山坡上，翻看相机里花朵，却突然弄不明白，大自然为什么要让植物开出这么多的花朵。这些花朵，和这神秘的不明白，也许就是我这一天的收获。

拍完最后一组照片，坐在山坡上喝几口水，一根根拔去扎在衣袖裤腿上的灌木刺时，已经是山谷中夕阳西下的时刻了。

再车行二十多公里，就是黑水了。

黑水县城分成两个部分。先到的老县城。即便地处深山，这些年被城镇化的潮流所波及，要到城镇上讨生活的人越来越多，地处狭窄谷地的老县城容不下这许多人了。五年前的汶川地震后，又在老县城上方一公里多，起了新县城。

管理局领导请大家吃饭。当地猪肉，这种猪半野放，肉香扑鼻，是名藏香猪。野菜多种。最受欢迎者有三：一种，土名刺龙包，其实是五加科楤木的肥实叶芽；蕨菜和核桃花已经说过。这些野味入口就是清新的山野气息，加上所有人都会想到无污染绿色这样的概念，就更觉得不能不大快朵颐。只是酒不太好，当地产烧酒，有点遗憾。

坐景区的观光车跟大家一起游览达古景区。

车穿过峡谷和峡谷中的三个藏族村落。这三个寨落都叫达古。因地势高低分别叫作上中下达古。车上有同行问我，达古在藏语里是什么意思。我有点说不上来。从词根上说，达，是马的意思；古，是深远的意思。但两个意思如何串联起来？去年初春，我走访过这三个村寨。村长是个有文化的人。上过初中，因"文革"而辍学。我来访问前，他已经把村子的历史和达古雪山群中一座叫洛格斯神山的故事写成了两页汉文材料。要不是有位央视的纪录片编导随行，善于访问，我都不知道该再问他什么问题了。

在上达古村前，猛河已变成了一道溪流。溪上一座带顶的藏式木桥，上面写着红军桥。这里是当年红军长征经过的地方。到达此地之前，红军已经翻越了宝兴县和小金县之间的夹金山，又翻越了小金县和我老家马尔康县之间的梦笔山，接下来，又经过我们马塘村继续跋涉，翻越亚克夏山进入黑水县，这就是现在达古景区所在的地区。这里，雪山更加密集地紧靠在一起。刚从亚克夏雪山下来，当年的红军马上又遇见一座昌德雪山，下昌德雪山，就是上中下三个达古村所在的这个峡谷。当年的红军，那些并不确切知道自己该去哪里的人，在此地盘桓一阵，补充些粮食，就从现在叫了红军桥的木桥上过了溪流，又顺着蜿蜒的山道直上达古雪山。过了这座雪山，便是毛尔盖，接下来就是宽阔的川西草原了。这就是所谓的红军爬雪山过草地。中央红军主力和四方面军一部，一共在阿坝州境内翻越了五座雪山，其中三座都在黑水县境内，而且，就围绕在达古景区主峰的周边。大部队行军当然不会挑选那些最高的难以逾越的雪山。

这一天，我们要去的是这雪山群中两座从未被人逾越的雪山——有冰川群的达古雪山主峰和洛格斯神山。

去年，比此行早二十天，我来时，晚上一夜飞雪，早上风停云开。驱车到达古村时，湖水映着碧蓝天空，阳光下融雪时的滋润气息带着松杉的芳香。保护站小屋中，炉子里烧着旺火，壶里茶滚烫。屋顶上的雪融化了，从窗前淅沥而下，像断了线却落不尽的珠串。听保护站的工作人员谈林子里金丝猴、羚牛的故事。茶喝到出汗,路上的雪也化开了。半山上一条为游客布置的木头栈道上的雪也化开了,洇湿的厚木板上有漂亮的纹理。走上这条木板栈道,正对的洛格斯神山冰清玉洁,莹光逼眼。在一些藏语文本的诗性表达里,喜欢把巍峨纯净的雪山形容为一个戴着水晶冠冕的人或神,如果你在一个空气清新,阳光明亮的上午,看见这样直插幽深蓝空的雪山,就知道,这样的形容有多么精妙,且带着神圣之感。顺着栈道一路向前,那并肩而立的三座晶莹雪山就在峡谷尽头越升越高,诱导你一直走到跟前,把平视变成仰望。在山下的达古村。村长告诉过我,这座雪山的神是古代三个为了保卫村落与美丽山水而献出生命的达古青年,是三个达古村共同的保护神。

那天真的走到栈道尽头,倒在松软洁净的雪中仰望雪山。山峰和蓝天间漾起片片薄云。那是山上起风了,把山体上的雪花飞扬到半空里。薄云很快又消散了。那是风停了,雪花又落回山上。四野寂静无声,某片杉树林中,传来一两声鸟鸣。婉转悠长的是画眉,有些突兀的是粗嗓门的噪鹃。

可是,今次来,大家走上栈道时,洛格斯神山却在自己扯起的一片云雾后面隐匿不见。大家继续朝前,希望突然会云开雾散。但云非但不开,天上还不时一小会儿一小会儿地洒下些雨点。山神今日休息,山神今天不与凡人相见。我闲着无事,便动手拍去年来时已经开放的报春花,顺便把三千多米高度上的一些常见植物落叶松、野樱桃、小檗、蔷薇、伏地柏指认给大家。就这样,在古代冰川所创造出来的巨大的U形山谷中盘桓一阵,神山仍然没有露脸的意思,大家只好到游客中心午餐。

午餐算是一个冷餐会吧。藏式的手抓肉、包子,和一些野生蔬菜。最好吃的一种,学名叫作紫花碎米荠,吃的是它们刚刚破土而出的嫩茎。要到七月间,它们才会开出团团漂亮的紫色花。饭后,一半天空阴着,一半天空中却有阳光破云而出。右手峡谷尽头的洛格斯神山依然隐匿不现,而正面峡谷尽头壁立而起的达古冰川群上的雪山主峰却熠熠闪光,大家赶紧上山。

上山很容易。海拔三千多米的峡谷尽头,有新绿如烟笼着的落叶松林前就是索道站。十多分钟,缆车就将游人运到海拔五千六百米的高度上。据称这是世界上海拔高度最高的缆车索道。也就是对游客来说,这是目前世界上不需自己辛苦登攀而能到达的最大海拔高度。

我已是第三次上到这里。不急于和同行的人们马上冲向外面的雪山。我为自己在雪山小屋中要了一杯咖啡,慢慢饮下。情景有些不可思议,有些奇异。人在宽大的观景窗内落座,手捧一杯香喷喷的热咖啡,窗外,海拔五千二百多米的达古雪峰覆盖着厚厚的雪被就横卧在眼前,像一只睡着了的巨大动物。山体上是深雪,雪下,才是冰川。这道冰川每年只有七、八两个月,积雪融化时才得以显现。但那冰川的力量却可以看见。下冲的冰川在雪峰下几百米处刨出一个巨大的深坑,夏天和初秋,那是一湖碧水。湖水的上方,劲风猎猎,被阳光照耀,亮得晃眼的云团翻滚在天空,也翻涌在湖中。

喝完咖啡,走到室外的雪野中。瞭望台上,雪深盈尺。瞭望台外,雪深就在三四米了。我发现,好几位同行者因为缺氧因为过度兴奋有些喘不上气来了。在这个高度上,群山变成波浪,在眼前奔涌。只有身边几座山峰超出我们所在的高度——最高峰海拔五千二百米。冰川在这雪山之巅造就的地貌杰作:相互错落在云幕下金字塔一般的锥形峰顶;锋利峭薄的山脊——地理学名词叫脊线;被冰川从对面山体上剥离又搬运到面前来的巨大岩石——冰漂砾;而在我们脚底的深雪下,就是冰川挖掘出的巨大的冰斗,夏天时,是一汪湖水,现在冻成了一块坚硬的冰。

达古景区主诉的是两个卖点:一个,雪山和冰川;一个,秋天的彩木。

而我一直说,森林的漂亮,秋天变红变黄时的五彩斑斓自然是一个高潮,但从初春起,不同植物,晕染在山野间的不同色调的新绿也足让人目眩神迷。高原上春天来得晚,初春过后,直接就进入生命竞放的夏天。十数种杜鹃,十数种报春,十数种龙胆,十数种马先蒿,几种绿绒蒿,金莲花银莲花,金露梅银露梅,那么多的高原植物渐次开放,把整个高原的夏天开成一片幽深无尽的花海。这些也都是可以用某些方法指点给游客的,都是可以让他们喜欢与热爱的。我总觉得,达古景区这样的地方,可以成为一个中国人学习体味自然之美的课堂。地理之美,植物之美,共同构成自然之美。虽然时兴的国学热中,常有人说中国人如何有天人合一观,如何取法自然,但在实际情形中,却是整个国家自然界大面积的退缩与毁败,是中国人与大自然日甚一日的隔膜与疏远。

达古景区冰雪覆盖之下的达古雪山其自然之美真是无处不在啊!

海拔三千多米处,积雪刚刚融化,落叶松柔软的枝条上就绽放出了簇簇嫩绿的针叶。而刚刚从冰冻中苏醒的高山柳、报春已经忙着开花了。再往下,开花植物更多。路边草地上,成片的小白花是野草莓,星星点点的蓝花是一种龙胆,那是比蓝天更漂亮的蓝!到了达古村附近,湖边野樱桃开花了,有风轻摇树梢时,薄雪般的花瓣便纷纷扬扬飘飞起来。再往下,路边一丛丛黄花照眼,那是野生的棣棠。还有藤本的铁线莲,遇到灌丛和乔木就顺势向上攀爬,用这样的方式,把一串串鲜明的白色花举向高处。那些花朵也真正漂亮。四只纯白的花瓣纤尘不染,花瓣中央,数量众多的雄蕊举着一点点明黄的花药,雌蕊通身碧绿,大方地被雄蕊们簇拥在中央,我不知道,这是一种快意的听天由命,任哪一阵风起,或哪一只昆虫飞来,把任一枝雄蕊上的花药撒到那娇嫩敏感的柱头上,在阳光下昏眩一阵,便受精怀子;还是一切都要经由她不动声色地精心选择,拒绝,拒绝,或在拒绝与接纳间犹豫再三,才终于将几颗雄花的精子纳入子房?

大家散去的时候,有人问我,你为什么喜欢这个地方。我想起自己曾经为景区想过的广告词:最近的遥远。便说,因为这是距离大都市最近的完整的大自然。

一千四百年前的春天（外一篇）

王善让

寂寞之旅

这个春天对于大唐帝国河西重镇凉州来讲,有些灰暗。尽管凉州是当时的西陲重镇,它的知名度在全国来讲并不是很高。半个世纪以后诗人王之涣的《凉州词》算是为它做了一次免费的广告,而且这个广告的时间跨度很长。只不过这个广告是写实的:"黄河远上白云间,一片孤城万仞山。羌笛何须怨杨柳,春风不度玉门关。"读过诗的人都会马上陷入一种凄凉孤寂的氛围中,这个《凉州词》,真够"凉"的。

对于27岁的陈某来讲,这个春天也是够凉的。先不说乍暖还寒的天气,穿着厚厚的棉袍还觉得缺少热气。陈某主要是心凉,因为最近他惹上了官司,官府正在通缉他。其实也没有杀人越货的罪行,只不过他四处宣扬要出国,而唐王朝当时决定关闭与西域的交通往来,以防边境被扰。对于一意孤行要去西域的人,朝廷以"叛国罪"论处。这个陈某,在这个当口嚷着要出国,当然也就成了与朝廷作对的要犯。尽管当时的信息技术没有今天发达,网上通缉几乎是无法想象的事情,但大街小巷张贴的布告让他不得不躲在一座破败的寺庙里。

何去何从? 往东去长安,一路上关卡重重,估计走不了几步就会被官兵认出，瞬间身首异处。往西去，他早就想往西去看看，问题是同样并不太平，先不说依旧是关卡的严密和异族的敌视，单是大漠戈壁就能要人命！

既然到哪儿都有可能要死，索性到一个未知数更多的地方去，或许能有一线生机。再说，他的心中一直都有一个梦想，一个在当时看来近乎荒唐而不可能实现的梦想！其实很多梦想一开始看起来都是遥不可及的，当你为之经历了太多的苦难之后，奇迹就会光临。

在庙里热心和尚的帮助下，陈某人逃出了凉州城。在走出城门的那一刻，他长舒了一口气。西行，在破庙里思考了几天之后他终于做出了决定，西行！完成他的那个遥不可及却又不甘心的梦想。一路上，他昼伏夜出，不敢走官道，而是走在官道旁的黄土和沙砾之上，穿梭于官道旁的村庄和庄稼地之间。一个星期之后，他终于来到了大漠边缘的最后一个属于中央政府直接管辖的城镇——瓜州。再往西，就是八百里流沙河了。

瓜州的瓜应该是很不错的，一般情况下靠近沙漠的绿洲，种出来的水果是非常甘甜的，瓜州当然也不例外。只是这个季节却是品尝不到的，飞沙走石，狂风肆虐，正赶上春季这个多风的季节，老百姓连土地都没有整饬，瓜种子自然尚未埋入土地。陈某人是没有心情管这些的，什么瓜不瓜的，对他来讲已经并不重要了，重要的是接下来该怎么办？

继续往西，有两条路，一是先往西南行至沙州，至楼兰，且末，于阗，绕着塔克拉玛干沙漠南缘；再有一条路，就是从沙州沿着塔克拉玛干沙漠北缘，经伊州、吐鲁番、库尔勒、阿克苏、喀什。这两条路其实都是要绕沙漠半周，最后又汇在一起。自汉代以来，这两条路就已经成为沟通中原西域的重要通道，而且沿途商旅颇多，并不觉得荒凉。

当然，对于大漠戈壁来讲，处处都有路。大唐政府为了西北边境的安全，从瓜州向西北延伸四百多里，设置了5座大型的烽火台，每座相隔八十里左右，一直延伸到伊吾辖区。这个伊吾并不只限于今天的伊吾,而是指的今天的哈密地区。五座烽燧都派有官兵把守,就像通往西域的五道关卡。同时,烽燧相连,时间久了中间也就形成了一条道路。从这条路西行,也能抵达西域各国,但是这条路风险极大,特别是作为一个通缉犯,要经过五道关卡的盘查,恐怕并非易事,何况此去西域,离开了大唐的辖地,没有护照恐怕也是难以放行的。估计这个陈某人并没有通关文牒这类护照文件,谁会给一个通缉犯发放一张周游西域各国的护照呢?风险远不止这些,此去800里,据说流沙遍地,四野茫茫,既没有水草,也没有树木,更没有村庄,这样的地方,不是被渴死就是被饿死,哪里能算得上路呢?如果勉强算是路,那就是黄泉路。

陈某人毫不犹豫地选择了最后这条路。他在瓜州的骡马店里买了一匹并不强壮的骡子,买了一些干粮,计划着穿越800里流沙,走向西域。就在他计划开拔的前夜,官兵拿着枷锁把他逮捕了。也不知道是谁告密了,还是自己一不小心被认出了,反正他面临身陷囹圄的境地。按照朝廷"宜严候捉"的通缉令,官府要将他押送长安,听候朝廷发落。所有的梦想在瞬间破灭,陈某人一下子心灰意懒了。

人常说时运无常。也是他命不该绝,这个时候瓜州一个信仰佛教的刺史接触到了他,发现他对佛教的认识很有见地,有些相见恨晚、一见如故的意思。两人聊了半夜,最后刺史一激动就把他放了。夜长梦多啊,既然放行了就赶紧走,陈某人骑上他的那头羸弱的骡子,匆匆消失在瓜州城的夜色中。

渡过瓠芦河,绕过玉门关(重兵把守,一个通缉犯借给他十个胆也不敢接受盘查啊),陈某人便踏上了没有故人的漫漫征途。

沿着瓜州府设立的五道烽火台,陈某人竟然走得也算顺利。虽说号称八百里流沙,实际上很多地方算得上戈壁,并不像大漠之中那样难行。越过设在瓜州西北方向沙井子的第一座烽火台,差点被守兵的乱箭射中,侥幸逃出之后,又比较顺利地通过了设在白墩子的第二道烽火台、设在红柳园的第三道烽火台,来到了设在大泉的第四道烽火台。从瓜州半夜出来，行至第四道烽火台，已经过去了7天时间，陈某人走了六百多里路，实为不易。到了这里，陈某人没有绕道，因为他的给养已经成为很大的问题，特别是缺水，如不能及时补充，无论如何也走不出这八百里流沙。好在这里的一个低级军官对他不错，也可能尚未收到朝廷的通缉令，不仅给他补充了水，而且告诉他不要从设在马莲井的第五道烽火台通过，因为那里的守卫特别凶残，根本不可能通过，要他绕道一个叫作野马泉的地方，既可以补充水源，又可以直接进入哈密。于是陈某人千恩万谢，沿着守卫指引的道路，前往野马泉。结果事与愿违，由于戈壁深处并无参照物可参照，加上陈某人不慎将盛水的皮囊掉在地上，水流失殆尽，顿觉天将亡我，丧失信心。趴在骡背之上，任由骡子自己行走。不知走了多久，骡子停了下来。已经陷入混沌状态的陈某人也从骡背上掉在地上，睁开眼突然发现，这是一个有水草的地方，骡子正低头饮水呢！

陈某人跳进水池，狂饮之。后吃些干粮，休息一会儿，觉得恢复过来了，于是继续前行。按照记载，估计陈某人当时到达的那个地方，应该是沁城。

一路骑着骡子，虽然辛苦，精神却舒畅多了，因为不用担心有人抓捕他。又行走了两天，看到前面的山下有一处庙宇，甚至还能听到庙里的钟声。几天不见人影的陈某人顿觉精神百倍，一溜烟地跑向寺庙。庙里的和尚似乎也很孤独，很热情地接待了他，甚至用难得的白面给他擀了一顿面条！住了两天，陈某人还是决定继续西行。和尚劝他留下做个伴，西行太辛苦，而且生死难料。陈某人很固执，一定要走。我一直认为人是不能有梦想的，因为有了梦想的人，已经不能称之为人了，应该是超人！

继续西行。当天就到了一个叫作伊吾的地方，即现在的哈密市。盘桓了几天，意外地受到当地人的热情接待，而且还被安排到当地最大的一座寺院——白杨沟寺院做了一场宗教与哲学的演讲。距哈密八百多里外的高昌国国王听说这个事情后，马上派人来哈密请陈某人，要在高昌国举行演讲。陈某人真有些飘飘然了。

离开哈密的时候，柳树泉的柳树已经开始抽出嫩绿的枝条，白杨沟的河水开始哗哗流淌，庙儿沟的杏花散落满地，沁城的庄户人开始摇耧播种。

很快哈密人就忘记了这个来自东土的男人，但历史却牢牢记住了这个人。而且随着时间的流逝，这个人的名字在历史的长河中越发清晰。

这个人出生于河南偃师，名叫陈祎，职业是一名和尚，法号玄奘，我们今天亲切地称呼他"唐僧"。

舞蹈的生命

夕阳西下的时候，经过一片沙漠。这是一条绵延数十公里的狭长的沙漠地带，平时就掩藏于前后的白杨林和沙枣林之间，让人感觉我们生活的这个地方，并没有外人想象的那样可怕。其实面对身边的沙漠，我从来都没有感觉到有什么可怕的，包括20年前刚刚来到这个地方，面对沙漠即将吞噬边缘的房屋和田园，我也没有一丝的恐惧。我以为自己的表现是一种勇敢或者悲壮，后来才慢慢明白那是一种悲哀——一种缺乏家园感的悲哀。

路边有一排很粗的略显古老的柳树，虽然满身沧桑，堪称合抱之木，但我还是能判断出这些柳树的年龄并不是很大，根本不会超过五十年。当年左宗棠收复新疆时，曾坐镇这座古城十数年，西出嘉峪关一路植树造林，使得这座边陲小城能够沐浴到中原的春风。"大将筹边尚未还，湖湘子弟满天山。新栽杨柳三千里，引得春风度玉关。"清代诗人杨昌浚的这首诗，我刚进新疆时就很熟悉了，而且就在我身边的很多地方，都还能找到一百多年前湖湘官兵们栽种的柳树，当地人称之为

"左公柳"。为了保护这些有着特殊意义的树木，当地文物部门甚至给每一株幸存的老柳树都挂上了"身份证"。其实除了大量的"左公柳"之外，还有更多的是"左公榆"。柳树固然易成活，但需水较多，一旦水源紧张就会干枯，而榆树的生命力似乎更为顽强一些。我所居住的这个区域，就有很多合抱的大榆树，平时很难得到浇灌，但年复一年仍然迎风吐绿，在干涩的视野中使人赏心悦目。

这一排柳树虽非"左公柳"，却也算得上树龄久远的老树。如果说这片土地是半个世纪前开垦的，那么刚开垦的时候拓荒者就植下了这些树。说实话，这些树木虽然经历了风沙干旱，最终顽强地活了下来，但极度扭曲夸张的树干，并不能为我们提供什么可塑之木。它们存在的价值，就是在沙漠边缘生存，给我们一种精神上的慰藉。其实，在新疆植树，似乎一开始就没有考虑到指望它长成什么材料，就是希望它们能活着——不管以怎样的姿势，只要能活着站立在风沙之中，就足以让每一个见过的人刻骨铭心。

有三棵柳树站在一起，其中一棵树的粗大的树枝，正好搭在旁边一棵树的树冠，旁边这棵树就像一只手一样托着伸过来的树枝。由于过于沉重，托着树枝的这棵树显得体力不支，这个时候，最旁边的一棵树匍匐过来，用树干顶住了这棵树的腰部。因为这样扭来扭去，这三棵树都变形得有些夸张，看上去就像三个非常丑陋的人在沙漠边缘舞动着笨拙的身躯。但我却站在它们面前一动未动，我觉得这可能就是这个世界上最美的舞蹈——真正用生命舞蹈，为生存舞蹈！

距离这排柳树不远处，有几座拱拜（穆斯林的坟墓），在沙漠边缘看到这些造型独特的坟墓，不知是该高兴还是畏惧——究竟是生战胜了死，还是死战胜了生？究竟是人战胜了沙漠，还是沙漠战胜了人类？很多问题其实是没有答案的。正是因为没有答案，我们才能这样稀里糊涂地活着。

夕阳下走近一片坟地，会不会感到苍凉？我平静地走近了这些陌生人的归宿,黄土的坟墓镶嵌着黑色大理石的墓碑,那些文字扭曲得就像舞动着的柳树一样,我只看懂了1902—2007这样的数字。原来面前躺着的是一位百岁老人,他或她经历的沧桑,已经远远多于那排柳树。想到这里,我怀着崇敬的心情,从地上捧起一捧干净的细沙,轻轻撒在这座长者的坟墓上。我相信这位长者,一定是在这片沙漠边缘生活着,默默送走了一个世纪的光阴。究竟是人类战胜沙漠还是沙漠战胜人类,长眠于斯的老人家已经给出了答案。

这个地方叫"一棵树"。也就是说,在给这个地方命名的时候,方圆若干地方,可能是有着一棵孤零零的树的。如今虽然沙漠仍在,但周边已经有郁郁葱葱的各种树木了,而且这个地方还被评为全国的绿化先进单位。

我时常会想,当初的那棵树是否还在?如果在,会丑陋成什么样子?是否也像这些柳树一样,扭曲着身子,在沙漠边缘舞蹈着成长。

编 后 语

　　每到年终岁末,总是要梳理一番过去的日子。编辑出版《散文海外版》2013—2014 年度精品集,便成为年底必做的一项工作。作为一本荟萃海内外佳作的散文类选刊,《散文海外版》多年来秉承自己的办刊原则,编发了大量优秀的散文佳作,受到读者喜爱。翻检着这两年来刊发的几百篇作品,读着那些熟悉的文字,品味着那些曾经带给我们感动、舒畅、沉重、风趣、感悟、轻松的文字,被美文陶醉的情感依然醇厚。能够回到过去的时光,体验曾经拥有过的付出后的喜悦,这些如珠玑般的文字,便显得更加亲切,编刊的辛苦荡然无存了。

　　如果从实用主义的角度来看,抚慰心灵也许可以作为散文的一种功能罢。作家们以自己的情感、智慧、哲思以及优美的语言,为读者书写着一篇篇名篇佳作,编织着亦梦亦幻,或让人感觉美好,或让人感觉痛楚的文字,在文学的世界里描绘着春的美丽,夏的炽烈,秋的寂寥,冬的雪飘,感知着这个世界的神奇变幻,人生之旅的鲜活体验,精神生活的慰藉满足,往昔历史的遥远记忆等等。作家会比其他人对这个世界感受更加真切,更加深刻,也唯有如此,他的笔下才会流淌出更容易与读者共鸣的音符。这一篇篇从两年间所编刊物中,精选出的能够触动读者心灵的作品,是在作者和读者之间架设的又一座桥梁,旨在为读者提供选读散文佳作的又一种可能。再一次选择,面临的窘境是篇幅的限制,想要做到涓滴不漏是一件很难的事,我们也不得不有所取舍,好在所选篇目应该还能体现出刊物的风貌,体现出我们所认知的双年度散文创作的大致脉络。

本书的编辑出版,是对过去的一个总结,也是我们今后继续努力的一块基石。在未来的日子里,《散文海外版》将一如既往,披沙沥金,遴选佳作,为读者奉献出更多优秀的散文作品,繁荣我们的文学事业。

本刊编辑部

2014 年 12 月